浙江省哲学社会科学规划后期资助课题“美国传记文学中的积极心理与创伤复原”（21HQZZ015YB）

浙江省哲学社会科学规划
后期资助课题成果文库

美国传记文学中的积极心理与创伤复原

薛玉凤 著

ZHEJIANG UNIVERSITY PRESS
浙江大学出版社

序　言

前几年做“美国文学的精神创伤学研究”课题，不知不觉以“传记与创伤复原”收尾：研究对象从小说转到传记/自传，研究视角也从精神创伤学转为积极心理学。就像创伤与小说难分难解一样，积极心理学与传记文学也有着不解之缘。

积极心理学诞生于1998年的美国，虽只有20余年历史，但作为心理学的最新分支，它已引起广泛关注。被称为“消极”心理学的传统心理学并不排斥积极心理学[①]，但它关注的对象主要是心理疾病和消极情绪（尤其是第二次世界大战之后），目的是减轻痛苦，而积极心理学则“致力于研究人的发展潜力和美德等积极品质”[②]，目的是增进幸福。“积极心理学之父”、美国心理协会主席马丁·塞利格曼（Martin Seligman，1942—　）等心理学家发现，尽管传统心理学取得了巨大成就，但世界各地的心理疾病患者非但未减，反而成倍增加，因而他们不能依靠对问题的修补来为人类谋幸福，而须转向人类积极品质的研究。

在塞利格曼的幸福系列五部专著中，《活出最乐观的自己》（*Learned Optimism*，1991）教人如何变得乐观，《认识自己，接纳自己》（*What You Can Change and What You Can't*，1993）让人做出最明智的改变，《教出乐观的孩子》（*The Optimistic Child*，1996）塑造孩子的乐观与幸福，《真实的幸福》（*Authentic Happiness*，2002）让人充满正能量，《真实的幸福》的修改扩充版《持续的幸福》（*Flourish：A Visionary New Understanding of Happiness and Well-being*，

① 如弗洛伊德的“超我”与升华、幽默等积极防御机制和积极心理学的研究对象有异曲同工之妙。

② 任俊：《积极心理学》，上海：上海教育出版社2006年版，第3页。

2011)丰富了作者之前的幸福理念。在《真实的幸福》中，塞利格曼指出积极心理学有三大基石：一是研究积极情绪，如对未来的乐观、希望、信心和信任；对现在的欢乐、狂喜、平静、热情、愉悦和心流(flow)体验；对过去的满意、满足、成就感、骄傲和平静等[①]。二是研究积极特质，尤其是表1中的六大美德及对应的24种突出优势，如智慧、勇气、正直、公平、忠诚等。三是研究积极组织系统，如民主的社会、团结的家庭及言论自由等，这些是美德与优势的保障条件，美德与优势进而增进积极的情绪体验[②]，从而进入良性循环，最大限度地给人带来幸福感。

表1　六大美德与24项突出优势[③]

美　德	定　义	突出优势
(一)智慧与知识	有六种途径可以展示智慧，从基本的好奇心到最成熟的洞察力，依序进行。	1. 好奇心、对世界的兴趣
		2. 喜爱学习
		3. 判断力、判断性思维、思想开放
		4. 创造性、实用智慧、街头智慧
		5. 社会智慧、个人智慧、情商
		6. 洞察力
(二)勇气	在很不利的条件下，还能为达成理想目标而勇往直前。	7. 勇敢与勇气
		8. 毅力、勤劳、勤勉
		9. 正直、真诚、诚实
(三)仁爱	与人交往时的积极表现。	10. 仁慈与慷慨
		11. 爱与被爱
(四)正义	与家庭、社区、国家及世界等集体交往中体现的积极力量。	12. 公民精神、责任、团队精神、忠诚
		13. 公平与公正
		14. 领导力
(五)节制	适当、适度地满足自己的需求。	15. 自我控制
		16. 审慎、小心
		17. 谦虚

① [美]马丁·塞利格曼著，洪兰译：《真实的幸福》，沈阳：万卷出版公司2017版，第7页。
② [美]马丁·塞利格曼著，洪兰译：《真实的幸福》，第7页。
③ [美]马丁·塞利格曼著，洪兰译：《真实的幸福》，第69页。

续表

美 德	定 义	突出优势
（六）精神卓越	超越自我，使自己与更宏大、更永久的东西相联系的积极情绪。	18. 美感：对美和卓越的欣赏
		19. 感恩
		20. 希望、乐观、展望未来
		21. 灵性、目标感、信仰、宗教
		22. 宽恕与慈悲
		23. 幽默
		24. 热忱、热情、热衷

在《持续的幸福》中，塞利格曼还提出幸福概念的PERMA（五元素的首字母）理论，指出幸福由五大元素构成：积极情绪（positive emotion）、投入（engagement）、积极的人际关系（relationships）、意义（meaning）与成就（achievement）[①]，并在此基础上区分了三种不同的人生：其一，在积极情绪元素上成功的人生为"愉悦的人生"（pleasant life）。其二，投入元素与心流有关，指的是完全沉浸在一项吸引人的活动中，投入你最强的优势和才能，时间好像停止，自我意识消失，以此为目标的人生被称为"投入的人生"（engaged life）。其三，意义指归属于和致力于某些超越自身的东西，为此人类创立了许多积极组织，如家庭、学校、宗教、政党等，以此为目标的人生为"有意义的人生"（meaningful life）[②]。塞利格曼的幸福理论极大地丰富与影响了积极心理学的发展与壮大，越来越多的积极心理学著作也应运而生。

总之积极心理学强调对积极心理因素的研究，如主观幸福感、美德、力量等，而不是把注意的重心放在消极、障碍、疾病心理方面的探讨。虽然积极心理学诞生不久，但美国传记文学对人类积极力量的关注却贯穿始终。通过对多部作品的研读与研究，笔者发现美国传记文学（包括自传、传记、日记、书信、游记、回忆录等）中传主经历的创伤性事件比常人多得多，有些甚至是致命的，但他们大多是政治、教育、文学、宗教、文化、经济、科学、体育、医学等各个领域的佼佼者，如本杰

① ［美］马丁·塞利格曼著，赵昱鲲译：《持续的幸福》，杭州：浙江人民出版社2012年版，第15页。

② ［美］马丁·塞利格曼著，赵昱鲲译：《持续的幸福》，第11页。

明·富兰克林(Benjamin Franklin，1706—1790)、约翰·亚当斯(John Adams，1735—1826)、亚伯拉罕·林肯(Abraham Lincoln，1809—1865)、马克·吐温(Mark Twain，1835—1910)、海伦·凯勒(Helen Keller，1880—1968)、保罗·卡拉尼什(Paul Kalanithi，1977—2015)等，面对无所不在的创伤源与脆弱的人类心理，他们不约而同地拿起了"积极"的武器，利用积极心态、积极体验与积极人格等法宝对抗消极，从而产生意想不到的积极效果。在积极心理的支配下，他们利用学习、工作、交流等积极"参与"方式，追求智慧、勇气、仁爱、正义、节制、精神卓越等美德，逐渐养成幽默、感恩、乐观、自制、勇于创新等积极人格，避免形成严重的心理创伤，最起码不使心理创伤过度影响正常生活。正是积极体验、积极人格、积极社会制度等积极心理学关注的主要层面帮助他们走出阴霾，顺利抵达成功的彼岸。

美国传记文学是个巨大的艺术宝库，无论其创作、阅读还是研究，在美国等西方国家都经久不衰。传记文学追溯成长经历，反思外在世界与内在自我，描摹心灵本质，这些都令崇尚个人主义、追寻美国梦的美国人对其情有独钟。传记文学与美国多元文化互为前提、互为建构、互为阐释。正因如此，美国传记文学作品卷帙浩繁、精品迭出，从詹姆斯敦的创建人约翰·史密斯(John Smith，1580—1631)1608年起发表的系列自传文学作品到《富兰克林自传》(*The Autobiography of Benjamin Franklin*，1791)，从版本众多的《马克·吐温自传》到《林肯传》，从百余本普利策传记奖获奖作品(1917—)，到动辄几十卷、收录数万词条的传记文学词典与百科全书，共同构成一个五彩斑斓的美国历史文化大观园。与此相应，美国传记文学也拥有大量读者，就连美国小学生的课外必读书，也有80%以上属于传记类图书。

传记文学研究在美国也从未中断，20世纪的传记文学创作与研究更是高潮迭起，精彩纷呈。尤其是60年代民权运动以来，传记热再度升温，到90年代，传记文学理论与研究成为显学，一大批专家学者与研究专著从传记、文学、历史、生态、文化等多角度切入，多层次阐释内涵丰富的美国传记文学作品，如研究美国游记写作的《美国游记中的圣地浪漫史：1790—1876》(*The Romance of the Holy Land in American Travel Writing*，*1790－1876*，2007)，探讨谎言现象的《现代美国自传中的谎言》(*Telling Lies in Modern American Autobiography*，1990)，研究当代自然传记的《自传、生态与自我》(*Autobiography*，*Ecology*，*and the*

Well-Placed Self, 2011),还有托马斯·库塞(Thomas Couser)和保罗·埃金(Paul Eakin)等自传研究大家的多部专著,以及专门研究传记文学的《传记》和《自传/传记研究》杂志等,数不胜数。四卷本《牛津美国文学百科全书》(*The Oxford Encyclopedia of American Literatrue*, 2004)第一卷收有三篇专门评述美国自传文学的文章,如《自传:总论》《自传:奴隶叙事》《自传:内战时期的白人女性》等。《自传:总论》开篇就宣称"我们生活在一个自传时代",重申"自传'造就'了美国"[①],认为自传是美国文学的主要题材。

研究经典美国传记文学作品的成果更是层出不穷。仅 2013 年第 1 期的《美国文学》(*American Literature*)杂志就刊登了三篇梭罗研究专题论文,分别探讨《瓦尔登湖》中的睡眠、饮食和思想内涵。《睡在瓦尔登湖》("Sleeping at Walden Pond: Thoreau, Abnormal Temporality, and the Modern Body")将《瓦尔登湖》与人类的睡眠历史结合起来研究,综合考察睡眠作为医学、生理、社会和精神等现象,试图找出当代睡眠问题的症结所在。《身体政治:美国内战前的素食主义与〈瓦尔登湖〉中的饮食经济》("Embodied Politics: Antebellum Vegetarianism and the Dietary Economy of *Walden*")运用素食饮食理论,研究梭罗的饮食习惯与政治之间的关系。《深层思想,浅层美学:解读梭罗的表层意义》("Deep Thought, Shallow Aesthetic: Reading Surface Meaning in Thoreau")利用"症候阅读""元语言"等概念,解读梭罗作品中的浅层文本及其隐含的深层文本意义。从整体研究来看,对美国自传文学的理论与文本研究远超传记,但在普利策传记奖迄今为止的百余部获奖作品中,近九成是传记,可见有大量优秀的传记文本有待挖掘与阐释。

与美国学者常态化、系统化的美国传记文学深度研究相比,中国学者在这方面的研究比较零散,数量也较少,可喜的是近几年也开始出现传记热的苗头。尽管如此,现有研究成果要么是概览与述评性质的介绍,要么是研究《富兰克林自传》与《瓦尔登湖》等少数经典作品,要么为研究作家的虚构文学服务,无论深度还是广度都远远不足。20 世纪 90 年代,两位中国学者敏锐地注意到传记文学在美国的显学地位,有系列成果问世,如杨金才发表于 1999 年的三篇文章:《19 世纪

① Parini, Jay, ed. *The Oxford Encyclopedia of American Literatrue*. Oxford: Oxford University Press, 2004, p. 92.

美国自传文学研究概览》《19世纪美国自传文学与自我表现》和《当代美国自传文学研究概览》；吴松江1996年的三篇系列论文:《美国报告文学评述》《美国传记文学评述》与《美国纪实文学评述》等。进入21世纪以来，杨仁敬发表了《独领风骚的美国传记文学》（主要介绍自传）和《美国自传文学的再定位与主题回归》；许德金、焦小婷近几年在非洲裔美国自传方面笔耕不辍，都已有专著问世，还有袁雪生等几位年轻学者也颇有建树。

这些学者为美国传记文学在中国的传播与研究立下汗马功劳，功不可没，但纵观其研究成果，发现与西方学者的研究相比，我们的研究还远远不足。第一，相关研究专著只有两部:袁雪生的《〈富兰克林自传〉与美国精神》(2008)与焦小婷的《非裔美国作家自传研究》(2017)。第二，研究论文大多为概览与评述，具体的文本分析往往集中于少数经典作品。第三，受美国传记文学研究现状影响，国内学者关注的也大多是自传，对传记与书信、日记等其他传记类作品关注较少。整体而言，与文学三大文类的研究相比，国内的美国传记文学研究相对滞后，东西方对传记文学的挖掘与研究也极不平衡，以下三方面的统计数字即为佐证。第一，在国家图书馆网站[2021-03-26]搜索“American autobiography”与“American biography”，分别有300和12000个图书结果，其中许多是美国传记文学研究专著，而搜“美国自传”与“美国传记”，分别只有470与1000条图书书目，且大多是传记作品的中译本。第二，在“国家社科基金项目数据库”的“外国文学”类总共1664个立项中，“传记”与“自传”只占5项（小说、诗歌和戏剧分别为281、89和62项）[2021-03-26]，与美国传记文学有关的只有许德金的“非洲裔美国人自传的类文本研究”。第三，全国美国文学研究会已有40多年历史，近来每年参会人数都达三四百，但有关传记的论文摘要都不足10篇；唯一以美国传记文学为主题的研讨会是2011年的第九届学术专题研讨会，但在所提交的150篇论文摘要中，有关传记的不到70篇，其中还有相当部分是传记理论或传记体小说研究。每年参加“中外传记文学研究会年会”的几十位代表中，涉及美国传记文学研究的也寥寥无几。这些数字都说明中国学界对美国传记文学关注不够，缺乏系统全面的梳理与解读，更不用说对其传主、风格、结构和叙事做较深入的专题研究。

外文数据库Web of Science与Library Genesis等网站[2021-03-26]有许多研究美国传记文学的文章，也有不少积极心理学的研究论文，但从积极心理学角度切入研究美国传记文学的成果还不多见。“中国知网”介绍积极心理学的文章不少，有关美国传记文学的论文却不多，充分说明国内美国传记文学研究的滞后现状。

然而传记文学的“文学价值、历史意义、心理效用和教育功能”[①]毋庸置疑，美国传记文学的巨大研究空间也必将吸引越来越多学者的关注。本书主要采用积极心理学与传记文学理论的跨学科研究方法，从积极体验、积极人格和积极制度与传记文学的身份构建、结构原理和阐释策略等方面的关系切入，选取美国各个时期具有代表意义又研究相对较少的约 20 部传记文学作品进行文本细读与研究。主要探讨传主如何在积极心理的引领下，利用积极力量战胜困难与创伤，构建积极形象与身份认同，研究传主的积极心理与成功人生、积极社会制度系统与身份寓言叙事之间的内在联系。传记的真实与虚构、结构原理与阐释策略等传记文学的基本问题也是本书关注的对象。针对特定文本，也会从文学、历史、文化等相关人文学科汲取营养，深入挖掘文本风格、结构、语言及主题意蕴，揭示传主丰厚的精神内涵和历史事实在自我成长过程中的印迹，阐发传记文学所传达的现实社会意义。创伤复原是个漫长又艰苦的过程，然而面对同样严重的创伤性事件，个体的认知过程与对待方式却可能截然不同，从而导致悬殊的结果。

本书共分四章。第一章“积极人格与意义创造”在探讨传主积极体验与积极人格的基础上，探究其背后的自我身份认同，如积极忙碌的富兰克林，渴求知识与灵魂伴侣的亚当斯，幽默智慧的林肯，快乐充实的盲聋女作家海伦·凯勒。第二章“良好关系与幽默自嘲”分四节探讨马克·吐温的自我认同策略，即在对比与自嘲中凸显作家对自己的主要身份认同。第三章“积极抉择与自我价值”聚焦四部自传或传记中的消费社会与极简人生，“至死方休”的完美追求，种族创伤的传记书写，阐释传主的积极选择如何成就完美人生。第四章“积极阐释与自传叙事”分五节探讨菊池的多维阐释策略、奥斯特的悖论艺术、吐温阐释多次的自传观与互文策略、“田纳西地产”的叙事内核等，聚焦作品如何对自传事实、传记事实与历史事实进行有效阐释，用不同的叙事策略表达积极心理在创伤复原中的关键作用。

① 赵白生：《传记文学理论》，北京：北京大学出版社 2003 年版，第 1 页。

目 录

第一章　积极人格与意义创造

"创伤"泛指各类天灾人祸给人造成的意外伤害，既可指身体损伤，也可指创伤所引起的心理、情绪以及生理的不正常状态，即"精神（心理）创伤"。可能引起精神创伤的创伤性事件很多，主要包括六大类：

1. 突发事故（交通事故、火灾、矿难等）；

2. 自然灾难（洪灾、火灾、旱灾、飓风、地震等）；

3. 暴力事件（战争、恐怖事件、家庭暴力、被强奸、抢劫、殴打等）；

4. 重要丧失（生命、地位、财产、亲人、自由、失恋、婚姻破裂等）；

5. 被囚禁、被虐待、被亲人忽视或照顾不当（如溺爱）；

6. 事业或学业的失败、穷困等。

害怕、无助、恐惧、"闪回"、梦魇、回避、麻木、警觉性增高等，都是精神创伤的常见表现[①]。而人类史可谓一部应对灾难与创伤的历史，精神创伤因而屡见不鲜。

尽管形形色色的创伤源极易给人造成挥之不去的精神创伤，但两者之间并无必然关联，也就是说，创伤性事件并非一定导致精神创伤。相反，积极乐观、心理弹性良好的人可能会成功地应对创伤，并从中得到锤炼，更健康地成长。正如尼采所言："那些杀不死我的，必使我更强大。"[②]积极体验与积极人格是积极心理学研究的两大内容，也是美国文学中无数传主应对创伤、克服心理创伤的法宝，富兰克林、约翰·亚当斯、林肯与凯勒就是其典型代表。

① 施琪嘉主编：《创伤心理学》，北京：中国医药科技出版社 2006 年版，第 15—16 页。

② [美]马丁·塞利格曼著，赵昱鲲译：《持续的幸福》，第 149 页。

第一节　积极忙碌的富兰克林

本杰明·富兰克林是美国国父中自学成才、白手起家的典范，他的《富兰克林自传》在美国家喻户晓，是部经久不衰的励志奇书；书中倡导的十三种美德更使富兰克林成为"道德的化身"与"美国精神的完美代表"。中外评论家已从多方面解读《富兰克林自传》，却鲜有人从创伤视角入手，因为富兰克林似乎与创伤无缘。实际上在诸多光鲜亮丽的身份标签背后，在长达84年的人生旅程中，像大多数人一样，富兰克林也经历过一些刻骨铭心的创伤性事件，这些事件无疑也会给他留下些许阴影。只是他善于在积极乐观的人生态度指引下，一辈子忙学习、忙工作、忙公益、忙修身养性，忙着培养积极的人格，组织有效的社会组织系统，体验积极的情感①，用忙碌充实的生活化解可能产生的心理创伤，从而成就自己的辉煌人生。

一、无所不在的创伤性事件

尽管富兰克林认为自己一生"承蒙上帝的保佑，一帆风顺，遇事顺利"，但事实上，没有人能始终一帆风顺，不受任何挫折。富兰克林也承认自己出身卑微，家境贫寒，经历过无数次磨难，忍受过许多"命中注定的厄运"②。虽然他在自传中对这些伤痛经历轻描淡写，惜墨如金，但它们对他心理的负面影响还是体现在字里行间。

童年时虽未忍饥挨饿，但贫困——人类精神困境的导火索之一，对酷爱读书的富兰克林所造成的最大创伤莫过于使其早早辍学，过早品尝生活的艰辛与磨难。富兰克林出生于北美新英格兰的波士顿，在家里的17个孩子中排行15。因家境困顿，他只上了2年学便被迫辍学，10岁开始帮父亲做生意，12岁到哥哥詹姆士的印刷铺里当学徒。学徒的日子艰辛而漫长。尽管富兰克林天资聪颖，很快

① 任俊：《积极心理学》，第4页。

② Franklin, Benjamin. *The Autobiography and Other Writings of Benjamin Franklin*. 上海：世界图书出版公司2010年版，第13—14页。

成为哥哥的得力助手，却还是逃不过哥哥的无端责骂，甚至动辄拳脚相加，使富兰克林对他产生“强烈的憎恨”[①]，不断寻找机会缩短学徒期。为阻止弟弟离开，绝情的哥哥告知镇上所有印刷所的老板不要雇用弟弟，使富兰克林在波士顿失去了立足之地。面对哥哥兼老板的虐待、暴力与绝情，原本 9 年的学徒生涯富兰克林只坚持了 5 年，便忍无可忍地离家出走，独自到纽约闯荡，后辗转到达费城，饱受旅途与创业的折磨。另外，在哥哥被捕期间，小小年纪的富兰克林也被逮捕，被州议会审讯，这些创伤性经历都难免会在他心中留下一些阴影。

在 18 世纪的美国，航行中遭遇天灾人祸是家常便饭，由此导致的心理阴影也屡见不鲜。从波士顿到纽约不到 300 英里，从纽约到费城 100 英里，如今不过几小时的车程，可在 1723 年的美国，17 岁少年富兰克林在航行中遇到的艰难险阻却令人难以想象。到纽约的航行倒是顺风顺水，“所以航行三天就到了纽约”[②]，但富兰克林前往费城时乘坐的小船遭到飓风袭击，船帆刹那间被撕得粉碎，所有乘客被海水浸透，没吃没喝，漂流整整 30 个小时。在这次死里逃生的航行中，眼疾手快的富兰克林还救了一个喝得烂醉、失足坠海的荷兰乘客，可谓惊心动魄。当晚富兰克林发起高烧，他大量饮用凉水，竟成功退烧。第二天早上，他徒步到 50 英里外的柏林顿乘船，这次因为无风，船上的几个人只好划船前行，晚上又冷又饿，还迷了路，几经周折，才终于到达费城。7 个月后，富兰克林搭乘一艘小船回波士顿，小船碰上礁石，开始漏水，同时还遇到暴风，富兰克林和船上的乘客一起，轮流值班抽水，经过 14 天的航行，总算到达波士顿。飓风、触礁、寒冷、饥饿、疾病、孤独，目睹乘客坠海，这些创伤源都使富兰克林印象深刻，因此，他在自传中将其描述得栩栩如生。

目睹亲友死亡是富兰克林的又一个创伤源。富兰克林婚后育有一子一女，但儿子弗朗西斯 4 岁时因天花夭折，使他痛不欲生，一辈子都无法宽恕自己，到老都在后悔没有事先给儿子种痘。三个朋友的英年早逝也使他伤心难过，他自己 21 岁时也险些丧命。他在费城结交的几个喜欢诗文的朋友中最优秀的沃森在他的怀中死去；另一个朋友奥斯本去了西印度群岛，成了出色的律师，却也英年早逝；

① Franklin, Benjamin. *The Autobiography and Other Writings of Benjamin Franklin*. 第 36 页。

② Franklin, Benjamin. *The Autobiography and Other Writings of Benjamin Franklin*. 第 36 页。

这些都使他悲痛万分,但最使他痛彻心扉的是他的至交德纳姆先生的死亡。富兰克林结识教友会商人德纳姆的过程颇富戏剧性。他18岁那年被基斯州长的花言巧语哄骗,独自闯荡伦敦,航行途中结识德纳姆,两人成为终生挚友。1年半后他们一起回到费城,富兰克林在德纳姆新开的店铺里做店员,帮忙照料生意,学习记账,很快就学会了做买卖。他们一起吃住,德纳姆像父亲一样教导富兰克林,真诚地关心体贴他,富兰克林则非常尊敬和爱戴德纳姆,两人形同父子。可惜仅仅半年后两人都病倒了,富兰克林患胸膜炎,险些丧命,而德纳姆卧病在床很久后去世。富兰克林不只又一次忍受丧友之痛,还又一次被迫流浪失业,其间的身心煎熬可想而知。晚年躺在病床上的富兰克林在信中写道:这个世界上只有死亡和征税是确定无疑的。可见亲友死亡的阴影始终徘徊在富兰克林心中。

富兰克林的私生子威廉(William Franklin, 1730—1813)也是其创伤源之一。威廉出生于费城,是青年富兰克林荒唐生活的结果。他自幼与新婚的富兰克林夫妇同住,后成为新泽西州殖民地时期的最后一位州长,是英帝国的忠实拥护者。独立战争期间,威廉与父亲因政见不同而分道扬镳,1782年逃亡英国,直至去世。1784年7月22日,威廉主动写信,希望与父亲重归于好。8月16日,富兰克林在法国帕西(Passy)给儿子回信,说自己很高兴与儿子和解,但对儿子给他造成的伤害却直言不讳:"的确,古稀之年,被自己唯一的儿子抛弃,不只抛弃,而且在关乎我声誉、财富和生命的事业中与我兵戎相见,没有任何事比它对我造成的伤害更加严重,给我带来的影响更为恶劣。"接着他抛开"这个令人不快的话题",答应儿子从此父子俩齐心协力,尽力"忘记曾经发生的一切"[①]。但前嫌尽释终究是不可能的。独立战争前后大约10年,父子两人的不和对晚年疾病缠身的富兰克林来说无疑是雪上加霜,带给他的精神负担不言而喻。在遗嘱中,富兰克林几乎没给儿子留下任何遗产,还解释说如果当年英国赢得战争,他同样不会有财产留给儿子,说明一直到死,富兰克林对儿子的背叛都耿耿于怀。

由此可见,在漫长的一生中,富兰克林遭受的创伤其实并不比常人少,上帝并非格外青睐他。但面对生活中诸多可能导致精神创伤的创伤应激源,富兰克林却似乎每次都能化险为夷,究其原因,积极投入学习与工作起着至关重要的作用。

---

① McQuade, Donald, et al, eds. *The Harper American Literature* (Vol. I). New York: Harper & Row Publishers, 1987, pp. 445-446.

二、积极投入的人生轨迹

积极参与有意义的事是积极心理的缩影，只有积极面对人生的人才会积极高效地忙碌起来。富兰克林兴趣广泛，每天忙于各种工作和学习，没有时间和精力感受创伤，创伤也就拿他无可奈何。积极心理学认为，无论何时何地"积极都是一条帮助人们驱散消极的有效途径，因为积极可以在人们面临不幸或困难时抚慰自己的伤口，可以增加一个人的心理弹性，使自己在任何时候都从容不迫"[①]。而"积极的自我在于忙于做事情"，"如果一个人对自我的评价是积极的，他就会努力把事情做好，如果他把事情做好了，他就会更加积极"[②]，因为"幸福不是想出来的，而是做出来的。幸福正是做事情过程中产生出来的积极情感与认知。所以，幸福感在于做正确的事，实现了自我潜能，维系了良好关系网，促使了个人成长"[③]。在积极态度的指引下积极学习，积极做事，积极修身养性，培养积极情感，最大限度地实现自己的潜能，这正是富兰克林的人生写照。

学习是富兰克林忙碌终生的事情之一，他用一生的刻苦自学弥补童年辍学的遗憾。从小他就把所有的零花钱都用在买书上，并将看过的书卖掉再买新书，最大限度地利用所有资源。在哥哥的印刷所他有机会接触到更多更好的书籍，结识几个书店学徒朋友后，他又得以经常借书读。不仅如此，富兰克林还从哥哥给的伙食费中省出一半用来买书，通过节制饮食的方法节省时间看书学习，从而阅读了大量政治、科学、历史、文学等方面的书籍，为自己广博的知识结构打下了扎实的基础。1731 年，富兰克林与喜欢读书的朋友一起创办了费城图书馆，这个图书馆给了他更多读书机会："通过刻苦钻研，我得以不断提高自己的知识水平。我每天都会抽出一两个小时来读书，这在某种程度上弥补了我没有受过高等教育的缺憾……读书是我唯一的娱乐活动，我从不到酒馆、游戏及其他娱乐场所去消磨时光。"[④]虽有着虔诚的宗教信仰，富兰克林却很少去教堂做礼拜，因为礼拜天是他读书的日子。在繁忙的工作之余，富兰克林就这样通过自学掌握了法语、意大利

---

① 任俊：《积极心理学》，第 17 页。

② 刘翔平主编：《当代积极心理学》，北京：中国轻工业出版社 2010 年版，第 142 页。

③ 刘翔平主编：《当代积极心理学》，第 17 页。

④ Franklin, Benjamin. *The Autobiography and Other Writings of Benjamin Franklin*. 第 103 页。

语、西班牙语和拉丁语,为以后的外交官生涯做足了功课。

在大量阅读的基础上,富兰克林也曾刻意锻炼自己的写作能力。他虚心听取父亲的意见,反复模仿英国名刊《观察者》(*The Spectator*)的文章,努力改进写作风格,使自己的写作水平大幅度提高。除了对世人影响深远的《富兰克林自传》和《穷理查年鉴》(*Poor Richard's Almonac*, 1732—1758),擅长写作的富兰克林在每个计划实施之前,都会以文章开道,影响舆论,屡试不爽。尽管富兰克林只上过两年学,但却拥有剑桥大学与耶鲁大学的硕士学位和牛津大学的博士学位。3 所世界顶尖大学主动颁发的这些硕博士学位充分说明富兰克林是自学成才的典范,是对他所付出的不懈努力与艰辛的最佳认可。

除刻苦学习外,工作也是富兰克林化解创伤的良方。善于观察的富兰克林很早就意识到工作对人的重要性:"工作时,人们会感到非常满足,因为在工作的日子里,他们心情愉快,完成一整天的工作之后,连晚上也是充实快乐的。但是在空闲的日子里,他们就桀骜不驯,不断地发脾气,不是吵嘴打架,就是挑剔伙食。"① 富兰克林从不这样"无事生非",就连偶尔的消极情绪,也在他忙碌的身影中不翼而飞。

富兰克林的工作范围漫无边际,无所不包。他可谓通才,在商业、政治、外交、社会、科学、哲学、文学等诸多领域都取得了举世瞩目的成就。

第一,富兰克林是精明能干的商人,一个成功的印刷人。少年富兰克林凭借自己聪颖的天资,加上后天的勤奋,迅速掌握了印刷业的各项流程,并能驾轻就熟。这门手艺使富兰克林在费城的凯默印刷所顺利找到工作,不仅衣食无忧,而且生活得相当舒坦。之后他被骗闯荡伦敦,印刷手艺再次使他受益无穷。靠着先天的聪颖和后天的勤劳与节俭,富兰克林很快在印刷业站稳脚跟,20 多岁就有了自己的印刷所,事业蒸蒸日上。

第二,富兰克林是个成就卓著的政治家,他先后担任过州议会秘书、治安法官、市议会议员、市参议员、州议员、邮政总长、州长等公职。他率先提出北美殖民地"不联合就死亡"的口号,倡导组建联邦政府,亲自拟定联邦政府组建计划,并与杰斐逊起草《独立宣言》。

---

① Franklin, Benjamin. *The Autobiography and Other Writings of Benjamin Franklin*. 第 194 页。

第三，富兰克林是个为美国的独立做出巨大贡献的外交家，美国第一位驻外大使（法国）。独立战争期间，他作为美国的全权代表出使巴黎，不仅和英国签订《巴黎和约》，还从法国获得巨额援助贷款。

第四，富兰克林是个社会活动家，一生花费不少时间从事公共事务，曾任教堂和大学的理事会理事、边防司令、军团上校等职。他创办图书馆、医院、大学、消防队、义勇军，组织和创办过多个协会，不遗余力地致力于提高各阶层人的文化素质。他积极为城市发展出谋划策，改进费城的巡夜制度，为修建炮台发行彩票，为城市设立首个清洁工，等等。

第五，富兰克林是个科学家和发明家，他曾任法国科学院外籍院士与英国皇家学会会员，在电学、数学、光学、热学、海洋学等方面都有极深造诣。他发明的避雷针、两用眼镜、新式火炉和新型路灯造福世人。

第六，富兰克林是哲学家，创办过“哲学研究会”。他是音乐家，发明过玻璃琴。他更是当之无愧的作家，《富兰克林自传》使他名垂千史。他还是随笔家、化学家、演说家、勤杂工、幽默家、沙龙人、政治经济学家、家政教授、草药医生、电学家、代理人等等，是个不可思议、“样样懂，样样通”[①]的全才。一个人在如此众多的领域成就斐然，在美国乃至世界历史上都几乎无人能及，也实在令人难以想象。难怪富兰克林无暇顾及生活中的不幸与创伤，因为即使他有三头六臂，也无法完成他那聪慧过人的脑子里一个接一个冒出来的宏大计划。

富兰克林忙碌的人生轨迹从其晚年生活中也可见一斑。尽管他晚年受疾病困扰，但他始终穿行在欧美之间忙公务。独立战争爆发时他已 70 岁，身体虚弱，饱受痛风和肾结石的折磨，但就在《独立宣言》通过的当天，他便作为外交特使启程前往法国。法国到处都是密探和双重间谍，他不得不小心翼翼地周旋于有可能帮助美国独立的法国贵族和王室成员之间，每一步都充满艰辛与危险。1785 年春天，终于获得美国政府同意回国的 79 岁富兰克林在长达六周的返航途中忍受着肾结石带给他的病痛，测量和记录海水温度，那是一项他坚持了 30 年的研究——绘制湾流图。回国后他又两度当选州长，3 年后才结束公共事务。

忙碌使富兰克林忘记病痛，忘记忧伤与磨难。学习、工作、公益既是他对付创伤的良药，也是他幸福与快乐的源泉。而忙碌充实的生活背后，是富兰克林积极

① 赵白生:《传记文学理论》，第 85 页。

乐观的人生态度，修身养性的道德完美追求。富兰克林的经验表明，积极参与是创伤的克星之一，积极主动地致力于自己喜欢而又对社会有益的事是保持身心健康的良方。全身心地忘我投入做事是积极心态/情感——幸福、"高兴、愉快、激动、惊喜、快乐、有趣、乐趣、自豪、热爱、向往、敬畏、好奇、满足、愉悦"[①]的缩影，积极参与产生的创造性与成就感有利于激发新一轮的积极心态，从而产生良性循环。

三、积极体验与意义创造

积极参与和积极心态相辅相成，相互促进。"做积极的事情产生积极的态度，积极的态度促使更积极地投入。"[②]这样的良性循环使人达到生命的巅峰，幸福的巅峰。"当我们用积极的态度去对待我们经历过的一切时，我们就能相应地产生积极的情绪体验，而这种积极的情绪体验将逐渐成为我们生活满意点中的一部分；而它一旦被整合到我们的生活满意点中，它反过来就会使我们更满意地对待我们现在和将来的生活"[③]，从而形成良性循环。"态度决定一切"，富兰克林之所以能用忙碌而有意义的人生对付生活中的种种创伤，与他积极乐观的人生态度密不可分。而他忙碌的结果是在各个领域所取得的巨大成就，这种成就感足以抚慰创伤，促进积极心理的进一步发展。

上述诸多积极因素在富兰克林的生活中占主导作用。正是因为富兰克林一生都在全力以赴地致力于培养自己的积极人格，组织积极的社会制度系统（公益），并且有着积极的主观体验——乐观、自信、满足，创伤对他来说才只是过客。

富兰克林仿佛对积极心理学先知先觉，他刻意培养的十三种品德（节制、缄默、秩序、决心、节俭、勤奋、真诚、正义、中庸、整洁、冷静、节欲、谦逊）与心理学倡导的二十四种积极人格有许多相似之处。他希望克服所有缺点，"任何时候都不犯任何错误"[④]，把一切美德都养成习惯。通过切实可行的计划，持之以恒的不懈

① [英]夏洛特·斯戴尔著，刘国兵译：《积极心理密码》，北京：中国社会科学出版社 2012 年版，第 38 页。

② 刘翔平主编：《当代积极心理学》，第 142 页。

③ 任俊：《积极心理学》，第 152 页。

④ Franklin, Benjamin. *The Autobiography and Other Writings of Benjamin Franklin*. 第 107 页。

努力，富兰克林逐渐完成自己的道德完美计划，成为世人眼中的道德完人。除了他的十三种品德外，富兰克林其实还是其他多种积极人格的拥有者，比如慷慨。他是个极度慷慨的发明家，拒绝为自己的发明申请专利，他觉得"既然我们从别人的发明中获得了巨大的便利，我们就应该乐于让别人从我们的发明中获得好处，并且我们应该无偿地、慷慨地把我们的发明奉献给他人"①。得知别人盗取他的专利权，富兰克林也从不计较。他不喜欢争吵，因为他有无数更有意义的事情要做。成就人类幸福的与其说是百年不遇的大好事，不如说是每天都在发生的日积月累的小便利，对世人如此，对富兰克林来说也是一样。

富兰克林不仅自己注重修身养性，他还是 18 世纪重要的启蒙思想家，积极培养和发展他人的积极力量和积极品质。他创办图书馆、大学，办报纸，写文章，通过各种有效手段启蒙殖民地人民的美德。他连续出版 25 年的《穷理查年鉴》教导人们勤奋工作、诚实守信、勤俭持家，在当时的宾州几乎家喻户晓，是早期很多美国家庭的启蒙读物，是在普通民众中进行教育的最佳方式。他经常在自己的报纸上转载《观察者》或其他有关伦理道德的文章，他自己也写文章，鼓励人们自制克己，一心向善，坚持不懈地培养美德。他的自传更是真善美的宝典，奋斗与成功的典范。

无论对过去、现在还是将来，富兰克林的积极情感体验始终占据上风。对过去，富兰克林在自传中流露出的"满足、满意、骄傲、安宁和成就感"比比皆是。他说："总的来说，我对自己能够在宾夕法尼亚立足，并且在这里发展壮大自己的事业，感到十分满意。"当选州议员等公职之后，富兰克林"感到很光荣，因为我出身低微，这些地位对我而言是非常了不起的"，它们代表了社会对他的充分肯定，这使他格外欣慰。他创办的医院对市民大有好处，难怪他骄傲地宣称"在我的政治生涯中，没有哪件事情的成功，像这件事一样给我这么多的快乐"②。谦逊的富兰克林 79 岁时反躬自省，认为没有达到自己想要达到的完善境界，而且差得很远，但比之前要好得多，快乐得多。他把一生持续不断的幸运，都归功于早年的道德完善计划。

---

① Franklin, Benjamin. *The Autobiography and Other Writings of Benjamin Franklin*. 第 153 页。

② Franklin, Benjamin. *The Autobiography and Other Writings of Benjamin Franklin*. 第 144,157,161 页。

对现在，富兰克林的“高兴、幸福、福乐”主要体现在专心致志地做事、忙忙碌碌的人生中。心流(flow)指“对某一活动或事物表现出浓厚的兴趣并能推动个体完全投入某项活动或事物的一种情绪体验，这是一种包含愉快、兴趣等多种情绪成分的综合情绪，而且这种情绪体验是由活动本身而不是任何外在其他目的引起的”①。这种心流体验贯穿富兰克林生活的始终，是他快乐的最大源泉，也是他之所以能在许多方面取得巨大成就的基础。

对将来，富兰克林的“乐观、信心和希望”跃然纸上，集中表现为他有着源源不断的伟大“计划”，并将它们大多变为了现实。他认为一个人要想成就一番伟业，必须首先拟定一个可行的计划，这样才能排除娱乐和其他工作的干扰，把执行计划作为他唯一的对象和工作。尽管因为千头万绪的公私事务缠身，有些计划未能付诸实施，但晚年富兰克林仍然觉得这些计划切实可行。这份乐观、自信、积极的人生态度是他事业成功的基础，因为积极情绪能够“促使个体充分发挥自己的主动性，从而产生多种思想和行为，特别是一些创造性和创新性的思想和行为，并把这些思想和行为迁移到其他方面。当个体通过这些思想行为实现了个人的成长和发展之后，也进一步深化了积极的情绪体验”②。富兰克林正是如此：乐观心态、伟大计划、创新行为、积极体验相辅相成，周而复始。

“如果一个人不具有抑郁心态，是个乐观的人，那么暂时性的创伤事件对他的消极影响也是短暂的。不幸事件的几个月后，他又回到了从前的乐观状态。”③乐观自信的富兰克林 79 岁时展望未来，不知自己的余生还有没有困难和挫折，但即使遇到什么不幸，“往日所享受的快乐”也足以令他坦然地接受未来的不幸。富兰克林对待创伤的态度与积极心理学不谋而合。积极心理学认为，如果不幸已经来临，我们就应该坦然地接受它，因为我们无法拒绝它。我们不能永远生活在不幸的阴影里，而要变不幸为幸运。在这样一种心态下，我们就会想到，有时候不幸也许会给我们带来一次机会，至少是一次磨砺我们意志、提高我们耐受力的机会。当人们被积极的心态所主导时，心理疾病也就烟消云散了。这正是富兰克林的生活写照。

---

① 任俊：《积极心理学》，第 153 页。
② 刘翔平主编：《当代积极心理学》，第 56 页。
③ 刘翔平主编：《当代积极心理学》，第 18 页。

没有人愿意经历磨难，没有人愿意面对创伤，但生活中的创伤无处不在，而富兰克林不仅未被创伤击垮，反而总能把创伤变为前进的动力，因为他相信只有痛苦才会带来教益。面对困境，聪明的人不因害怕痛苦而选择逃避，而是迎上前去，直到将其战胜为止。"没有创伤，就没有成熟；没有理解创伤的能力，就不会真正地长大成人。"①人生总在创伤中不断成长。

富兰克林的一生并非一帆风顺，但他用积极乐观的人生态度，忙碌充实的生活现实，修身养性的道德追求，造福人类的公益热情，一次次战胜不幸与创伤。富兰克林的一生是自我教育、自我奋斗、自我完善的过程。他的经验告诉我们，积极心态是成功的前提，而积极忙碌则是对付创伤、取得成功、获取幸福的有效途径。正像塞利格曼总结的那样，富兰克林的幸福主要来自对工作与嗜好的极大投入，最大限度地发挥个人潜能，达到更大的目标。他的人生是积极投入、有意义、成就卓著的，因而也是愉悦的，给他带去了巨大成就感与幸福感。

第二节　渴求知识与灵魂伴侣的亚当斯

独立战争后至美国内战结束(1783—1865)，在浪漫主义和美国"文艺复兴"的背景下，自我书写渐成气候，美国传记文学无论在数量上还是在质量上，都取得了长足发展，如爱默生(Ralph Waldo Emerson，1803—1882)的随笔，梭罗(Henry David Thoreau，1817—1862)的《瓦尔登湖》(*Walden*，1854)，欧文(Washington Irving，1783—1859)的《草原游记》(*A Tour on the Prairies*，1853)及其五卷本的《华盛顿传》(*The Life of George Washington*，1855—1859)等多部传记，退役军人马丁(Joseph Plumb Martin，1760—1850)回顾战斗岁月的自传，以道格拉斯(Frederick Douglass，1817—1895)自传三部曲为代表的众多奴隶叙事，《约翰·亚当斯的日记和自传》(*Diary and Autobiography of John Adams*，1780)与《林肯传》(*Lincoln the Unknown*，1932)都是对这段生活的忠实记录与生动刻画。

约翰·亚当斯不仅是美国著名律师、政治家、外交官与演说家，还是美国第一任副总统(1789—1797)，第二任总统(1797—1801)，《独立宣言》起草委员会成员

① 施琪嘉主编:《创伤心理学》，第 2 页。

之一，美国的“独立巨人”(杰弗逊语)与四大开国元勋之一(与华盛顿、杰斐逊和富兰克林齐名)，也是美国最正直、最聪慧、最勇敢、最长寿的总统之一。其长子约翰·昆西·亚当斯(John Quincy Adams，1767—1848)是美国第六任总统，曾孙亨利·亚当斯(Henry Adams，1838—1918)是著名历史学家、学者和作家。亚当斯家族在一个半世纪里为美国政治、外交、教育、文学等多个领域的发展做出了卓越贡献。

一、鸿雁传书中的无尽爱恋与思念

时势造英雄，英雄也造时势，时势与英雄的互动性在亚当斯身上完美融合，正如梁启超所言：“故英雄之能事，以用时势为起点，以造时势为究竟。英雄与时势，互相为因，互相为果，造因不断，斯结果不断。”[①]亚当斯才华横溢、诚实正直、坚强果敢，喜欢打猎和旅游，富有冒险精神，具有强烈的爱国心，这些品质助他克服当时极其复杂恶劣的国内外环境，取得卓越功勋。与此同时，亚当斯又因其刚直不阿、脾气暴躁、不善变通、特立独行的人格特质，常常被政敌、媒体甚至朋友攻击为“该死的美国暴君”、“君主主义者”、“一个全人类都应该诅咒的恶棍”、“粗俗的伪君子”、“集无知、残暴、谎言和软弱于一身”、傻瓜、疯子，其“自负、倔强与愚蠢等同于他自己的虚荣心”[②]等等，他从未摆脱过人们的嘲笑与咒骂。面对污蔑谩骂与肆无忌惮的人身攻击，亚当斯从来不折不弯，勇往直前。除了他自己的铮铮铁骨与服务国家与社会的无悔初心，与他相爱 59 年的妻子阿比盖尔(Abigail Adams，1744—1818)对他的无条件支持与爱恋，也是他每每化险为夷、走出忧郁心境的良方。他们持续 54 年的婚姻是一段不可多得的婚恋佳话。

亚当斯生性多情，感情细腻温婉，对爱情与婚姻忠贞不二；而他的妻子，美国女权运动先驱、废奴主义者与书简作家阿比盖尔聪慧勇敢、淳朴坚韧、理性真诚，有亲和力，夫妇俩可谓珠联璧合，天生一对。由于亚当斯的工作需要，相濡以沫的夫妇俩不得不长期分居两地，也正因如此，他们留下的一千多封书信(大多收录在《亚当斯夫人书简》和《革命时期的约翰·亚当斯和夫人家书录》里)见证了他们半

---

① 赵白生：《传记文学理论》，第 196 页。

② [美]约翰·帕特里克·迪金斯著，闫翠玲、曲丽嬴译：《被遗忘的总统：约翰·亚当斯传》，合肥：安徽教育出版社 2006 年版，第 35 页。

个多世纪的不朽爱情，是“两个友爱的灵魂谈话”、交流思想的重要方式。2002 年普利策传记奖获得者大卫·麦卡洛（David McCullough，1933—　）采用博引法，在《约翰·亚当斯》（*John Adams*，2001）中大量引用亚当斯与妻子之间的通信与日记（其中半数以上是首次与读者见面），真实地还原了这对革命夫妻的生活状态与真性情。

两地分居的亚当斯夫妇之所以能一辈子书信传情，是因为读书与写作始终是这对夫妻的共同爱好：书籍是他们相识、相知、相爱的媒介，写作是他们保持感情温度的妙方。在母亲的启蒙、在哈佛毕业的牧师父亲的严格要求与影响下，从未上过学的阿比盖尔从小就喜欢父亲的图书馆，她博览群书，思维敏捷，文学天赋出众，尤其喜欢英国诗歌与散文。也正是在这藏书丰富的图书馆，阿比盖尔得以邂逅亚当斯，并立即被其貌不扬、矮胖却气质独特的亚当斯所吸引，对他的仰慕与热爱之情自此持续 62 年之久。亚当斯则是过段时间才认识到阿比盖尔“罕见的心智与人格魅力”，开始热烈追求她。相识 8 年、恋爱 5 年后，他们终于走进婚姻的殿堂，携手共度 54 个春秋，始终“如同是磁石和钢铁一样”[①]如胶似漆。夫妻之间的大量书信就是他们不朽爱情的最好见证。

亚当斯夫妇相爱半个多世纪的最大秘诀，也许来自他们之间的三重关系：既是夫妻，又是爱人，还是亲密无间的朋友。他们在信头经常互称对方“我最亲爱的朋友”，无话不谈。在亚当斯眼里，妻子是个温柔亲切、理智谨慎、友好主动、充满激情、富有教养的朋友，是他“在世界上最好、最亲爱、最宝贵、最睿智的朋友”[②]，是他一生唯一专注长达半个多世纪的人。阿比盖尔给丈夫的信中也明确指出丈夫的三重身份：“我的思想好像是凝固了，我最大的愿望就是依赖于你的指挥和保护，我的丈夫，我的爱人，我的朋友。”[③]不只是法律约束下的夫妻，也不只有浓浓的爱情，他们还是志同道合的密友，说不完的话，写不完的信，两人的感情自然不会降温，只会越来越浓烈。在麦卡洛看来，亚当斯夫妇就像一个人，有着同样的思想，完全理解彼此的喜怒哀乐。

---

① [美]约翰·帕特里克·迪金斯著，闫翠玲、曲丽赢译：《被遗忘的总统：约翰·亚当斯传》，第 7 页。

② [美]大卫·麦卡洛著，袁原、戴晓峥译：《约翰·亚当斯》，北京：中国社会出版社 2003 年版，第 111 页。

③ 隋肖左：《约翰·亚当斯传》，北京：中国华侨出版社 2007 年版，第 32 页。

亚当斯在给妻子源源不断的书信及其日记中话题极为广泛，知无不言。展现在世人面前的是一个百折不弯的爱国斗士，而这些私密写作中的亚当斯才是一个活生生的有血有肉的男人。他以律师的敏锐、文学家的敏感、政治家的犀利、哲学家的深刻，具体、生动、诙谐地描述自己、社会与政治生活中的方方面面：他的身心状况，他的愤怒与恐惧，他的病友与医生，议会没完没了的政治辩论，他对华盛顿、杰弗逊、富兰克林等的看法，等等，使妻子仿佛身临其境。婚前一个月，因病连续几周无法与阿比盖尔见面的亚当斯在信中写道：

> 哦，我亲爱的姑娘，感谢上天，再有两个星期，经过如此长的分离后，它终于要将你交给我。看不见你，我的灵魂和肉体全都紊乱，要是再这样下去一两个月，我会变成这世界上最令人讨厌的愤世嫉俗者。最近，除了所有人身上的缺点、愚蠢、脆弱和不足，我什么都看不见。人们丧失了他们所有的优秀品质，要么就是我丧失了自己的公正和洞察力。
>
> 但是你，永远软化、温暖我内心的你，一定会恢复我的仁爱之心、健康以及思想的平静。是你使我对生活的态度和举止优雅别致，是你消除我性格中不合群、性情暴躁的成分，使我有着好脾气，能够成功地协调自己敏锐的洞察力和完美的率真之情。
>
> 相信我，现在、永远都是你忠实的。①

亚当斯热烈诉说自己对未婚妻的思念及她对他的巨大影响，幸运的是这种影响不止在婚前，而是持续了半个多世纪。时间一再证明，与阿比盖尔结婚是亚当斯一生中最重要的决定，也是他最幸运的事。她几十年如一日地对亚当斯“有益而平稳的影响”②使他受益无穷。可以毫不夸张地说，没有阿比盖尔，就没有大家熟知的对美国独立与建国、文化与历史有过重要影响的约翰·亚当斯。

对妻儿的无尽思念，是亚当斯在信中经常书写的主题。早在做巡回律师期间，亚当斯就不断地给妻子写信，有时一天多达三封，一次次表达自己“想每天看见妻子和孩子们”③的强烈愿望。对亚当斯来说，自家农场里有他想要的一切，

① [美]大卫·麦卡洛著，袁原、戴晓峥译：《约翰·亚当斯》，第37页。
② [美]大卫·麦卡洛著，袁原、戴晓峥译：《约翰·亚当斯》，第37页。
③ [美]大卫·麦卡洛著，袁原、戴晓峥译：《约翰·亚当斯》，第43页。

“家就像一块磁石，无时无刻不在强烈地吸引着他”[①]。他最喜欢的就是阖家团圆的家居生活，想时时刻刻与家人厮守在一起，然而他肩负的历史使命却使他们聚少离多，尽管“他们永远也不会习惯彼此分离”[②]。由于阿比盖尔长期在波士顿附近的农场，照顾几个被“恐怖之王”[③]天花折磨得死去活来的幼儿，亚当斯敏锐地意识到妻子的焦虑，于是频繁地在一封封长信中充分表达自己对诸事的看法。这些书信是阿比盖尔的“盛宴”，是她无尽的快乐，她也希望写信是丈夫“抛开忧虑的消遣放松方式”[④]。然而文字永远无法充分表达亚当斯对妻儿的眷恋与爱恋，独立战争爆发后就远在法国的亚当斯对妻子的感情更为浓烈，他在信中说：“我难以表达我的热情，我是你的”[⑤]；“如果明天就能和你在一起，我宁愿放弃全世界”。相比其他事情，亚当斯更关心妻子的身心健康。他在 1776 年 8 月 14 日的信中写道：“我更关心的是你，你周围那么多人生病。孩子们调皮捣蛋，使你烦心，你自己身体又弱。然而乡村的清新空气，加上适当的锻炼，能使你保持健康。”[⑥]

异域生活的所见所闻也是亚当斯书信的重要内容。亚当斯在巴黎的外交生涯艰苦卓绝，险象环生，但他对巴黎方方面面的印象极好，觉得巴黎人是“世界上最幸福的人”，并且他们有着最好的性情，能使他人与他们一样幸福。凡尔赛等宫殿与寺庙，尤其是各式各样的大理石雕塑、画作、挂毯、瓷器等艺术作品，都使亚当斯流连忘返。他恨不得挨个给妻子描述那些雕塑及其背后的历史、神话、诗歌与艺术手法，却有太多的公务要忙。他认为自己的职责是研究政府科学——立法、管理和谈判艺术，为的是确保儿孙们有学习艺术的自由，“我必须学习政治和战争，以便使儿子们有学数学和哲学的自由。儿子们应学数学和哲学、地理、博物、造船、航海、商务和农业，以便使他们的孩子有权学绘画、诗歌、音乐、建筑、雕塑、织锦和陶瓷”[⑦]，充分展示其“前人栽树，后人乘凉”的国父智慧。

---

① 隋肖左：《约翰·亚当斯传》，第 38 页。
② [美]大卫·麦卡洛著，袁原、戴晓峥译：《约翰·亚当斯》，第 108 页。
③ [美]大卫·麦卡洛著，袁原、戴晓峥译：《约翰·亚当斯》，第 106 页。
④ [美]大卫·麦卡洛著，袁原、戴晓峥译：《约翰·亚当斯》，第 112 页。
⑤ 隋肖左：《约翰·亚当斯传》，第 154 页。
⑥ McQuade, Donald, et al, eds. *The Harper American Literature* (Vol. I). p. 553.
⑦ McQuade, Donald, et al, eds. *The Harper American Literature* (Vol. I). p. 557.

二、无所不能的阿比盖尔

亚当斯性格中有着明显的矛盾性，甚至有历史学家怀疑他为躁狂抑郁症患者，而他最好的“医生”，永远是妻子阿比盖尔。作为公众人物，亚当斯免不了与人打交道，但他却说：“在这个世界上，我能够与之交谈的人不多……与他们相处的时候，我从未感到愉快。”在家人面前，他激情四射；在外人面前，他却显得冷淡、清高而自傲。他争强好胜、脾气急躁，因此在身体不适、遭受无端攻击或自己的努力与成就得不到认可时，他常常会陷入深深的绝望与忧郁中。每逢这样的艰难时刻，妻子就是他的稳定剂与强心针，一次次将他拉回正轨，他也毫不掩饰对妻子的高度依赖。担任副总统期间，他就被扣上“爱慕虚荣”的“君主主义者”[①]的恶名；就任总统后，面对残酷的党派纷争、内阁的误解与不合作、法国的蓄意挑衅与战争威胁，亚当斯筋疲力尽，束手无策。他不仅急切需要妻子的陪伴，而且渴望倾听妻子的“见解和判断”，他一次又一次以各种方式告诉妻子，“没有你我什么都做不了”[②]。他写信恳求妻子：“要么我去找你，要么你来找我，我不能没有你……求你了，一刻也不要耽误，过来吧，帮我分担生活中除了公务之外的每点烦恼。跟我一起讨论，助我一臂之力，用你的话语来抚慰我……已经到危急的重要关头，我非常需要你的帮助，我现在必须诚挚热切地重复我的请求，没有你我什么也干不了。”[③]作为堂堂总统，亚当斯从不在妻子面前掩饰自己的软弱无力，而阿比盖尔也总会在第一时间赶到丈夫身边。妻子是亚当斯的“定心丸，是更新、更美生活至关重要的中心”[④]。

阿比盖尔也确实值得丈夫尊敬与依赖，她料理家务、经营农场、管理财务，照顾全家老少，独自忍受疾病与孤独寂寞，同时又富有幽默感与文学素养，仿佛超人一般完美无缺。在给丈夫的许多书信中，阿比盖尔都使用了笔名“波西厄”——罗马领袖布鲁图妻子的名字，一个坚忍又伟大的妻子，这也正是她自己的生活写照。有段时间亚当斯为美国的独立奔走，没有收入，全家的生活全靠妻子经营农场支撑。后来亚当斯在法国及荷兰做外交官期间，经常应妻子的要求寄些欧洲的小商

① 隋肖左：《约翰·亚当斯传》，第219页。

② [美]大卫·麦卡洛著，袁原、戴晓峥译：《约翰·亚当斯》，第108页。

③ [美]大卫·麦卡洛著，袁原、戴晓峥译：《约翰·亚当斯》，第373页。

④ [美]大卫·麦卡洛著，袁原、戴晓峥译：《约翰·亚当斯》，第38页。

品回家，这些东西都被妻子卖了好价钱贴补家用，可见她还颇有经商头脑。

阿比盖尔不仅相夫教子、经营农场，还积极参与当时的政治活动，是丈夫的坚定盟友，甚至连她自己"都快成了政治家了"①。她不只对亚当斯影响至深，而且几乎是丈夫一切决策的幕后推手。她在信件中讨论的议题广泛，尤其关注黑人和妇女革命。她对奴隶制深恶痛绝，完全认同丈夫的观点：奴隶制是"人性中邪恶的传染病"，是"巨大的邪恶"②。她不愧为女权运动的先驱，始终不遗余力地为女性争取权利。亚当斯在费城出席新大陆会议时，阿比盖尔写信提醒他注意妇女社会地位和权益的保护，否则可能引发美国的第二次革命："我还希望你记得广大的妇女，比起你的祖先来，对她们要更加的慷慨。"同时她也不忘为殖民地妇女提供忠告和意见："记住每一个男人都有可能变成一个暴君，所以不要把无限的权力交到他们手中。"③她觉得黑人与妇女都应该获得解放，接受良好的教育。她不厌其烦地控诉女性接受的不公正待遇，提醒丈夫在制定新的法律条文时为妇女争取应有的权利，注重妇女的教育问题。她认为女孩和男孩一样应该接受良好教育："如果我们想培养英雄、政治家和哲学家，我们就应该拥有博学多才的妇女。"④她坚定不移地认为应该加强妇女在美国文化和政治中的作用，认为妇女应该从丈夫的绝对权威中解放出来，措辞强烈："如果不给予女性特别关照，我们将煽动叛乱，我们绝不受那些我们没有发言权和代表的法律的约束。"⑤

阿比盖尔责备丈夫嘲笑女人要求平等权利的言论："承认事实，承认当你厌倦了野心、阴谋、虚伪的政治时，你会退回到女性特征的单纯、温顺、没有心机。"⑥面对妻子言辞激烈的超前观点，亚当斯也认为必须废除男性色彩的法律，但又觉得那些法律只是理论而已，男性并不敢全面实施自己的权力。他不无幽默地说，其实在现实生活中，男性才是臣民，他们徒有主人之名，实际上"完全屈从于石榴裙

---

① [美]约翰·帕特里克·迪金斯著，闫翠玲、曲丽嬴译：《被遗忘的总统：约翰·亚当斯传》，第 9 页。

② [美]大卫·麦卡洛著，袁原、戴晓峥译：《约翰·亚当斯》，第 100 页。

③ [美]约翰·帕特里克·迪金斯著，闫翠玲、曲丽嬴译：《被遗忘的总统：约翰·亚当斯传》，第 9 页。

④ McQuade, Donald, et al, eds. *The Harper American Literature*(Vol. I). p. 578.

⑤ McQuade, Donald, et al, eds. *The Harper American Literature*(Vol. I). p. 576.

⑥ [美]约翰·帕特里克·迪金斯著，闫翠玲、曲丽嬴译：《被遗忘的总统：约翰·亚当斯传》，第 75 页。

的专制”[①]，令人忍俊不禁。

亚当斯明白自己不应该和妻子讨论政治，却又忍不住。在1779年2月13日给妻子的信中，他又提到政治和女性。他清楚妻子对男女平权的主张，却又对当时男尊女卑的现实很无奈：

> 我应该只字不提政治，因为你是**女**[②]人。
>
> 看我犯的什么错？——**女人**！
>
> 我马上弥补过错。我觉得**女人总的来说**比**男**人好，而且我知道你比任何**男**人都更能保守**秘密**。但这**世界**不知道这一点。因此如果我写给你**一些秘密**，而信件被泄密，被捅给**报纸**，**世人**会说我不值得信任。[③]

亚当斯觉得妻子“像个女政治家那样光芒四射”，她有关国家责任的观点是所有人中最好的。她认为：“一个民族能使一个国王倒下而依然保持是个民族，但如果一个国王让他的人民跌倒，他就不再是个国王。”[④]因此她坚决支持丈夫为国家独立而做出巨大牺牲，她自己则永远是丈夫最坚强的后盾。亚当斯入主仍未完工的白宫时，阿比盖尔像母亲般提醒他已是60多岁的人了，不该再要小孩子脾气。

1818年，相濡以沫54年的妻子阿比盖尔病危时，亚当斯希望自己“能躺在她身边，一起死去”[⑤]。妻子去世后，痛不欲生的亚当斯觉得自己失去了全世界，他悲伤地写道：“死亡，这个可恶的掠夺者对人类如此残忍，什么都没给我留下。”[⑥]正像波士顿的《哥伦比亚哨兵报》的讣告所强调的那样，阿比盖尔在丈夫从政期间对他的事业起了至关重要的作用，由此对美国也产生了重要影响。“她生命中的每一刻都在享受着丈夫无限的信任和深情厚谊，一直都能与丈夫交流大部分想法……她是个贤妻，脑子很灵活……能够把亚当斯完全从家庭琐事中解放出来，让他安心工作……她又是他的朋友，他很乐于与她商议公务中的每个疑难问

---

① [美]大卫·麦卡洛著，袁原、戴晓峥译：《约翰·亚当斯》，第77页。

② 此处用黑体标示出原文首字母大写的部分，下同。

③ McQuade, Donald, et al, eds. *The Harper American Literature* (Vol. I). p. 556.

④ [美]大卫·麦卡洛著，袁原、戴晓峥译：《约翰·亚当斯》，第78页。

⑤ [美]大卫·麦卡洛著，袁原、戴晓峥译：《约翰·亚当斯》，第492页。

⑥ [美]约翰·帕特里克·迪金斯著，闫翠玲、曲丽嬴译：《被遗忘的总统：约翰·亚当斯传》，第145页。

题……无论生活中经历的是暴风雨还是平静的海面，他都一直信任和崇敬她的美德。"[①]能与当时最杰出的一位女性结为伴侣，是亚当斯的幸运，对此他从未怀疑过。在他不顾一切为国家的自由而奋斗时，阿比盖尔从未在语言或行动上拖过他的后腿，而是勇敢地与他一起面对一切危险。亚当斯的军功章有妻子的一半，而亚当斯对妻子几十年如一日的柔情蜜意，非但没有削弱他的英雄形象，反而使他的男子汉形象更丰满，更人性化，更真实可信。

三、书籍与日记的魔力

除了书信，读书与写日记也是亚当斯摆脱坏情绪的两种行之有效的方法。哈佛毕业后，亚当斯到伍斯特小学教书，不久就厌倦那里的枯燥生活，好在他很快找到两种好方法使自己恢复好心情：一是"读书，读大量的书"[②]，二是写日记。其实亚当斯从小就酷爱读书，15 岁就上了哈佛大学，并且是哈佛最优秀的学生之一，从此几乎天天与书为伴，"永远在读书"[③]。只要条件允许，他也永远在买书，晚年藏书达 3200 册，而他希望拥有的是 10 万册。他在日记中写道："……除了妻儿们，我最想看到的是我的书。"[④]每次出门，他行李中都装着《堂吉诃德》，他与堂吉诃德一样喜欢旅行与冒险，却比堂吉诃德多了许多理性与智慧。书籍开阔了亚当斯的视野，也教会他用积极的态度对待生活。亚当斯也总是在写作，写作也是他一辈子的所爱。在伍斯特小学教书时养成的记日记习惯，一记就是几十年。坎坷的政治生涯，丰富的生活体验，复杂的情感变化，在亚当斯的日记中都有反映。除了阅读与日记，亚当斯也喜欢同他所尊敬的人进行书信交流，因此留下无数信件，包括与托马斯·杰弗逊等同事、朋友、对手的通信。他以笔为枪，给大陆会议和报纸写了难以计数的报告和文章，表达自己的政治主张，与敌人斗争，颇似同样酷爱读写、事事以笔开道的富兰克林。

亚当斯不仅自己喜欢阅读与写作，还极力鼓励后来成为美国第六任总统的大儿子昆西多读多写。他提醒喜欢希腊语和拉丁语的儿子，母语更不能忘，而学好母语行之有效的方法之一就是每天读点英诗。在亚当斯看来，英诗是个优雅、有

---

① [美]大卫·麦卡洛著，袁原、戴晓峥译：《约翰·亚当斯》，第 493 页。
② 隋肖左：《约翰·亚当斯传》，第 17 页。
③ [美]大卫·麦卡洛著，袁原、戴晓峥译：《约翰·亚当斯》，第 18 页。
④ [美]大卫·麦卡洛著，袁原、戴晓峥译：《约翰·亚当斯》，第 43 页。

趣、富有教义的伙伴，是幸福生活的保障与伴侣。诗人使有品位的人远离无精打采、无事生非的时光，只要口袋里装本诗集，你就永远不会孤单，永远不会无所事事。诗歌使亚当斯变得敏捷、快乐、充实，在他的生活中举足轻重。亚当斯劝十几岁的儿子立即(1783 年 5 月 14 日)开始记日记，因为写作有助于记忆与思考，有助于提高判断力。昆西因此早早养成了记日记的好习惯，并坚持终身，成了他持续 68 年的事业。亚当斯还劝儿子注意书写习惯，勤学肯问，合理安排时间，最重要的是要注意自己的品行，要谦虚谨慎、正直文雅、尊老爱幼，可谓事无巨细，谆谆教导，处处彰显慈父情怀。

《约翰·亚当斯》"传写非常之事，树立非常之人"[①]，深得传记文学的精髓，是传记文学的成功范例。该传避免了梁启超在《李鸿章》中的博引法所犯的两个错误——只见"主义"不见"人物"[②]；有些引文篇幅巨大，却由于引用过多、过短，使传记的流畅性与故事性大打折扣，有学术著作之嫌。但与亚当斯的其他传记相比(如过于注重政术的迪金斯的《被遗忘的总统：约翰·亚当斯传》)，麦卡洛的《约翰·亚当斯》更偏重政术之后的活生生的传主，因而仍是难得的佳作。

"爱是一种产生于安全和良好关系之上的、由多种情绪(高兴、兴趣和满意等)成分组成的合金式的积极情绪，它会不断地重现我们的爱意以及我们对所爱对象所做的一些行为，并能把这些思想和行为迁移到其他方面。"[③]亚当斯夫妇在当年极其复杂、凶险的国内外自然与历史条件下，都能在多个领域取得巨大成就，与他们一辈子相濡以沫、彼此赤诚相待密不可分。麦卡洛笔下铁骨柔情的亚当斯与完美无缺的阿比盖尔形象给无数读者留下深刻印象，引起强烈共鸣的同时也给读者带来无尽的审美享受。

第三节　幽默智慧的林肯

"天将降大任于斯人也，必先苦其心志，劳其筋骨，饿其体肤，空乏其身，行拂

① 赵白生：《传记文学理论》，第 180 页。

② 赵白生：《传记文学理论》，第 179 页。

③ 任俊：《积极心理学》，第 92—93 页。

乱其所为，所以动心忍性，曾益其所不能。"孟子的这番话准确地概括了亚伯拉罕·林肯多舛的一生。

林肯是美国历史上最杰出的总统之一，著名政治家、思想家、演讲家和律师。他出身寒微，与富兰克林一样靠自学成才改变命运，是位充满传奇色彩的平民总统。他阻止了美国的分裂，废除了奴隶制，让400万奴隶获得自由，对美国19世纪经济的发展起了巨大的推动作用。他所提出的"民有、民治、民享"原则是飘扬在人类民主进程中一面永恒的旗帜。

"二十世纪最伟大的人生导师"、《人性的弱点》作者戴尔·卡耐基（Dale Carnegie，1888—1955）在《林肯传》（*Lincoln the Unknown*，1932）中塑造了一个饱受创伤折磨、神情忧郁却始终百折不挠、屡败屡战的林肯形象。林肯没有富兰克林的乐观，也没有亚当斯的幸运，好在林肯与他们一样嗜读如命，不乏智慧，且有幽默这个疗伤的法宝。

一、创伤抑郁的折磨

心理健康与六大重要因素有关：环境掌控、自主性、有明确目的、个人成长、自我接纳和保持良好的人际关系[①]。如果这些因素中的一个或几个缺失，就可能对个体的心理状态产生负面影响，甚至引起心理问题。抑郁症是一种常见的精神疾病，病因复杂，以显著而持久的心境低落为主要临床特征，严重者会出现自杀念头和行为；多数病例有反复发作的倾向。林肯一生抑郁症数次发作，几次意欲自杀，追根溯源，环境失控与恶劣的人际关系是林肯抑郁症的最重要诱因。极度贫困的童年岁月、接连失去亲人的死亡创伤、地狱般的婚姻生活、屡次失败的打击及忍辱负重的白宫生涯，接二连三的磨难一次次无情摧残始终在痛苦中苦苦挣扎的林肯。

林肯对家庭、工作、经济情况、社会生活与感情生活[②]五个环境因素都不具备控制能力，其挫败感及由此导致的心理抑郁极为严重。首先，无论是原生家庭还是林肯婚后的小家庭，经济情况都极为糟糕，林肯终生被贫困这个常见的创伤源所缠绕。他出生在一个四面透风、极其简陋的小木屋里，从小和姐姐一起帮父母

---

① ［英］夏洛特·斯戴尔著，刘国兵译：《积极心理密码》，第17页。

② ［英］夏洛特·斯戴尔著，刘国兵译：《积极心理密码》，第18页。

提水、劈柴、锄草、送信，生活还总是捉襟见肘，吃了上顿没下顿。他 11 岁开始外出打零工，为人做各种各样的活计；21 岁时双脚在冰水中被冻伤，无法行走，一个月后才好转。迫于生计，林肯随全家几次迁徙，从肯塔基到印第安纳，再到伊利诺伊，白天披荆斩棘，晚上露宿的地方有熊群出没，美洲豹和野狼在不远处嗥叫，险象环生，多年后想起来，林肯仍心有余悸。

与极具经商天分的富兰克林相比，林肯的经商体验是名副其实的灾难。20 多岁的林肯两次尝试经商均以失败告终，17 年后才将欠下的巨额债务还清。开始律师实践时，28 岁的林肯的所有财产只有几本法律书，几件换洗衣服，一些硬币，再有就是巨额债务。由于付不起房租，林肯与开杂货店的朋友斯比德合睡一张双人床达 5 年半之久，另一个朋友巴特勒免费供应林肯食宿 5 年，还为他买了不少衣服。若没有他们的无私资助，林肯恐怕早就放弃了律师生涯，也就不可能有后来的林肯总统。两次赴首都就职，林肯都只能靠借债筹措路费，到华盛顿只能租住破烂不堪的公寓。林肯的妻子玛丽在伙食方面非常节俭，但她爱慕虚荣，在衣服和首饰方面从不吝惜。林肯遇刺身亡后，人们发现玛丽欠下的账单竟达 7 万美元，相当于林肯在白宫两年零九个月的薪水。“林肯被刺的唯一好处，是他不知道这些债务。”[①]贫困、饥饿、寒冷、疾病、债务与失败，在林肯的人生中如影随形。

与贫困相比，失去亲人的死亡创伤更使林肯刻骨铭心，一次次悲痛欲绝，险些自杀。与林肯同名的祖父亚伯拉罕死于印第安人之手；母亲死于可怕的乳毒病，当时林肯只有 9 岁；19 岁时，唯一的姐姐萨拉死于难产。1835 年，初恋情人安的病逝又给林肯致命一击，他不吃不睡，对人不理不睬，出现严重的精神病症状，企图自杀。2 年后，他的自杀倾向仍然明显。他明白自己看似正常，“但独处时，我连小刀都不敢带，我太郁闷了”。“他走路时，浓浓的忧郁仿佛随时都会掉落”[②]，他成了伊利诺伊“最忧伤的人”。从此以后，林肯沉迷于忧伤和死亡诗歌，经常一坐就是几小时，沉思默想，一言不发，然后突然默下一首死亡诗。安去世 25 年后，林肯当选总统，他坦承自己对初恋情人的思念与爱恋：“我深深地爱她”，“我现在

① [美]戴尔·卡耐基：《林肯传(英文原版)》，北京：外语教学与研究出版社 2011 年版，第 309 页。

② [美]戴尔·卡耐基：《林肯传(英文原版)》，第 45 页。

非常频繁地想起她”①。

林肯对四个儿子溺爱有加，从不责备他们，却不得不两次白发人送黑发人。1862 年，林肯的三儿子威利在白宫死于肺炎，年仅 11 岁。当时正值美国内战期间，内忧外患，林肯早已焦头烂额，儿子的死亡成了击垮他的最后一根稻草。面对堆积成山的公文，绝望中的林肯却根本无法工作，连医生都担心他再难恢复正常。

糟糕的人际关系使林肯几乎始终处于孤岛状态，缺少倾诉对象，对其抑郁症可谓雪上加霜。林肯与父亲的多年隔膜就是其创伤源之一。母亲与姐姐早逝，林肯与唯一的亲人——父亲汤姆本该相依为命，但父子俩很早就产生了隔阂。父亲是文盲，只知让孩子们干活挣钱，反对他们读书学习。得知雇主抱怨林肯干活时看书“偷懒”，他当众给了酷爱读书的林肯一记耳光，把儿子打翻在地。林肯哭了，却一句话也没说，但从此父子不和。林肯为晚年的父亲提供经济援助，但即使父亲生命垂危时，他也未回去看父亲一眼，因为他觉得父子俩见面只会更加痛苦，他对父亲的积怨之深由此可见一斑。这怨恨源自父亲对他自主性与兴趣的蔑视与粗暴干预，好在具有独立思考能力的林肯并未因此放弃自己的喜好与目标，靠自学成才彻底改变人生。

原生家庭的不幸尚可逃离，而婚姻的不幸却直接将林肯判了死刑。熟悉林肯的人认为他的极度忧伤有两大源头：极度的政治失望和悲剧婚姻，也有人认为“林肯生活中最大的悲剧不是被刺杀，而是他的婚姻”②。不幸的婚姻无疑是林肯成年后最大的创伤源。他的妻子玛丽·陶德出身名门，心高气傲，极度虚荣，脾气暴躁，一心想当总统夫人。她之所以嫁给林肯，完全是一场政治投资。她一开始追求林肯的对手道格拉斯，但后来觉得林肯更有可能入主白宫，加上道格拉斯对她不理不睬，于是她转而投入林肯的怀抱。林肯明知两人在家庭背景、所受教育、性格爱好、精神面貌、世界观、人生观等各方面都相去甚远，也试图拒绝，但在玛丽的眼泪中他束手无策。随着婚期临近，林肯情绪越来越低落，精神几乎失常，不得不向医生求助。1841 年元旦，林肯没有出现在婚礼上，他选择了逃婚。第二天朋友们在办公室找到林肯，发现他语无伦次，不停地自言自语，精神明显失常。与几年前安去世后一样，林肯企图自杀。三周后，林肯写下一生中最忧伤的一封信，说自

---

① ［美］戴尔·卡耐基：《林肯传（英文原版）》，第 150 页。

② ［美］戴尔·卡耐基：《林肯传（英文原版）》，第 256 页。

己“现在是世上最悲惨的人。……这样下去是不可能的，要么死要么好起来”[①]。他频繁地想到死亡，渴望一死了之。一年后，朋友还觉得他想自杀。但逃婚近两年后，心肠太软的林肯最终还是没能逃脱玛丽精心设计的骗局和眼泪，无奈地进入婚姻的“地狱”。婚礼上的林肯看上去像是要上屠宰场，从此陷入被称为“野猫”、“母狼”、“惹是生非之人”、“女魔头”、“母老虎”、悍妇、妒妇、泼妇的妻子玛丽对他身心的持续虐待中，用毕生“基督般的沉默”容忍她的“疯狂”[②]行为和无理取闹，容忍她一次次侮辱他男子汉的尊严和底线。林肯的平民身份，不修边幅、不拘小节的行为方式，甚至还有他的长相，都是玛丽歧视、奚落和愤怒的理由。她动辄用扫帚将林肯赶出家门，使他有家不能回，只能睡办公室。早餐时玛丽竟当众将热咖啡泼在林肯脸上，而林肯只有屈辱地默不作声。在林肯 25 年的婚姻生活中，这样的插曲对他来说早已习以为常。林肯入主白宫后，玛丽对内阁成员指手画脚，肆意干政，并且不允许总统单独接见女性，甚至交谈都不行，有任何苗头出现，玛丽都会当众大发雷霆，使林肯狼狈不堪。对“母老虎”的当众羞辱，林肯都像基督那样忍受，脸上布满痛苦和悲伤，却又不失平静和尊严，“那表情实在令人痛心”。“如果林肯娶了安·拉特里奇，他很可能会生活得很幸福，但绝对不会成为总统”[③]，与玛丽的结合使林肯陷入婚姻的囚牢，却成就了一个伟大总统，个人的不幸造就了国家之大幸。

林肯在政治方面的一连串失败是导致他抑郁的另一个罪魁祸首，即使成功时他也从未摆脱过政敌、同事、下属甚至普通老百姓对他的无端指责与谩骂，经常处于四面楚歌的恶劣环境中。处于类似环境的亚当斯有爱妻可以倾诉求助，林肯却一无所有。林肯在华盛顿任议员时反对墨西哥战争，遭到家乡人的强烈反对，引起轩然大波，直到 13 年后竞选总统时这阴影仍未消除，林肯也认为那是政治自杀。直到 1858 年，林肯的政治生涯还几乎都是“挫折和失败”“彻底的失败”，前途一片渺茫。报纸称他为伊利诺伊“最不幸的政治家，他在政治方面所做的所有努力，都注定要失败”。但两年后，林肯戏剧性地转败为胜，成为美国的平民总统，短暂的喜悦过后，林肯就意识到自己面临着前所未有的更大难题。“他抑郁难眠，因

---

① [美]戴尔·卡耐基:《林肯传(英文原版)》,第 70—71 页。

② [美]戴尔·卡耐基:《林肯传(英文原版)》,第 98 页。

③ [美]戴尔·卡耐基:《林肯传(英文原版)》,第 254,103 页。

担心过度，体重下降了40磅。”[①]他收到大量画有绞架和短剑的信件，每一封都以死亡相威胁，声称他不会活着到达白宫。迷信的林肯相信自己此去华盛顿赴任，必将有去无回。临行前向继母辞行，继母也预感到不幸将发生在他身上，他们只能在天国再相见。

家乡百姓、亲戚朋友的反对，大批失业者的围追堵截，固守奴隶制的南方的公然挑衅，政敌的肆意侮辱，联邦军队因缺乏统帅、准备不足而节节败退，法国趁机占领墨西哥、试图勾结英俄孤立支持南方、分裂年轻的美利坚合众国……然而这些与内阁成员对林肯的蔑视与刁难比起来，简直就是“小巫见大巫”。林肯的每个内阁成员都自认为比他高明，认为是林肯挡了他们的道，对他极尽轻蔑、侮辱之能事，使他的总统生涯更加多灾多难。被人们称为“半疯”的斯坦顿就是他们的典型代表之一。当选总统之前，林肯曾与性情暴躁的斯坦顿合作处理一起专利案，斯坦顿却鄙视、羞辱林肯，拒绝让他在法庭开口。他形容林肯是个“可恶、笨拙的长臂猿”，不幸被林肯听到，林肯苦恼不堪，再次陷入可怕的忧郁之中。林肯当选总统后，斯坦顿对他的“轻蔑和厌恶”有增无减，称林肯为“一个痛苦的低能儿”[②]，用各种不堪入耳的恶毒语言攻击谩骂林肯。

林肯的悲剧性命运还表现在，尽管他登上了象征美国最高荣誉的总统宝座，甚至被后世尊为美国最伟大的总统之一，但总统宝座带给他的却是更大的磨难与折磨。就算他对美国甚至人类所做出的最大贡献和成就，在当时也是他的灾难，使他的处境雪上加霜。1864年7月，内战处于胶着状态，举国上下一片诅咒总统之声——“篡位者、卖国贼、独裁者、恶魔、怪物、屠夫”，一顶顶恶毒的帽子向林肯袭来，多愁善感的林肯再次感到绝望。“他失败了，他的将军失败了，他的战争政策失败了。选民对他失去了信心，连他自己也担心联邦会毁于一旦。”[③]这年夏天，林肯像变了个人，3年前伊利诺伊来的那个长胳膊长腿的巨人身心都变了形。“一年又一年，他的笑声越来越少，皱纹越来越深，肩膀越来越耷拉，脸颊下陷，消化不良，两腿总是发冷，重度失眠，表情痛苦。他对朋友说：‘我觉得好像再也高兴不起来了。’”他经常像头困兽一样整夜整夜来回踱步，憔悴不堪，忧伤、绝望、焦

① [美]戴尔·卡耐基：《林肯传(英文原版)》，第119，131，147页。

② [美]戴尔·卡耐基：《林肯传(英文原版)》，第193页。

③ [美]戴尔·卡耐基：《林肯传(英文原版)》，第236，237页。

虑，脸上呈现的是“死亡的表情”，耳中听到的是战争“寡妇和孤儿的哭喊声”。他觉得自己再也看不到和平了，“这场战争要了我的命”①。林肯被刺后，他的小儿子泰德相信父亲进了天堂，很为他高兴，因为“他来到这里（指白宫）后从未幸福过，对他来说，这不是个好地方”②。

林肯对美国的最大贡献是维护了联邦统一，解放了几百万黑奴，但1862年9月当林肯终于突破重重阻力颁布了《解放奴隶宣言》后，迎接他的却是更加团结和歇斯底里的南方，更加分裂和涣散的北方。军中发生兵变，成千上万为维护联邦统一而战的士兵离开部队，因为他们不想为解放黑奴而流血牺牲。全美各地的征兵工作难以为继，原本支持林肯的选民，包括他家乡伊利诺伊也一致反对他，再加上前线一年半以来接二连三的失利，绝望情绪弥漫全美。愤怒的人们把矛头对准总统林肯，对他进行疯狂的口诛笔伐。反对党趁机逼迫林肯改变政策，解散内阁，甚至想把他撵出白宫。这次打击对林肯来说是莫大的耻辱，他承认在他的政治生涯中没有任何事比这件事更使他郁闷和绝望。

林肯的《葛底斯堡演讲》被认为是世界历史上最精辟的演讲之一，但当时人们对它的反应却极为冷淡，使林肯觉得“演讲彻底失败了……人们很失望”③。他苦恼不堪，担忧过度，以致头痛病发作，不得不用冷水冲洗。而演讲前林肯所忍受的屈辱与磨难，更是令人难以想象。1863年年底，林肯的政敌对他肆意污蔑，大肆捏造事实，利用报纸对他进行了3个月的讨伐，被深深伤害的林肯郁闷到甚至不敢看报纸，只能默默忍受痛苦。

总之，“失败”和“忧郁”是《林肯传》中反复出现的关键词。经商失败，婚姻失败，亲情失败，政治生涯失败，再加上亲人接二连三地离去带给他的死亡创伤，使林肯数次精神崩溃，“言语难以形容的极度悲伤和深深的忧郁”是他的最典型特征。赫恩登说：“二十年里，我没见到林肯哪怕有一天幸福日子。永恒的忧伤是他最典型的特征。他行走时，忧郁仿佛随时会从他脸上滑落下来。”④

林肯不时出现严重的精神病征兆。27岁时精神一度崩溃，卧病在床达半年之久，最沮丧的时候甚至“连一把刀都不敢携带，真怕一时想不开”。同屋的巡回

① [美]戴尔·卡耐基:《林肯传(英文原版)》,第238—239页。
② [美]戴尔·卡耐基:《林肯传(英文原版)》,第273页。
③ [美]戴尔·卡耐基:《林肯传(英文原版)》,第218页。
④ [美]戴尔·卡耐基:《林肯传(英文原版)》,第107页。

法官有时会被林肯咕咕哝哝的声音弄醒，发现他坐在床边，断断续续地自言自语。起床后，他会生个火，然后一坐就是几个小时，呆呆地盯着火苗看。有时走在街上，他被深深的绝望笼罩，对来往的熟人视而不见，有时又会莫名其妙地与人握手，对自己的所作所为完全无意识。

无法掌控环境，缺乏自主性与自我接纳，人际关系糟糕至极，英雄不是神仙一般的超人，而是像普通人一样也有痛苦、烦恼与忧伤。创伤、失败、忧郁与煎熬是林肯生活中的家常便饭，但抑郁症多次发作的林肯并没有自杀，反而成了美国最伟大的总统之一，只因他“会应对那些‘黑狗’和自杀念头”[①]，而他用来对付像“黑狗”一样的抑郁与自杀念头的至少有两大法宝：幽默人格与智慧美德。

二、幽默的疗伤功能

幽默是种积极的人格特质，是种对生活的积极态度，是人类精神生活的极好调节剂。广义的幽默指“滑稽有趣、热情洋溢、与人为善，从容对待他人的弱点及日常生活中的形式多样的忧郁感，甚至是忍受艰难困苦的精神力量”。幽默具有“一种神奇的力量，能让人变得心情愉悦，身体放松，享受到更多的生活乐趣”[②]，具有明显的疗伤功能。

心理治疗师尝试用幽默化解病人的精神创伤，使其恢复心理健康。幽默疗法是心理疗法的一种，主要指患者在医护人员的指导下阅读欣赏幽默图书或幽默漫画，观赏幽默戏剧或幽默影视剧等活动，通过一种奇特、含蓄、双关、诙谐、巧合等形式的良性刺激，使个体认知后愉悦情绪，起到活跃气氛，缓解紧张、尴尬局面的作用。幽默疗法起源于20世纪五六十年代，但之前两个多世纪的林肯已经无意中使用幽默疗法抚平自己的创伤抑郁症，也为他人消除烦恼，调节人际关系，活跃气氛。

忧伤、忧郁、绝望是林肯的典型表情，但与此同时，风趣幽默也是林肯的典型特征。“幽默是从痛苦中提炼出来的镇痛剂，是荒诞的解药。”人们感到压抑沉闷时，用“灰色幽默”[③]的方式表达内心的苦闷、不满、讽刺和抗议，林肯正是用这种

① [美]马丁·塞利格曼著，赵昱鲲译：《持续的幸福》，第50页。

② 张维：《方成传》，南京：江苏人民出版社2012年版，第148，168页。

③ 金和编著：《幽默金口才》，北京：中国纺织出版社2006年版，第134—135页。

独特的灰色幽默对付生活中无所不在的创伤性事件，使自己尽量从忧郁中解脱出来，从无尽的烦恼中获得片刻的休息。

幽默大师方成认为，性格幽默的人是指“既很幽默，为人又较宽厚，性格较开朗，较和善，颇有容人之量，也颇有自知之明的”[①]。林肯无疑是个具有幽默性格的人，而他又极具语言天赋，善于运用幽默语言。

幽默的主要功能是逗笑，“幽默会带来笑声，笑声中又蕴含着启示，在揭露和解决人和事物的矛盾中，使我们感到轻松愉快”。而笑，尤其是大笑，对人的身心健康极为有益。“幽默应该是宽容又善意的，能够为别人带来快乐。”[②]

林肯具有讲故事的非凡才能，他不仅用阅读幽默故事的方式缓解生活中的压力与忧伤，而且经常用诙谐幽默的笑话或故事给身边人带来乐趣。常常出现这样的盛况：两三百人围着林肯，被他的故事逗得前仰后合，不知不觉几个小时过去了。“帮助别人是提升幸福感最可靠的方法”[③]，林肯只有在讲笑话时才会脸颊放光，眼睛发亮，声音颤抖，有时还手舞足蹈地自己先大笑起来。笑过之后，林肯的情绪时常会立刻低落下来，一脸忧伤地望着众人，这就是林肯独特的幽默性格。“他渴望出人头地，想要一份称心的工作，能让自己有机会抛头露面，并吸引人们听他说故事，让他们听得捧腹大笑。”[④]这就是林肯的理想。

在人际交往中，有时会遇到对方有意或无意地冒犯自己，这时如果缺少应变的能力，在感到自尊心受损的情况下就会失去心理平衡，出现有失风度的言行，而自我解嘲式的幽默可以帮助人们瞬间摆脱令人尴尬的窘境。尤其当你莫名其妙地被别人当作取笑对象时，惶恐狼狈、恼羞成怒都不足取，你可以敏捷地接过对方打趣的话头，让它对准自己，来个以退为进，幽自己一默。这样，当幽默的主体与客体融合在一起时，你略胜一筹的自我幽默就会使你变被动为主动，你也就成为幽默的创造者，从而一道进入愉悦的氛围。自我解嘲是一种高明的应变技巧与处世方法，也是一种防御机制，它参与幽默，完善幽默，既缓解紧张又摆脱窘境。林肯就经常采用自我解嘲的方式摆脱窘境，变被动为主动。听斯坦顿骂他是个“该死的傻瓜”，林肯笑着说：“如果斯坦顿说我是个该死的傻瓜，那我一定是啦，因为

① 张维：《方成传》，第 114 页。

② 金和编著：《幽默金口才》，第 35 页。

③ [美]马丁 · 塞利格曼著，赵昱鲲译：《持续的幸福》，第 19 页。

④ [美]戴尔 · 卡耐基：《林肯传(英文原版)》，第 22 页。

他几乎总是对的。”[①]笑谈中，林肯承认错误，收回成命，非但没有损害他在下属心中的总统形象，反而显得豁达大度。

林肯不仅用幽默为自己疗伤，还将它作为工具，帮周围人解除烦恼。能容忍玛丽的也许只有林肯，没有女仆能忍受她的坏脾气，女仆圈子甚至把林肯家列入了黑名单。他们所在的斯普林菲尔德一个有头有脸的人物杰克的侄女在林肯家没干几天就被玛丽气走，杰克去帮侄女拿东西时，玛丽将他骂个狗血喷头，甚至声称要动武。气急败坏的杰克找林肯讨公道，林肯仔细听完他的抱怨，忧伤地说自己很替他难过，“但我十五年来每天都在忍受的东西，你能否忍受那么一会儿？”[②]在林肯幽默真诚的劝说下，杰克反而对林肯深表同情，为自己给他徒增烦恼道歉。

“幽默是一种特别有效的应对策略。”[③]对不可理喻的妻子玛丽，林肯通常以幽默平息夫妻战火。幽默地看待和应付意见不合，能使自己不动肝火，并很快平息对方的怒火，化干戈为玉帛，使家庭生活中的小小波澜不致发展为狂风恶浪。玛丽嫉妒成性，不许林肯和别的女人走在一起，说话都不行。为避免麻烦，每次公务接待前，林肯都问他的妒妇自己可以和谁交谈，玛丽则会列举一长串她讨厌或憎恨的女人名字。林肯抱怨道，“但是我总得与人交谈吧，总不能像个傻瓜一样杵在那儿一言不发。如果你无法告诉我可以和谁交谈，那么就请你告诉我不可以和谁交谈吧”[④]。林肯大概觉得妻子的讨厌名单还未到头。

玛丽不喜欢林肯的内阁成员，经常用恶毒的语言攻击他们，甚至不断催促林肯将蔡斯逐出内阁。对类似谴责，林肯会说“你错了，你的强烈偏见已经让你失去理智。如果我听你的，很快我就没有内阁可用了”。对北军将领，玛丽统统嗤之以鼻。她鄙视格兰特，说他是个“顽固的傻瓜和屠夫”，声称自己会把军队治理得更好。对这样大言不惭的谩骂，林肯会说：“假如让你统帅军队，无疑，你会比任何将军做得都好。”[⑤]这些话大概足以使玛丽哑口无言。

林肯经常以幽默语言回敬对手的无礼和攻击。内战前两年，北军连连失利，

---

① [美]戴尔·卡耐基：《林肯传(英文原版)》，第 195 页。

② [美]戴尔·卡耐基：《林肯传(英文原版)》，第 97 页。

③ [爱尔兰]卡尔著，丁丹译：《积极心理学》(第二版)，北京：中国轻工业出版社 2013 年版，第 291 页。

④ [美]戴尔·卡耐基：《林肯传(英文原版)》，第 257 页。

⑤ [美]戴尔·卡耐基：《林肯传(英文原版)》，第 258—259 页。

林肯苦于无法找到一个称职的总指挥。当天才将领格兰特终于出现时，林肯如获至宝，但格兰特的上司嫉贤妒能，一度剥夺他的兵权。听人们抱怨格兰特将军威士忌喝得太多，林肯认真地问："什么牌子的？我想给其他将领也送几桶。"[①]一句话堵住了类似闲言碎语。若非林肯顶住重重压力，坚持任用格兰特为联邦军总司令，美国内战不知还会持续多久。

可见幽默不仅是林肯自己疗伤的法宝，也是他化解人际关系烦恼，为他人带来快乐的有力武器。幽默性格与幽默感并非与生俱来，而是后天习得的。林肯既是幽默大师，又是智慧的化身。

三、智慧的化身

《林肯传》又名《人性的光辉》，与《人性的弱点》相呼应。林肯机智、善良、勤奋、果决、宽容、有责任心、谦虚质朴、宽厚仁慈、吃苦耐劳、顽强不息、任劳任怨、知人善任、幽默风趣等等，仿佛是道德的化身[②]。而在这些积极人格背后，是林肯超人的智慧和才华。

幽默出自智慧。幽默是一种经过艺术加工的语言，也是一种艺术方法，其特点是用曲折、含蓄的方式表达观点，使人一思而悟，并因其奇巧处理方法而产生兴趣，会心一笑。作为一种语言方式，幽默与其他语言一样，是后天习得的。方成认为，要想学会幽默，就"要多看书、多学习，将幽默当成生活的习惯"。生活中处处都有幽默，柴米油盐酱醋茶里都能"开发幽默"[③]。

林肯的学校教育断断续续，加起来不到一年，但他用刻苦自学弥补了学校教育的不足。15 岁时，林肯会读点东西，却还不会书写，然而短暂的学校教育却教会他热爱知识，渴望学习，对书籍产生浓厚的兴趣。继母萨拉带来的几本书让林肯着迷，他把书随时带在身边，一有时间就沉迷其中：《圣经》和《伊索寓言》深刻影响了他的风格，他说话的方式，他与人争论的方法。读书为林肯打开了一个魔幻般的新世界，从书本中他学会了公共演讲技巧，接触到西塞罗的著名演讲和莎士比亚的经典台词。

---

① [美]戴尔·卡耐基：《林肯传(英文原版)》，第 230 页。

② 任俊：《积极心理学》，第 208 页。

③ 张维：《方成传》，第 169 页。

在朋友杰克的影响下，林肯对语言的理解和欣赏能力突飞猛进，从此莎士比亚成了他最喜欢的作家，他阅读莎士比亚作品的时间比所有其他作品加起来都多。入主白宫后，为内战愁眉不展时，林肯不但花大量时间阅读莎剧，而且忙里偷闲，与专家探讨莎剧。被刺杀前林肯还给朋友读了两小时的《麦克白》。莎士比亚作品对林肯的写作及做人做事风格影响深远。

读书使林肯有了当律师的想法，而他的律师生涯为他的政治前途，也为他入主白宫铺平了道路。林肯喜欢读书，常常躺在地板上一读就是几个小时。读报纸、笑话、诗歌，有时则闭眼吟诵自己喜欢的诗歌。做巡回法官期间，同事经常一觉醒来，发现林肯还在微弱的烛光下读书，有时半夜两点还不睡觉。

人们在欣赏林肯精美的演讲词时，却很少有人知道，为一个演讲林肯需要在图书馆泡几周时间，参考历史资料，牢记事实，归类、澄清、研读以往候选人的辩论稿。起草好演讲稿，他会召集朋友来听，一遍遍听取大家的意见，然后修改与完善。为了与道格拉斯的辩论，林肯查阅了许多关于奴隶制的资料，对饱受创伤的黑人无限同情。虽然过后他又回到巡回法官的职位，但他的心思已不在法律上，满脑子都是政治和奴隶制。只要一想到几百万人还在被奴役，他就会痛苦不堪，忧郁症出现得更频繁，时间更长，更严重。在一个乡村旅店，同床的巡回法官凌晨醒来，发现林肯穿着睡衣坐在床边冥思苦想，嘴里咕咕哝哝，神情沮丧。后来他说的第一句话是："我跟你说，这个国家不能容忍永远一半奴隶制一半自由。"[①]可见他心里装的不再是个人的不幸，而是国家的前途和命运。这年他 46 岁，还只是个小小的巡回法官。其实早年在新奥尔良第一次目睹黑人奴隶惨遭毒打时，林肯就下定决心："一旦我有机会打击那东西(指奴隶制)，我一定要狠狠地打击它。"[②]

知识使林肯学会幽默，而林肯则借助幽默来减轻生活的重压，疗伤制胜。"幽默可以缓解疼痛、促进疾病及术后恢复。用幽默应对困境，也会改善免疫系统机能。"[③]他常常看笑话类书籍，奎因所编的笑话集一直是他的好伙伴。三子威利去世后，林肯抑郁症复发，有时一坐就是几小时，大声朗读莎士比亚的作品，借此排遣吞噬他的绝望情绪。林肯没有多少家庭生活可言，从不邀请朋友到家里吃饭，

① [美]戴尔·卡耐基：《林肯传(英文原版)》，第 119 页。

② [美]戴尔·卡耐基：《林肯传(英文原版)》，第 29 页。

③ [爱尔兰]Alan Carr 著，丁丹等译：《积极心理学》(第二版)，第 291 页。

他自己也希望离玛丽越远越好，出去办案时动辄半年都不回家。晚上他常常拉住同事侃大山，或到附近的杂货店给人讲故事，借此排遣自己的郁闷情绪。

只要读到好故事，林肯总是喜欢与人分享。在新奥尔良"文学社"每周一次的聚会上，林肯给大家讲故事，朗诵自己创作的诗歌，就各种时事问题发表即兴演讲，演讲水平迅速提高。这些活动开阔了他的视野，刺激了他的野心。他发现自己在演讲方面有非凡的才能，可以通过演讲影响他人。这个发现使他的勇气和自信前所未有地高涨。

有段时间，林肯睡前喜欢读美国幽默作家沃德（Artemus Ward，1834—1867）的作品，读到可笑之处，他起床穿着睡衣就跑到白宫秘书处，把故事读给他们听。内阁成员讨论《解放奴隶宣言》之前，林肯得到一本沃德的新作，其中有个让他觉得很好笑的故事，于是开会前他先把这个故事读给内阁听，读完大笑一番，然后才言归正传。

书籍是林肯获得知识的途径，智慧是其幽默的源泉，幽默对治疗他的创伤抑郁症起着至关重要的作用，而对意义的追寻更是他的终极目标。《活出生命的意义》的作者弗兰克尔认为，"生活从来不会因外界环境而变得不可忍受，只会因缺乏意义和目的才难挨"①。幸运的是林肯从不缺乏意义与目标，他为祖国与人民而战，直至献出生命，因而其人生意义非凡。

第四节　快乐充实的盲聋女作家

对美国著名盲聋女作家、社会活动家和演说家海伦·凯勒，相信大家都不陌生，然而两次细读凯勒自传《我的一生》（*The Story of My Life*，1903），仍感触颇深，一个看似简单的问题在脑海萦绕不去：从小因病失去听力与视力，从此生活在寂静漆黑世界中的凯勒，何以在自传的字里行间，传达给读者的却满是快乐、幸福、满足与爱心，何为盲聋女作家的快乐之源？强调语篇与情景语境之间关系的功能文体学也许能帮助我们更好地理解这个问题。

① ［美］保罗·H. 詹金斯著，微波琦子译：《积极心理学：处处有转机》，北京：九州出版社 2017 年版，第 123 页。

一、快乐词汇"失衡"

自20世纪70年代诞生以来，功能文体学就为文本分析提供了一个全新的视角和方法。功能文体学以系统功能语法为理论基础，着重研究语言选择的过程及选择的结果所产生的文体效应。对语言功能的关注，是功能文体学与系统功能语法的共同特征。系统功能语法认为，语言由情境、形式和语境三个主层次组成。情境指与语言活动相关的环境、事件、人物、交际方式和渠道等；形式指词汇和语法；语境指语言运用的环境，有文化语境（整个语言系统的社会环境）和情景语境（某一交际事件的环境）之分。情景语境由三部分组成——语场、基调和方式[①]，分别指发生了什么事、谁是参与者及语言在情景中所起的作用。与之相应，语义层也包括三个组成部分——概念意义（经验意义和逻辑意义）、人际意义和谋篇意义，即"语言的三大纯理功能"[②]。经验意义指语言对讲话者的所见所闻、亲身经历和内心活动的表达；人际意义指语言对讲话者的身份、地位、态度、动机等的表达。功能语言学从社会环境的层次对语言进行分析，既能解释文本内的语言现象，又能解释文本外的文化和情境因素，将语言形式、内容和功能结合起来考虑，有助于加深读者对文本实质的理解。

《我的一生》中语言情境与语言形式的冲突，情景语境中语场和基调的矛盾，以及它们所表达的与读者期望值相异的概念意义和人际意义，都以陌生化的文体意义形式，加深读者对凯勒自传整体意义的把握，让读者能更好地理解作品。首先，无论自传产生的文化语境，还是凯勒叙述自己具体生活故事的情景语境，都对凯勒乐观性格的养成非常不利。在凯勒早年生活的19世纪后半叶的美国，盲文书籍非常有限，对盲聋人提供专业帮助的机构与人员严重不足且水平有限。在此社会环境下，像凯勒这样的残疾人，终生靠人照料、碌碌无为、苦闷悲观才是常态。有幸接受一定教育的残疾人，生活能自理已是万幸，像凯勒那样功成名就的实属罕见，像她一样乐观积极的更是凤毛麟角。其次，凯勒在撰写自传时，正在哈佛大学拉德克利夫女子学院读大三，正面临连正常学生都难以承受的巨大学业压力，

---

① 张德禄：《功能文体学》，济南：山东教育出版社1998年版，第6页。

② 有将 metafunction 翻译为元功能，因此称为语言的三大元功能。见张德禄：《功能文体学》，第7页。

因此读者自然预设会读到许多凯勒面对困难力不从心时的负面情绪，但语场与凯勒的乐观语调却出现巨大反差，使读者不得不做深度思考。从下面两组统计数字，就可看出凯勒的乐观情绪弥漫全书，读者在惊异于自己的期望值落空的同时，自然会更加关注作家的别样故事。

《我的一生》原著只有 36918 个单词，但表达满足、幸福、爱、兴趣等积极情绪的 5 个单词及其派生词却出现多达 308 次，其中"please/d, pleasure, pleasant"(愉快，满意)58 次，"happy/ly, happier, happiest, happiness"(幸福)40 次，"joy/s, joyous/ly, enjoyed/ing/ment"(喜悦；欣赏)55 次，"interest/ing/ed"(兴趣；有趣)39 次，"love/s/d/ly/lier/liest/liness, loving/able, beloved"(爱；可爱)出现得更频繁，多达 116 次。[①] 与之形成鲜明对比的是表示消极情绪的"sad/ly/ness, saddened"(忧愁)、"sorrow/s"(伤心)、"bitter/ness"(痛苦)、"vex/ed/ing"(烦恼)、"despair"(绝望)这 5 个单词及其派生词分别出现 8、10、7、5、2 次，总共只有 32 次。从这些统计数字不难看出，由积极情绪所组成的"共同语言模式"[②]明显占上风，由此可见凯勒的叙事基调乐观积极，她本人思维活跃，生活丰富多彩、快乐幸福，对人生及周围世界充满感激。这种突出的词汇"失衡"[③]现象，即同一词汇集词汇的高频率出现，产生了特殊的文体效应，具有独特的概念功能和人际功能。

系统功能语法认为，语言形式中的词汇系统由词汇的搭配和集来组织，两者相互依存。具有搭配关系的词汇组成词汇集，同一词汇集的词汇具有搭配关系。同义关系包括同义词关系、上下义关系、整体—部分关系和反义关系。在上述统计数字中，表示积极与消极情绪的两类词汇集中的前两种搭配关系都很突出，即重复和同义关系(包括反义关系)，由此形成有文体意义的前景化突出，即"有动因的突出"[④]，取得多重突出效果。第一，形象效果：使意义的表达更有效力。凯勒反复使用这些充满正能量的词汇，描述自己如何克服种种生理困难，最终如愿以偿，成为哈佛大学学生，其丰富的经验意义不言而喻。第二，经济效果：表达方式

---

① 在信件中，凯勒使用"love"及其派生词的频率更高，如 1905 年出版的凯勒 1887—1901 年的书信中，该词出现多达 214 次，很多时候和用于强调的"do"并用，如"I do love you"(我真的很爱你)，感情色彩更浓。

② 郭鸿：《英语文体分析》，北京：军事谊文出版社 1998 年版，第 214 页。

③ 张德禄：《功能文体学》，第 50 页。

④ 张德禄：《功能文体学》，第 40 页。

更简洁。凯勒用最简洁的语句，常用的词汇，将自己生活中“最有趣和最重要”[1]的故事娓娓道来，在有效传达其概念意义的基础上，还利用这些关键词的重复和同义关系，强化了作品的乐观基调，给人留下深刻印象，事半功倍。第三，情感效果：更有效地表达讲话者的感情[2]。凯勒的乐观、积极与爱心，在这些失衡的关键词中反复再现，有助于强化作者与读者之间的感情沟通与联系，成功地将自己的正能量传递给读者。

尽管命运对天资聪颖的凯勒极其不公，但上帝也给了她一颗充满爱意的心和一个博大的胸怀，助她克服生活中的种种障碍，享受人生点点滴滴的欢乐与幸福。那么凯勒的积极情绪究竟缘何而来，何为盲聋女作家的快乐之源？英国学者巴克莱指出的幸福生活三要素——有希望、有事做、能爱人——对凯勒来说意味着对大自然的无限热爱、对知识的无尽渴求与对亲朋好友的感恩之情，而这些都要通过内在因素起作用，即她对生活的知足常乐心态。

二、自然之乐

人是自然的一部分，人与自然的关系是生态伦理关系中的重要一环，因此能否从大自然中获取快乐体验，是人生幸福与否的一个关键因素。而多姿多彩、瞬息万变的大自然，始终是凯勒的快乐源泉之一，也是导致其自传中词汇失衡的重要因素。大自然带给凯勒的快乐与慰藉，在自传中俯拾皆是。

凯勒 19 个月大时因患猩红热失明失聪，接着失去刚牙牙学语获得的几个单词，此后长达 87 年的漫长人生中，凯勒的世界再无光明，再无声响，但这并不妨碍凯勒欣赏大自然的美妙与神奇。靠着灵巧的双手与灵敏的嗅觉，凯勒用手触摸，用指尖欣赏四季美景，用整个身心感受周围环境，就像观看一场扣人心弦、永不谢幕的大戏。而视力与听力正常的人，往往心不在焉地看着听着，毫不专心，也不会心存感激，正如英国大诗人柯勒律治所言，“大自然是个取之不尽的宝藏，然而因为人类的惯性和自私自利的追逐，我们视而不见、充耳不闻，心灵既不能感受也不能领悟”。凯勒的故事使读者警醒，重新审视身边的一草一木。就像英国“自然诗

---

① [美]海伦·凯勒著，鹏鑫译注：《假如给我三天光明》（中英对照，包括《我的生活故事》和《假如给我三天光明》），北京：外文出版社 2011 年版，第 2 页。

② 张德禄：《功能文体学》，第 146 页。

人"华兹华斯所说，凯勒"赋予日常事务以新意，并且激发一种类似超自然的感觉；通过唤醒人们的意识，使它从惯性的冷漠中解放出来，看着眼前的世界是多么可爱和奇妙"①。

凯勒喜欢运动，兴趣广泛，精力充沛，这也有助于她享受大自然所带来的乐趣。她喜欢户外运动与冒险，骑马、游泳、划船、航海、骑双人自行车等都是她喜欢的户外活动，跳棋、象棋和纸牌也是她常玩的游戏，所有这些都给凯勒带来无限的生命力与无尽的欢乐。无论花园还是旷野，无论花草树木还是家禽家畜与昆虫野兽，无论小溪还是大海，凯勒都能陶醉其中，流连忘返。她不喜欢城市的喧嚣，对她来说，自然是一种能量巨大的精神力量，有亲和力，有"救赎作用"与"使心灵复原的魔力"②；自然是人类的理想伴侣，能与人交流沟通；自然是快乐之源，能给人带来愉悦的享受。早在莎莉文老师到来之前，家里的老式花园就是凯勒童年时代的天堂与慰藉。每次发过脾气后，她都会来到花园，把滚烫的脸颊埋入清凉的树叶和草丛中"寻求慰藉"③，然后愉快地陶醉在花园中，快乐地漫步，在花与草的世界中很快忘掉自己的不幸。凯勒是不幸的，也是幸运的，上帝在剥夺她宝贵视力与听力的同时，也赋予她感受千山万水的灵敏触觉与敏锐心灵，让她尽情享受大自然的恩赐。

"兴趣是一种明显带有积极特征的情绪，它能促使个体把自己已有的经验和新的信息相整合，从而进行创造和开拓。"④凯勒对自然和运动的浓厚兴趣，不仅给她带来许多乐趣，也使她身心愉悦，思维更加活跃，从而产生无限的创造力。

三、知识之乐

在亚里士多德看来，人是求知的动物，求知是人的本性，因此能否从浩瀚无边的知识海洋中获得乐趣，也是人快乐与否的一个关键因素。幸运的是，小凯勒 7 岁时就从莎莉文老师那里获得开启知识之门的宝钥，从此以后，对知识的无限渴求，成为凯勒快乐的最大源泉。

① [英]阿兰·德波顿著，南治国等译：《旅行的艺术》，上海：上海译文出版社 2012 年版，第 157 页。

② [英]阿兰·德波顿著，南治国等译：《旅行的艺术》，第 144，147 页。

③ [美]海伦·凯勒著，鹏鑫译注：《假如给我三天光明》，第 4 页。

④ 任俊：《积极心理学》，第 92 页。

凯勒天生聪慧敏感，虽因患病浪费了几年宝贵的求知时间，但莎莉文老师的到来，很快点燃了她强烈的求知欲望。《我的一生》中表达“渴望，热切”的词汇“eager/ly/ness”有 25 次之多，充分表达了凯勒急于了解周围世界，渴望与人交流，渴求知识的心理。尽管知识的海洋里有惊涛骇浪也有暗礁险滩，但她靠着坚强的意志与强大的好奇心，在这多姿多彩的海洋中尽情遨游，并以优异的成绩毕业于哈佛大学拉德克利夫女子学院，掌握英语、法语、德语、拉丁语、希腊语五种语言，著有 14 部作品和数量庞大的书信。即使正常人，要想取得这样卓越的成就，成为如此学识渊博的人，也要付出难以想象的艰苦努力，何况一个盲聋女人。

除了享受知识带来的乐趣，强烈的缺憾意识，也是凯勒不断追求与探索新知识的巨大动力。陈乐民先生认为，做学问有两点很重要，第一要怀疑，第二要经常感到缺憾。[①] 正是在缺憾意识的驱动下，凯勒克服难以想象的困难，学会了说话，为她攀登知识的高峰创造了一个便利条件。凯勒的声带本无问题，只因从小失去听力，也就很快失去刚获得的一点说话能力，但她渐渐意识到自己与周围人的交流方式不同，并对手写字母的交流方式很不满意，一心想学说话。听不到声音、看不见表情的凯勒只能用手去感受老师发音时喉咙、嘴唇和脸部表情的细微变化，然后进行成千上万次的模仿和纠音，有时一连几个小时，直到发音正确为止。就这样，功夫不负有心人，凭着坚强的意志，经过艰苦卓绝的努力，10 岁的凯勒终于学会说话，有了更便捷的沟通与学习方式。说话，多少人认为理所当然、习以为常的能力，对凯勒来说却意味着突破束缚，获得自由与力量。能说出想要表达的话语而无须翻译，对凯勒来说是天大的恩赐，因为说话时，快乐的思想会随着语言表达出来，而这种快乐思想却很难通过手语表达。来自天津的“同桌妈妈”陶艳波，陪伴失聪的儿子杨乃斌上学 16 年，成为“感动中国 2014 年度人物”之一，她诠释了母爱的伟大。与失聪的杨乃斌相比，失聪且失明的凯勒碰到的障碍与难题无疑更多。杨乃斌尽管听不见，却看得见老师的唇形、动作、板书与课件，而同样在大学课堂里的凯勒，却只能通过莎莉文老师快速拼写在她手心里的一个个单词来了解老师的讲课内容，并且连盲文版的课本也没有，其难度无以言表。

博物馆和艺术馆也是带给凯勒快乐与启迪的地方。通过触摸那些逼真的展品，凯勒了解世界发展的进程和人类进步的成果，感受人物的动作、神态、思想和

---

① 陈乐民：《欧洲文明十五讲》，北京：北京大学出版社 2004 年版，第 3—4 页。

美感，体会神和英雄的憎恨、勇气和爱，探索人类的灵魂，获得了无限乐趣。展示物质世界的纽约自然历史博物馆和反映人类精神的大都会博物馆是凯勒的最爱，后者对凯勒来说还是"开启美的钥匙"[①]，尽管她无法用眼睛看一眼那里的精美展品，却通过触摸欣赏到无与伦比的艺术之美。在1893年为期三周的华盛顿世界博览会期间，凯勒被特许抚摸展品。于是幸运的凯勒每天穿行在那些来自世界各地的奇珍异宝之间，贪得无厌地抚摸博览会的精华，这使她大开眼界，从此不再沉迷于童话故事和玩具，而是对现实世界更感兴趣。凯勒还喜欢"看"戏，喜欢有人将正在演出的戏剧拼写给她，因为这比读剧本更生动，更有身临其境的感觉。有幸触摸一些演员的脸部表情和装束，更使凯勒觉得三生有幸。

在凯勒的生活中，快乐与知识总是并驾齐驱。"她用心感受生活中的一切……忙碌不停，处处汲取着快乐和知识。"[②]她喜欢在户外，特别是在阳光普照的树林里读书学习，同时感受世界万物的可爱与活力。在莎莉文老师的精心指导下，凯勒玩中学，学中玩，边玩边学，在生活中获得知识，对学习的兴趣越来越浓厚。她嗜书如命，读书是她人生的最大乐趣之一，也是她积累知识的重要途径，而积累知识就是为未来的快乐积累财富。自从学会摸读盲文，凯勒就拼命读书，有时连手指都摸出了血，但她不叫苦不叫累，无怨无悔。从《我们的世界》到《小少爷方特罗伊》，从《希腊英雄传》和《伊利亚特》到《圣经》，从莎士比亚戏剧等英美文学经典作品到法国和德国文学，凯勒尽情享受在书卷中飞翔的快感。

她喜欢诗歌，也喜欢历史，文学更是她的"乌托邦"。古希腊对凯勒有一种神秘的诱惑力，当她阅读《伊利亚特》的精彩片段时，她感觉她的灵魂从狭隘的生活中解脱了出来，她忘记了身体上的缺陷，尽情遨游在浩瀚无边的天际。《圣经》给凯勒带来无尽的快乐和启发，是她最珍爱的一本书。读书与学习的过程，犹如掀起一层层面纱，每掀起一层，"一个崭新的思想与美的王国"[③]便展现在凯勒面前，让她喜不自胜。在书籍的引领下，凯勒无比虔诚地奔向真善美的世界，奔向幸福与快乐的巅峰。生理上的缺陷阻隔不了凯勒与她的书籍朋友之间的亲密交流，他们之间可以畅所欲言，没有任何尴尬与不便。凯勒不仅喜欢读书，而且有着惊人

---

① [美]海伦·凯勒著，鹏鑫译注：《假如给我三天光明》，第204页。
② [美]海伦·凯勒著，鹏鑫译注：《假如给我三天光明》，第68页。
③ [美]海伦·凯勒著，鹏鑫译注：《假如给我三天光明》，第156页。

的记忆力，很快积累了丰富的词汇，为以后的文学创作打下了坚实基础。

阅读与写作带给凯勒的快乐、勇气和信心，使她忘记自己的伤痛和残疾，尽情享受知识带给她的乐趣。对凯勒来说，“知识是爱，是光明，是智慧”，“知识就是幸福”[①]，有了广博和高深的知识，就可以去伪存真，明辨是非。

四、感恩之乐

亲情、友情与感恩之情，是凯勒的第三大快乐源泉。无论何人，从小到大，都会受到父母亲友及周围人的许多帮助，因此感恩是人最基本的感情之一，也是人类快乐的基础。凯勒对父母、老师及帮助过她的无数亲朋好友，始终心怀感激，这种感恩之情又反过来给她信心、力量和勇气，使她快乐幸福。从自传中出现的 67 个“friend/s/ly/ship”（朋友，友好，友谊）中，就可看出朋友在凯勒生活中的分量，更别提父母家人及恩师莎莉文老师了。

亲情是支撑凯勒不断向前的巨大动力，在她的早期生活中作用巨大。莎莉文老师到来之前，凯勒与家人之间能简单交流，她还会做一点家务，是母亲的慈爱、智慧与耐心让小凯勒明白许多事情，让她体会到“漫漫长夜中的光明和生命中的美好”。在学习说话的艰难时刻，亲人是她坚持学习的最大动力。当气馁与厌倦时，只要一想到自己的亲人，她就会重新振作起来，渴望家人为她的成就感到愉快。一想到小妹会听懂她的话，她就有勇气克服学习上的所有障碍。终于能开口对家人说话的那一刻，是凯勒终生难忘的“最幸福的时刻”[②]。研究认为，爱的能力是积极心理的核心，快乐的基础与源泉[③]，正是对家人的热爱，支撑凯勒战胜巨大的困难，重新获得说话的宝贵能力。实际上，凯勒早期的每一点进步，都离不开父母不遗余力的鼓励与支持：四处求医问药、拜师学艺、接受正规教育。正是父母的不离不弃，助凯勒顺利实现她的哈佛梦。

为凯勒打开知识之门的莎莉文老师，无疑是凯勒生活中最重要的贵人。凯勒因莎莉文老师的到来才得以告别黑暗与孤独，开始享受友谊、陪伴、知识与爱。与“同桌妈妈”陶艳波相比，莎莉文老师无疑更加伟大。陶艳波 16 年来不离不弃，陪

---

① ［美］海伦·凯勒著，鹏鑫译注：《假如给我三天光明》，第 25，142 页。

② ［美］海伦·凯勒著，鹏鑫译注：《假如给我三天光明》，第 11，86 页。

③ Hendrick, Susan & Clyde. “Love.” *Handbook of Positive Psychology*. Eds., C. R. Synder, & Shane J. Lopez. Oxford: Oxford University Press, 2002, p. 472.

伴失聪儿子上学，充分展示了母爱的无私与伟大，而莎莉文与凯勒非亲非故，却为凯勒带来了“爱之光”[①]，陪伴爱护失明失聪的凯勒50年，用一辈子的时间，培养一个了不起的学生，造就一个不可思议的人才。与老师一起几周后，凯勒才终于意识到每件东西都有一个名字，而每个名字都会引发新的思考，这对懵懵懂懂的小凯勒来说，是一个具有转折意义的关键时刻。那一刻，语言的奥秘，知识的海洋，理性的回归，都一起向凯勒涌来。而那一刻，源自凯勒对老师反复拼写在她手心的五个字母“water”(水)与流过她手指尖的奇妙而清凉的物质之间的模糊联系：“这个具有生命力的词语唤醒了我的灵魂，带给我光明、希望和欢乐，让我的灵魂获得了自由!”那天，凯勒学会很多新单词，晚上躺在小床上，回想一天的快乐，她觉得自己是“最幸福的孩子”，“第一次迫不及待地期盼新一天的到来”。[②] 光明、希望、欢乐、自由，这些美好的字眼从此与学习和知识紧密相连，带给凯勒无穷的乐趣与幸福。

假如给她三天光明，凯勒首先想看到的，就是她亲爱的老师莎莉文。莎莉文老师为凯勒打开了外面的世界，带来了知识的海洋，她温柔、耐心、勇敢、坚毅、聪明、善解人意，懂得随机应变、寓教于乐，对凯勒充满同情，正是这些优秀品质使她圆满完成了教育一个盲聋哑女孩这一项几乎不可能完成的任务。莎莉文老师从不放过任何一次向凯勒展示万物之美的机会，想方设法让凯勒的生活更美好，更有意义。凯勒对老师的大恩大德没齿难忘，她认为自己生命中所有美好的东西，都是莎莉文老师给予的，没有老师的爱抚，她的才能、渴望和快乐都无从谈起。

友情带给凯勒的欢乐也难以估量。朋友对凯勒的生活产生重大影响，使她感受世间的美丽与和谐，给她的心灵带来宁静，使她的生活变得更加美好。虽然无法写下所有曾带给她欢乐的人的名字，但凯勒用自传的最后一章，歌颂友情与自己的感恩之情。凯勒从与布鲁克斯主教的友谊中获得无穷的快乐与启迪，感知真正快乐的生活，体会博爱、渊博的知识与真正的信仰如何合而为一、凝结为一种深刻的洞察力。主教去世后，凯勒重读《圣经》和其他宗教哲学著作，发现没有任何信条和体系能比布鲁克斯主教的“爱的信条”[③]给人更多心灵上的满足。除布鲁

---

① [美]海伦·凯勒著，鹏鑫译注：《假如给我三天光明》，第26页。

② [美]海伦·凯勒著，鹏鑫译注：《假如给我三天光明》，第30页。

③ [美]海伦·凯勒著，鹏鑫译注：《假如给我三天光明》，第180页。

克斯主教外，还有黑尔博士、马克·吐温等众多对凯勒影响深远的朋友，以及许多远隔万里、从未谋面的朋友，他们来信中那亲切的话语，使凯勒感动万分，无以答谢。总之，朋友一次热情的握手，一封友好的书信，都会带给她真切的快乐。在自传的结尾，凯勒写道，正是这些朋友创造了她的生活故事，"他们想方设法把她的缺陷变为特权，使她能够在生活的阴影中，也能平静而愉快地前行"[①]。对莎莉文老师和其他许多朋友，凯勒心存感激，内心充满爱，正因有爱，她才感到生命有了新的开始，才会将世界想象得那么美好，才会将毕生的精力倾注在残疾人身上。也正因有爱，海伦才有了不屈不挠、战胜命运的巨大勇气与力量。更重要的是，爱是凯勒快乐与幸福的一大源泉。

"人生不如意事十之八九"，要想快乐幸福，还需要有知足常乐的良好心态。尽管生理缺陷给凯勒带来诸多不便，但她还是利用宝贵的触觉和嗅觉欣赏世间万物之美，感受自己的幸福：在大自然中徜徉的快乐时光，与亲朋好友在一起的幸福时刻，与知识为伴的快乐与幸福，都使凯勒陶醉。归根结底，"知足常乐"是凯勒幸福与快乐的最大秘诀。

在凯勒看来，"万物都有自己的神奇之处，黑暗和寂静也不例外。我学会无论身处何境，都要知足常乐"[②]。用单一的视角看世界，也许是人类不快乐的源泉[③]，而凯勒努力把别人眼前的光当作自己心中的太阳，把别人听到的音乐当作自己心中的交响乐，把别人的微笑当作自己的快乐，从而收获了人生的最大幸福与快乐，而非绝望、悲伤、忧愁与怨天尤人。凯勒认为，我们应该充分利用大自然赋予我们的各种感觉器官——视觉、听觉、触觉、嗅觉和味觉，尽情感受世界上所有的快乐和美丽。"我们应该细心、积极、心存感激地过好每一天。"[④]

叙事"即语言对外在事件的重复……任何讲述都是重述。最为直截了当的叙事也是重复，是对业已完成的旅程之重复"[⑤]。叙写自己生活故事的自传尤其如此。《我的一生》是凯勒对自己 22 岁以前生活的重述，叙事的乐观基调与幸福画

① ［美］海伦·凯勒著，鹏鑫译注：《假如给我三天光明》，第 188 页。

② ［美］海伦·凯勒著，鹏鑫译注：《假如给我三天光明》，第 176 页。

③ ［英］阿兰·德波顿著，南治国等译：《旅行的艺术》，第 156 页。

④ ［美］海伦·凯勒著，鹏鑫译注：《假如给我三天光明》，第 192 页。

⑤ ［美］J. 希利斯·米勒著，申丹译：《解读叙事》，北京：北京大学出版社 2002 年版，第 44—45 页。

面正是作者乐观精神与快乐生活的写照。凯勒通过言行传达出的这种正能量源自她对生命和世界的热爱以及将热爱付诸行动的坚韧毅力。而爱是一种由高兴、兴趣和满意等多种情绪组成的“合金式”[①]积极情绪，它能促使个体充分发挥自己的主动性，产生多种创造性思想或行为，并把这些思想或行为扩展到其他方面，形成良性循环。

正因如此，尽管在 88 年的漫长人生中，海伦度过了 87 年漆黑寂静的岁月，但她却给人类带来无限的光明与希望。她一生共创作 14 部作品，并成为卓越的社会活动家与慈善家，出访过 30 多个国家为盲聋哑人募集资金。慰问失明士兵，救助伤残儿童，保护妇女权益，争取种族平等。海伦的一生多姿多彩。因其伟大非凡的成就与贡献，海伦曾获得美国公民的最高荣誉——总统自由勋章，并被《时代》周刊评选为 20 世纪美国十大英雄偶像之一。马克·吐温曾说，19 世纪出了两个了不起的人，海伦·凯勒和拿破仑，拿破仑试图用武力征服世界，他失败了；海伦·凯勒用笔征服世界，她成功了。凯勒不仅成功，而且快乐，后者尤其难能可贵。

本章分析的四部自传/传记作品中的传主——富兰克林、亚当斯、林肯和凯勒都经历过种种天灾人祸，体验过形形色色足以导致精神创伤的创伤应激源，但所有传主都不约而同地拿起知识的武器，并用自己所掌握的知识服务社会、创造价值、推动社会进步，最大限度地发挥自己的潜能，实现自我超越。“自我超越包括大公无私、为人博爱以及对他人富有同情心等。”[②]在这过程中他们成功化解心中的负面情绪，成就自己的非凡人生。

除知识与智慧外，富兰克林与凯勒还乐观、豁达、积极，敏于行动，因而创造了诸多奇迹。正像富兰克林自己所说的那样：“我是幸运的忠实信徒，而且发现，我越努力，就越幸运。”[③]凯勒也是一样。无数个这样的良性寻找造就了他们的人生神话。亚当斯与林肯都生活在恶劣的社会环境中，且都有较严重的心理障碍，但终其一生，他们都在为一个更大的目标奋斗，创造更大的意义与价值。林肯有幽

---

① 任俊：《积极心理学》，第 92 页。

② [英]夏洛特·斯戴尔著，刘国兵译：《积极心理密码》，第 16 页。

③ [美]保罗·H. 詹金斯著，微波珣子译：《积极心理学》，第 191 页。

默与智慧做武器，亚当斯有相濡以沫的妻子做后盾，布洛桑用读书与写作控诉殖民者的罪恶，他们是不幸的，也是幸运的，对他们的国家与人民来说尤其如此。

第二章　良好关系与幽默自嘲

幽默是一种积极的人格特质，而自嘲是幽默的一种重要方式，“自我认同与自我价值”[①]也是积极心理学及传记文学理论的主要概念。幽默与智慧是林肯总统对付创伤的法宝，更是马克·吐温安身立命的标签与利器。吐温在自传中充分利用自嘲的幽默方式，在与好友罗杰斯、妻子莉薇、大女儿苏西等“完人”的对比中凸显自己作家与演讲家的身份认同。

第一节　完人挚友与无用文人

“金无足赤，人无完人”，然而在美国“毒舌老愤青”马克·吐温晚年的三卷本口述自传《马克·吐温自传》(*Autobiography of Mark Twain*, Vols. 1-3, 2010—2015)中，竟出现了几个近乎十全十美的完人，实属不可思议。在自传的许多章节里，吐温一改读者熟悉的尖刻、古怪、滑稽、暴躁的传统形象，变得深情、多情、温情，对自己倾慕的对象不吝赞美之词，亨利·H. 罗杰斯(Henry H. Rogers, 1840—1909)就是其中之一。

罗杰斯是美国著名实业家、金融家、标准石油公司的副总裁和集团管理委员会主席，在铁路业也很有影响。他的资产达1亿美元，在铜、铁、铁路等方面都有投资，是美国最富有的人之一。他还是有名的慈善家，曾默默资助无数学校、教

① [英]夏洛特·斯戴尔著，刘国兵译：《积极心理密码》，第5页。

堂、图书馆、市政厅等。最重要的是，罗杰斯是吐温晚年最好的朋友。

吐温笔下的罗杰斯先生内外兼修，风趣幽默：既是无所不能的商界精英，又是难能可贵的挚友；既是无私的超级英雄，又是有着美好天性的高贵绅士。那么罗杰斯到底有何魔力，让一向言语犀利、擅长讽刺幽默的吐温崇拜得五体投地，他的形象为何如此完美无缺？在罗杰斯的完美形象背后，是吐温对自己的身份认同及其对理想人格的精心刻画。

一、意气相投的挚友

“物以类聚，人以群分”，58 岁的国际知名作家吐温与 54 岁的商界翘楚罗杰斯之所以一见如故，迅速成为挚友，是因为他们身上有许多共同之处，惺惺相惜也就在所难免。吐温为好友谱写的赞歌，在某种程度上也是对其自身优秀品质的肯定与赞美，移情的同时也不乏自恋的成分。

作为世界知名作家，吐温对文学手法的运用驾轻就熟，比如对比与衬托，因此他作品中的形象更容易给人留下深刻印象。为突出主要事物，用类似的或反面的、有差别的事物做陪衬，即衬托，是文学作品中常用的艺术手法。运用衬托手法，能突出、渲染主体，使之形象鲜明，给人以深刻的审美感受。衬托分为正衬与反衬。吐温首先用正衬手法，即用类似的事物衬托所描绘的事物，如用“高的”衬托“更高的”，用“好的”衬托“更好的”，突出罗杰斯的优秀品质，同时也对自身的长处加以肯定。

吐温和罗杰斯都具有许多积极人格特质，如都是热心肠，都乐于助人，勇于承担责任，哪怕那其实是别人的责任。实际上，罗杰斯的成功很大程度上正是得益于他对责任与义务的那份担当。罗杰斯出生在一个普通的家庭，少年时送过报纸，帮父亲经营过杂货店，青年时期尝试过多个工种，在多个领域摸爬滚打，后来靠炼油厂发家。因为原油价格突涨，罗杰斯与合作伙伴欠下不少外债，同伴放弃，罗杰斯却选择独自承担所有债务，因此得到美国著名商人和慈善家查尔斯·普拉特(Charles Pratt，1713—1794)的赏识，从此一帆风顺：从领班到经理，从普拉特炼油厂的总管，再到普拉特的合伙人，最后一起创办查尔斯·普拉特公司，成为普拉特的手足和耳目。普拉特公司后来并入标准石油公司，罗杰斯同样深得老板洛克菲勒的赏识与重用，跻身该公司三大决策人物之一。面对突如其来的逆境，如果青年罗杰斯与同伴一样选择放弃，就不会有后来叱咤商界的罗杰斯。选择决定命运，格局决定未来。

而吐温面对自己创办的韦伯斯特出版公司倒闭所欠下的巨额债务，毅然接受妻子与罗杰斯的建议，放弃舒适闲散的生活，做出与青年罗杰斯一样的选择——通过环球演讲与写作还债，尽管公司倒闭并非吐温的过错。罗杰斯对吐温的多次无私援助，对 30 年前老伙伴的慷慨解囊，吐温对艺术家卡尔·格哈特等年轻人的提携与无私帮助，对格兰特回忆录出版事宜的坚持，都说明他们有相似的价值观与人生观，有抱负，有担当。赞美好友罗杰斯的同时，吐温也在为自己的优秀品质大唱赞歌，弘扬正能量。

幽默也是他们共有的积极人格特质。吐温是世界文学界公认的幽默大师，而罗杰斯除非睡着了，否则不会没心情开玩笑，这是吐温对好友幽默感的极高评价。在吐温看来，罗杰斯多情、"热情、亲切，像女人一样敏感，有着永不枯竭的幽默源泉，且对别人的幽默有着绝对可靠的认知。罗杰斯虽已 67 岁，却像 25 岁小伙子一样活泼友善"[①]。不难想象，两个风趣幽默且极为聪明的好友在一起，定会妙语迭出，其乐无穷。一个让人忍俊不禁的例子是他们喜欢互相"班门弄斧"：吐温经常自告奋勇，给好友出些金融方面的鲜招，而罗杰斯也会"以其人之道，还治其人之身"，教吐温如何将文学作品写得更好。结果当然可想而知，但这并不影响这对好友从闲聊与相互调侃中获得无限乐趣，也说明他们对彼此所钟爱的事业有足够的兴趣与认知。

另外，他们还有不少共同的兴趣爱好：都喜欢扑克与台球，都对戏剧情有独钟，都喜欢恶作剧、嘲弄人性，有许多共同语言，一起度过许多美好时光。吐温是罗杰斯家里的常客，连他的私人游艇也因吐温的名声而全球瞩目。罗杰斯因为健康原因需要换个环境，却拒绝去百慕大疗养，除非有吐温作陪，于是吐温果断决定"舍命陪君子"，陪好友到百慕大待了一段时间。他们是各自领域的精英，功成名就，周围不乏仰慕者，却难免曲高和寡，缺乏能够交心的密友，因此对彼此的精神需求也是他们友谊的基础。《马克·吐温与亨利·罗杰斯的书信，1893—1909》(*Mark Twain's Correspondence with Henry Huttleston Rogers，1893—1909*)证明两人的友谊使双方都受益无穷。

---

① Twain, Mark. *Autobiography of Mark Twain* (Vol. 2). Berkeley: University of California Press, 2013, p. 161.

吐温在自传中无数次提及自己晚年"最亲密、最宝贵的朋友""罗杰斯先生"，并且有两章专门描写罗杰斯："亨利·H. 罗杰斯"和"亨利·H. 罗杰斯(续篇)"，极力赞美好友的诸多优秀品质。罗杰斯不仅是吐温"最好的朋友"，而且是"一个近乎完美的男人和绅士"[①]，吐温每次提到小自己4岁的密友，总称其为"罗杰斯先生"，而不是美国人所习惯的直呼其名"罗杰斯"，可见吐温对罗杰斯的尊敬、仰慕与钦佩。他们的友谊持续了16年，直到罗杰斯生命的最后一刻，之后不到一年吐温也与世长辞。

二、令人羡慕的英雄与完美绅士

在熟练运用正衬手法的同时，吐温也用反衬手法，即用相反或相异的事物衬托所描绘的事物，如用"矮的"衬托"高的"，用"坏的"衬托"好的"，不惜丑化自己，来反衬好友的完美无缺。"红花还须绿叶扶"，若没有吐温这片鲜艳的"绿叶"，罗杰斯先生这朵"红花"就不会红得这么耀眼，况且吐温这片"绿叶"是大家公认的世界最伟大的人物之一，因此罗杰斯先生这朵"红花"尤显不凡。绿叶之绿方显红花之红，这是小说中对比手法的精湛运用。

吐温认为罗杰斯先生拥有许多他自己所欠缺的能力与素质，是他眼中的英雄。在吐温看来，我们无意之中都在用一个简单的标准衡量他人："我们羡慕他们，我们嫉妒他们，因为他们拥有一些我们所不具备的优秀品质。这就是所谓的英雄崇拜。我们意识到英雄能做的一些事，我们却做不到，并为此感到遗憾甚至羞愧。我们自己身上没什么好羡慕的东西，因此总希望像别人一样。"[②]

在罗杰斯的诸多优秀品质中，最令吐温羡慕的是他对朋友、对事业的那份无私奉献精神，吐温认为这是他自己所不具备的素质。吐温自觉生来"懒惰、闲散、拖沓、冷漠"，遇事能逃则逃。而罗杰斯从不逃避任何事，他那神奇的大脑和神奇的双手每天都在不停地运作，并且最忙的时候他最幸福，负担和责任最重的时候他反而心情最轻松，这对吐温来说永远是"奇迹"，是"欣喜"，是他难以理解的事。吐温最怕麻烦，惧怕任何有可能打扰他悠闲舒适的事，但罗杰斯先生从不怕麻烦，

---

① Twain, Mark. *Autobiography of Mark Twain* (Vol. 3). Berkeley: University of California Press, 2015, p. 312.

② Twain, Mark. *Mark Twain's Autobiography*. 北京：世界图书出版公司2010年版，第172页。

“看到罗杰斯处理那些麻烦事，无休无止的麻烦事，一天又一天的麻烦事，那么耐心，那么平静，那么饶有兴趣——即使是为别人，也还是那么热情”[①]，这在吐温眼里奇怪、奇妙而又美丽。吐温用夸张手法，凸显自己的缺点，使罗杰斯在读者心中更加优秀、完美与神圣。

在结识罗杰斯之前，吐温数次尝试投资，均以失败告终，债台高筑，陷入悲观绝望的边缘，而这些失败，归根结底是因为他极易轻信别人，因而常常遇人不淑，无数次被骗。1880 年，酷爱发明创造的吐温受发明家佩吉的鼓动，投资参与发明排字机。此后 13 年，吐温一共投入 20 万美元，排字机却最终宣告失败，巨额财产就这样打了水漂，吐温不得不承认自己是个大傻瓜。而吐温投资创办的韦伯斯特出版公司，更是被经营者韦伯斯特的狂妄自大、虚荣自私、不学无术而彻底葬送，给吐温留下庞大的债务和多达 96 个债权人。

吐温所缺乏的商业天分与识人智慧，在罗杰斯身上却都是与生俱来一般。罗杰斯不仅具有过人的商业智慧，而且知人善任，不拘一格用人才，是难得的伯乐。在标准石油大厦的 750 名员工中，他选择只有 20 岁左右的普通打字员哈里森做助手，试用一周后就将她提作自己的首席私人秘书，大幅提高她的薪资。机敏干练的哈里森果然不负所望，出色地完成各项使命，使罗杰斯如虎添翼。即使在罗杰斯生病住院期间，哈里森也能独自处理所有事情，且对罗杰斯绝对忠诚，使他少操不少心。

在纽约标准石油大厦罗杰斯的私人办公室，无数次因一些“麻烦小事”被弄得焦头烂额、前来避难的吐温亲眼见识罗杰斯日理万机、游刃有余地处理一应事务，不禁啧啧称奇。工作、阅读材料、与业界大佬辩论、给人建议，罗杰斯每天工作 6 个小时，处理层出不穷的问题，会见无数前来咨询的人们，但他总是乐观积极，不把工作中的烦恼带到下班之后，因此在吐温看来，他总是高兴活泼的样子，内心一直阳光普照。这些能力正是吐温所缺乏的，也因此令他钦羡不已。

不善理财的吐温晚年得遇罗杰斯，实乃三生有幸。罗杰斯仿佛上帝派给他的天使与救星，将他从黑暗绝望中解救出来。1893 年，58 岁的吐温因出版公司倒闭与排字机投资失败，损失高达 25 万美元，债务缠身的吐温焦头烂额，处在崩溃的边缘。好在天无绝人之路，头脑冷静而精明能干的罗杰斯出现在吐温面前，并且

① Twain, Mark. *Mark Twain's Autobiography*. 第 172 页。

立马着手帮他处理复杂难懂的债务问题。罗杰斯通过 5 年多艰苦卓绝的努力，利用自己的聪明才智及商业智慧，为吐温解决了这些难缠的财务问题，并且不顾吐温的反对，执意将他的所有财产转移到他妻子莉薇名下，保住了他的作品版权。吐温当时并未意识到这些措施的重要性，后来为此感激不尽："我十分感谢他对我的种种帮助与善意，但最使我感激的，是他保住了我的著作版权，这拯救了我和我的家人，保证了我们日后生活的舒适与富足。"[①]吐温始终想不明白，一个生意人何以拥有如此远见卓识，只好归结为罗杰斯有颗"最了不起的头脑"，有着"过人智慧和坚定意志"[②]，总能给人出乎意料的好主意。

吐温认为，一个人可能为朋友做出各种各样的牺牲，其中最伟大的牺牲，莫过于牺牲自己的时间和精力。罗杰斯为吐温的排字机案夜以继日，不辞劳苦，牺牲了几周的宝贵时间。为吐温文集的出版，罗杰斯牺牲了好几个月，最终使吐温逃脱为两个出版社做奴隶的厄运；为吐温的韦伯斯特出版公司案，罗杰斯牺牲了 5 年多时间，鼓励吐温尽快还清了债务。罗杰斯的时间每小时值几百美元，而在过去的 13 年中，吐温几乎每天都在无偿占用罗杰斯的宝贵时间，算起来多达几百万美元。为朋友无偿服务，罗杰斯从不吝惜自己的时间、精力与天分，并且他的助人方式堪称"精致的艺术"[③]，从不伤及吐温的自爱与自尊，吐温为此感动不已，钦佩之至。吐温猜测，罗杰斯从无私助友中得到的快乐与满足感，大概远胜于他为标准石油工作所获得的巨额报酬。

结识罗杰斯 11 年后，吐温在佛罗伦萨写下《亨利 · H. 罗杰斯》一文，总结自己一半时间听从好友的建议，保住了财产，另一半时间依然在犯错，损失惨重。多年的经验表明，不征求罗杰斯先生的意见而贸然采取行动，必定是错误的选择，而每次听从他的投资建议都会大赚一笔。从那以后，吐温养成习惯，只要与金钱有关的事，采取行动之前都先征求罗杰斯先生的意见。有友如此，着实是不善理财的吐温之大幸。

罗杰斯不仅是吐温敬仰的英雄，还是儒家思想中的完人，也是吐温所见过的"教养最好的绅士"，"天生的绅士"[④]。理想人格是古今中外人生哲学所关注的主

① Twain, Mark. *Mark Twain's Autobiography*. 第 171 页。

② Twain, Mark. *Mark Twain's Autobiography*. 第 163 页。

③ Twain, Mark. *Mark Twain's Autobiography*. 第 167 页。

④ Twain, Mark. *Mark Twain's Autobiography*. 第 163 页。

要问题之一。孔子的完人思想与其社会思想和人生理想紧密相连，其所谓的完人是有智慧、懂克制、有勇气、富才艺的“仁人”。罗杰斯不仅是这样一位完美的“仁人”，也是吐温眼中最完美的绅士。他细心、耐心、热心；他眼光独到，判断力强，富有远见卓识；他精力充沛，不屈不挠，有着钢铁般的意志。吐温恨不得把所有美好的词汇都用来描述自己的挚友，积极心理学所倡导的六大美德与 24 种积极人格似乎都能在罗杰斯身上找到影子。

罗杰斯的品质和性格绝佳，他善良、慷慨、谦虚、乐于助人，“对人总是那么和蔼可亲，总是那么彬彬有礼，总是那么体贴入微”。他公平、公正地对待所有有求于他的年轻人。在朋友面前，他的眼神“像鹰一样直率和坦诚”，透露他“高尚、正直、诚实”的心灵。[①] 他不仅毫无保留地帮助吐温等朋友，而且热心慈善，直到他去世后，他的许多事迹才被人发现。据其好友、教育家布克・T. 华盛顿记载，罗杰斯匿名资助了至少 65 所弗吉尼亚及其他南方各州的乡村学校，为非裔美国人的教育和提高做出了巨大贡献。著名盲聋女作家海伦・凯勒之所以能够从哈佛大学顺利毕业，就得益于罗杰斯的资助，而从中热心牵线搭桥的，就是他的好友吐温。

罗杰斯是个有条不紊的人，做事井井有条，而且有存档习惯，从不扔掉任何一份资料，哪怕是一张 30 年前还钱的收据，这个习惯使他在旷日持久的波士顿证人席上也如鱼得水，游刃有余。当 30 年前的商业伙伴前来讨债时，罗杰斯毫不犹豫地给对方开了张支票，尽管他清楚地记得那笔债务早已还清，并且找到了收据。罗杰斯的慷慨、善良、设身处地替他人着想的优秀品质，由此可见一斑。

罗杰斯德才兼备，内外兼修，是不折不扣的上帝的宠儿。除了上文提到的诸多积极品质，他还是当时美国公认的三大美男之一。他长相英俊，身材匀称结实，朝气蓬勃；无论外貌、表情还是举手投足，都显得很年轻。他从容优雅，善良、自信、迷人，是个“天生的赢家和绅士”[②]。即使身体欠佳时站在法庭的证人席上，罗杰斯也显得气定神闲，神态自若，气宇轩昂。他那颗“思想球体”般的头颅尤其引人注目，它“大而精致，额头饱满，头发浓密，一看便知聪慧过人……绝对是颗大实业家的脑瓜”，他的脸庞“线条分明……下巴挺拔，嘴角坚毅，目光如炬”，灰白色的

① Twain, Mark. *Autobiography of Mark Twain* (Vol. 2). p. 161.

② Twain, Mark. *Mark Twain's Autobiography*. 第 163 页。

胡须经过精心修饰。他身形挺拔，仪态端庄，穿戴整洁，郑重而不失活力。面对咄咄逼人的对手，他依然从容、坦诚、自信、幽默，总是带着令人赏心悦目的微笑，因此被认为是“波士顿最有趣的一位证人”，他“能力非凡”，一切都“简直完美”[①]。

“心中有则有，心中无则无。”佛家的心性论解释了吐温眼中好友罗杰斯的完美形象。罗杰斯也许并非完美无缺，比如在有些事上，吐温觉得罗杰斯是他见过的“最顽固和最多疑的人”，但瑕不掩瑜，尤其在吐温眼里，罗杰斯是个天使般的人物，是他见过的“最纯洁、最可爱、最完美无缺的人”[②]，“伟大的人”，“独特而伟大的人”，独一无二，举世无双。罗杰斯去世后，人们在报纸上展开关于绅士定义的大讨论，尽管众说纷纭，莫衷一是，但“高尚、迷人、可爱的个性”[③]，是人们界定绅士时普遍使用的词语，而在吐温看来，罗杰斯先生无疑就是一个拥有这些优秀品质的完美绅士。

三、善于自嘲的作家与演说家

吐温和罗杰斯都乐于助人，敢于担当，风趣幽默，有许多共同的兴趣爱好，这是他们成为好友的基础。另一方面，罗杰斯有许多吐温所不具备的能力与素质，诸如耐心、毅力、卓越的商业智慧、非凡的识人才能等，使吐温惊叹、羡慕、敬仰与歌颂，视好友为无法企及的英雄。而吐温是个语言天才，作家与演讲家是他最重要也是最成功的身份，其他方面的乏善可陈更突显吐温的主要身份认同。

首先，吐温是极为成功、极受欢迎的作家。他在自传中细述一个干啥啥不成的毛头小伙如何稀里糊涂地闯入文学领域、成为知名作家的经历。青年吐温为报纸撰写的早期故事《吉姆·沃尔夫和猫》被先后刊发四次，说明吐温具有非凡的讲故事才能与良好的文学素养。1867 年年初，《星期日信使报》开高价向吐温约稿，吐温将 20 年前在他家暂住的 17 岁羞涩少年吉姆和猫的有趣故事卖给报纸，获得 25 美元稿酬，这对当时事业失败的吐温来说无疑是一笔巨款。一两年后，这个已在西部颇负盛名的故事被一个田纳西作家改头换面，重新发表，再次受到人们追捧。又过了几年，吐温将原版故事做了修改，再次发表，却受到各家报社的猛烈攻

① [美]马克·吐温著，孟冰洁、申生译：《马克·吐温自传》，北京：法律出版社 2012 年版，第 206—207 页。

② Twain, Mark. *Autobiography of Mark Twain*(Vol. 2). pp. 173, 162.

③ Twain, Mark. *Mark Twain's Autobiography*. 第 168, 172 页。

击，谴责他剽窃那个田纳西作家，吐温啼笑皆非。1873年，吐温在伦敦连续三周三次被一个美国小伙子杜撰的各种悲惨故事所骗，不仅损失不少钱财，还被年轻人窃取了从他那里听来的吉姆和猫的故事并卖给《汤姆·胡德年刊》，年轻人获利3几尼(3英镑多)。这个根据真实人物撰写的故事之所以如此受欢迎，除了它是少年吐温亲眼所见、是他经历过的最有趣的事情之外，吐温的幽默风趣与他讲故事的高超技巧也功不可没。早年一个小故事尚且如此成功，以后的作品广受欢迎也就不足为奇了。虽然在自传中吐温不会自吹自擂，但他多次提及自己的多部作品，如众所周知的《哈克贝利·费恩历险记》(1884)和《汤姆·索亚历险记》(1876)等，正是这些作品使吐温蜚声世界文坛，为广大读者所熟知与喜爱。

其次，吐温不仅是天才作家，还是天才演说家，写作和演讲始终是吐温最擅长的两件事，也是它们一次次帮吐温摆脱困境，走出深渊。吐温知道如何不落俗套，如何抓住听众的注意力，如何引导听众一步步接受自己的观点。每当他需要募集资金或面对巨额债务时，他就用巡回演讲的方式快速筹集资金。1884年秋，为筹措资金创办出版公司，吐温又一次登上讲坛，在全美各地巡回演讲，历时4个月，大获成功。而10年后出版公司倒闭，吐温又是用环球演讲的方式还清债务。在美国、加拿大、澳大利亚、新西兰、印度、南非等多个国家，吐温发表多场演说，所到之处，无不受到听众的热烈欢迎。人们喜欢吐温，不仅因为他的作家身份与高超的演讲才能，更因他这次环球演讲的目的是为筹款还债，替别人的错误买单，他坚强不屈的精神获得无数听众的默默祝福。

再次，吐温的语言天分与他对读者的关注使他能精确把握图书市场的运作，准确判断他人作品的优劣。他在关键时刻阻止格兰特签署美国出版公司讹诈性的回忆录出版合同，极力劝说格兰特将书稿交给他自己的公司出版，版税由前者提出的不到10%大幅提高到75%，吓格兰特一大跳。好在结果正如吐温所料，格兰特回忆录像该出版公司的首部作品——吐温的代表作《哈克贝利·费恩历险记》一样大获成功，为格兰特的家人和出版社都赢得了巨额利润。如果不是韦伯斯特狂妄自大，此后拒不接受吐温看好的图书，出版社也不至于破产倒闭。这件事再次说明与文字相关的领域都是吐温的长项，而在用人方面他却一次次大栽跟头，不得不靠写作与演讲弥补一次次巨额亏空。

最后，吐温对自己文人名誉的珍视与维护，对文学作品国际版权法的极力倡导，对简化词运动的全力支持，都说明他对自己文人身份的认同。为偿还巨额债务，摆脱困境，吐温不得不全身心投入写作，以赚取稿酬还债，但 1893—1894 年在法国期间，吐温却两次果断将自己的两部手稿毁掉，手稿共价值 2.5 万美元，因为他生怕自己会禁不住诱惑，把这些达不到标准的书稿卖出去。面对金钱与文人的名誉和骄傲，吐温毫不犹豫地选择了后者。就在吐温深陷债务危机期间，在妻子莉薇的帮助下，吐温还抵制住了高达 8 万美元的另一个诱惑：只要他同意别人借用他的名字作为一家幽默刊物的主编，他就可每年白白获得 1.6 万美元的收入，连续 5 年。为倡导国际版权法，吐温在国会舌战群雄，无奈那些议员对文学作品一窍不通，吐温的想法又太超前，只好暂时搁置，后来国家版权法的实行充分说明吐温的先见之明。在 1883 年的美国简化词运动中，吐温很快意识到这运动与自己息息相关。杂志付给吐温的稿费是每个词 7 美分，要求每个词长达 8.5 个字母，佶屈聱牙，词不达意。吐温据理力争，说英语的平均词长为 4.5 个字母，而吐温作品的平均词长只有 3.5 个字母[①]，所表达的观点与情感一点儿不比长词差，反而更好。吐温用浅显易懂的语言表达观点，甚至将黑人土语推上文学的大雅之堂，或幽默风趣，或辛辣尖刻地再现"镀金时代"的人生百态，这些也许正是他获得巨大成功的关键所在。

排字机发明宣布失败的第二年，出版公司倒闭案再次将吐温推向绝境，再次考验他作为文人的责任与担当。1894 年 4 月韦伯斯特出版公司倒闭后，公司除拖欠吐温夫妇共 12.5 万美元外，还欠下 96 位债权人约 9.6 万美元，吐温本可以将公司资产抵押给这些债权人，而不承担偿还剩余债务的责任，但在妻子和好友罗杰斯的鼓励下，年近六旬的吐温决定偿还这些债权人的每一分钱。罗杰斯的劝告没错："文人的名誉是他的生命……不能在品德方面差分毫。"[②]这既是罗杰斯的信条，也是吐温遵从的行为准则。

总之，独特如马克·吐温，对自己喜爱的亲朋好友也不能免俗，难免爱屋及乌。人性的诸多弱点，在作家的如花妙笔下全都烟消云散，呈现在我们眼前的是完美无瑕的理想人格，德才兼备的圣贤完人。而在罗杰斯先生的光辉形象背后，是吐温自己身上或心中的理想品质。吐温疾恶如仇，一生都在用文字武器抨击假恶丑，晚年却在自传中借刻画好友完美人格，不吝歌颂真善美。表面看来，吐温是

---

① Twain, Mark. *Autobiography of Mark Twain* (Vol. 2). pp. 275-276.

② Twain, Mark. *Mark Twain's Autobiography*. 第 168 页。

在自传中为好友作传，实际上他关注的始终是自己的身份认同，强调的是自我的心理和身体体验，以自我为核心，别传仍是自传。只不过吐温在自传中充分利用明暗两条叙事线，通过别传的方式为自己作传，“让自我穿上他者的外衣出现”[①]而已。吐温不惜用自己的短处，彰显好友在商业、生活及为人处世方面的智慧与完美人格，同时凸显自己的作家身份与语言天分，可谓吐温式幽默的又一范例。

第二节　完美妻子与不完美自我

吐温在自传中塑造的第二个完美人物是与他相濡以沫 35 年的妻子莉薇。莉薇不仅是难得的贤妻良母，还是他不可或缺的编辑、校对、秘书与精神伴侣，是他事业成功的关键一环。为反衬妻子的完美形象，吐温不惜自嘲与自黑，极力渲染自己的不完美，而对这“影响的谱系”[②]浓墨重彩的描摹背后，仍是他凸显自己作家与演讲家身份的叙事策略与主要身份认同。

一、“绝对的爱与无条件的尊重”

在吐温的口述自传中，莉薇首先是他冰雪聪明的完美妻子，是他们 35 年幸福婚姻的密码，而这个密码的关键就是对彼此“绝对的爱与无条件的尊重”。“婚姻是两个大脑、身体、性别、灵魂、精神、希望、梦想、需要以及不同个性的结合”，矛盾冲突在所难免，尤其是家庭、教育背景悬殊，性格差异巨大的吐温夫妇，但他们却幸福美满地一起生活了几十年，可谓人类婚姻史上的一大奇迹。吐温夫妇之所以能成就奇迹，是因为他们（尤其是莉薇）深谙“在婚姻生活中，绝对的爱与无条件的尊重具有无限的力量与魅力，它能把你的婚姻从平淡、琐碎、悲痛和怨恨中解救出来，从而让你的婚姻走向成功与绚烂”[③]。

经过 2 年多的追求，吐温才娶到美丽、睿智、善良、小他 10 岁的爱妻莉薇，因此他对妻子“绝对的爱和无条件的尊重”，甚至所谓的“惧内”现象，都不难理解。

---

① ［美］J. 希利斯·米勒著，申丹译：《解读叙事》，第 19 页。

② 赵白生：《传记文学理论》，第 110 页。

③ ［美］霍妮著，徐淑贞编译：《婚姻心理学：婚姻是最好的修行》，北京：中国华侨出版社 2013 年版，第 113 页。

难以想象的是，曾三次拒绝吐温求婚的莉薇，对缺乏耐心、脾气暴躁、生活能力低下、几次因投资失败而欠下巨额债务的丈夫吐温，竟也能一辈子报以绝对的爱和无条件的尊重与支持。莉薇出身富有的煤炭商人之家，受过大学教育，喜欢社交，聪明、漂亮、无私、温柔、宽容，身体柔弱却又似乎无所不能。自从和吐温订婚之日起，她就用无私的爱和无条件的尊重守护丈夫，一心一意照顾丈夫及孩子们，直至生命最后一刻。

莉薇对丈夫绝对的爱，使她得以心平气和地忍受吐温的一切，包括常人难以忍受的缺点。为凸显爱妻的宽容与大度，吐温通过一次简单的卫生间事件，竭力渲染自己的低能、暴躁脾气与粗言俗语，不惜将自己塑造为一个演技拙劣的伪君子。结婚 10 年后有次在卫生间刮胡子时，笨手笨脚的吐温又对不听话的胡子与衬衣咆哮、吼叫、咒骂，接连向窗外扔掉三件衬衣，最后却发现房门没关好，自己的恶习被妻子抓个正着，而这是他最不愿看到的：他最渴望得到的就是妻子的尊重与认可。他沮丧、胆怯、焦虑，像个做错事等待惩罚的孩子。没想到妻子沉默良久，最后只是“温和、生硬、幼稚”地重复他的最后一句粗话，提醒他注意听这些话时的感觉。妻子当然“不够老练，不够滑稽，语气很弱，和那强烈的措辞很不协调”①，以至于夫妻二人都禁不住哈哈大笑，直至筋疲力尽。一件让吐温无地自容、无比忧虑愧疚的“意外”，最后竟以这样的喜剧方式告终，既让吐温意识到了自己的问题，又不伤夫妻感情，莉薇的睿智、大度与幽默由此可见一斑。知夫莫若妻，吐温苦苦掩饰 10 年的坏脾气及吐温自认性格中卑鄙的一面，只有妻子莉薇知晓。但莉薇一定是深谙“江山易改，秉性难移”的道理，从不试图改造丈夫。况且吐温苦苦掩饰缺点本身，就说明他对妻女的爱护，因而妻子假装不知，也许是最高明的处理方式。最终意外“发现”吐温的浴室插曲，莉薇却能举重若轻，让丈夫轻松过关，夫妻之间满满都是爱意。

倾听、理解、包容和对丈夫无条件的尊重，是莉薇对吐温古怪行为的处理方式，也是他们的婚姻得以幸福而终的另一个重要密码。报警器的故事是吐温自传中反复出现的一个重要情节，形象逼真地展示了吐温夫妇的生活片段及他们的个性特征。从窃贼半夜触发报警器，到他造访吐温家地窖与一楼餐厅后“失望”地离

① Twain, Mark. *Autobiography of Mark Twain* (Vol. 1). Berkeley: University of California Press, 2010, p. 347.

开，吐温两次起床到浴室关掉报警器，却又两次若无其事地回到床上，丝毫无意去赶走窃贼。面对丈夫古怪的书呆子行为，别的女人也许早已忍无可忍，但莉薇自始至终只用提问的方式委婉督促丈夫下楼查看，吐温却每次都用离奇的理由拒绝。夫妇俩的几段小对话，将一个书呆子丈夫和一个无可奈何的妻子形象展现得淋漓尽致，妙趣横生。

第一，按照吐温的逻辑，窃贼与他素昧平生，又未伤害他，因此他不想让窃贼失望。这展现了吐温独特思维之一：他不认为入室行窃是对主人的伤害。第二，这些窃贼都是些老手，*他们*（原文斜体）清楚自己想要什么，而吐温"又帮不了他，让他自己挑选吧"。独特思维之二：主人与窃贼似乎不是敌对关系，而是合作伙伴，主人既然帮不上忙，就该让窃贼自行其是。第三，无论窃贼到哪个房间，报警器都会报警，因此不必担心。说话间警报果然又响了，吐温洋洋自得："他来了，我就说他会来的。我了解窃贼和他们的所有手法，他们做事很有条理。"[①]独特思维之三：警报器的作用无非是告知房主窃贼来了，房主可以据此一步步推测窃贼将要造访的地方，将要干些什么。房主不是面临危险的主人，而仿佛是探案的福尔摩斯。第四，窃贼无非在地窖选些蔬菜，在餐厅为妻子儿女挑些餐巾或其他杂七杂八的纪念品。独特思维之四：窃贼都是些有情有义的人，他们拿走的东西无论是对窃贼还是对失主，都是一种纪念。第五，如果窃贼到二楼卧室，他们夫妇就从窗口爬出去，但窃贼没上二楼，说明窃贼很失望。独特思维之五：主人不应妨碍窃贼，应主动为窃贼让路。吐温用全家的生命财产做赌注，一次次证明自己是个好侦探，令人哭笑不得。

吐温的思维方式与做法，完全违背常识，与人们对窃贼的通常反应大相径庭，仿佛"第二十二条军规"，绝非一般人可以理解。除了大文豪吐温，大概无人对入室行窃的窃贼如此善解人意，听之任之。第二天早上，吐温发现自己的新外套、新皮鞋、旧雨伞都不见了，而他轻而易举循着屋后窃贼下山的小路穿过树林，一路捡拾窃贼丢掉的旧雨伞等各种小东西，满载而归，洋洋得意地向妻子证明窃贼确如他推测的那样很失望。吐温不为丢失的东西懊恼，却为自己的福尔摩斯式智慧而骄傲，让人忍俊不禁，笑破肚皮。而莉薇一直耐心倾听丈夫的胡言乱语，看他无意采取行动，她竟也丝毫不恼火，充分尊重丈夫的选择，而非逼迫他采取行动，或者

---

① Twain, Mark. *Autobiography of Mark Twain*(Vol. 1). p. 344.

大吵大闹。任由窃贼在自家如入无人之境,虽然会损失一些财产,却保全了夫妻间的和谐美好,可谓大智若愚,深谙妥协是最好的夫妻之道,认可对方、理解对方才是爱。

“爱与尊重,是一把可以解决婚姻里所有问题的金钥匙”[①],面对性格急躁、脾气古怪、心不在焉,除文字与思想外似乎一无所长的丈夫,身体柔弱的莉薇之所以能成为理解、包容、尊重丈夫的典范,从而成就几十年的美满婚姻,或许只有一个解释,那就是她有着极高的“婚姻情商”:“夫妻之间相互协调,彼此忍让的能力,它在一定程度上决定着婚姻生活的质量。”婚姻情商是日常生活的重要必需品,它可以使你对配偶的积极想法和情绪不被消极情绪所压倒。可以想象,尽管吐温有时行为古怪,但在莉薇眼里,他肯定是优点多于缺点。就算是那些缺点,在善解人意的莉薇看来,或许也只是丈夫别具一格的性格特点而已。“一对夫妻的婚姻情商越高,他们就越能互相理解、欣赏、尊重他们自己以及尊重他们的婚姻”[②],也就越有可能过上幸福生活,吐温夫妇就是典范。

在吐温眼里,妻子莉薇不仅是个难得的贤妻,还是个“可爱而又令人钦佩的母亲”,一个“无与伦比的母亲”[③]。她对三个女儿的教育严格而又不失慈爱活泼,惩罚措施行之有效,同时又令她们心甘情愿、心服口服。吐温曾撰文赞美妻子在育儿方面的智慧,并偷偷发表。

吐温用几个细节,说明自己在养儿育女上几乎一无所长,除了给她们讲故事、与她们一起演戏。教育子女的重大责任,自然都落在了妻子的肩上。吐温对自己作品中的人物如数家珍,却说不出三个女儿眼睛的颜色,甚至还因自己的疏忽大意,造成他们的第一个孩子、唯一的儿子兰登患白喉夭折,伤心欲绝的莉薇也差点因此丧命。造成如此严重悲剧,几乎导致家破人亡的吐温首先不该大冷天带着1岁多、本就体弱多病的孩子坐敞篷马车兜风,更不该陷入沉思,很快将孩子忘得一干二净,导致他双腿裸露,几乎冻僵。铸成大错的吐温先是不知所措,后来羞愧难当,却从无勇气向妻子认错,倒是在好友豪威尔斯面前他曾直言不讳:“是的,是我

---

① [美]霍妮著,徐淑贞编译:《婚姻心理学》,第113页。

② [美]霍妮著,徐淑贞编译:《婚姻心理学》,第27页。

③ Twain, Mark. *Autobiography of Mark Twain* (Vol. 3). pp. 20, 312.

杀了他。”[①]没有证据显示莉薇知道儿子夭折的悲剧源自丈夫的过错，但她后来从不将照顾孩子的重任交给丈夫，事事亲力亲为，这也从一个侧面说明她对丈夫生活能力的不信任。作家吐温的书呆子形象也因此活灵活现。

与吐温相反，莉薇对女儿们的健康有着准确的直觉。他们在英国期间得知24岁的大女儿苏西(Susy Clemens, 1872—1896)不幸患病，莉薇心急如焚，立即带着二女儿克拉拉起程回国，却还是没能见到苏西最后一面，而吐温只身留在英国，热切盼望全家团聚，盼来的却是苏西病逝的噩耗。另一次他们出门在外，看着家人每天一封一模一样的简短平安电报，莉薇深感不安，匆匆让吐温回家看望女儿，果然发现小女儿卧病在床。吐温对妻子的直觉惊叹不已，但这种直觉并非简单的母女心意相通，而是源自母亲对女儿们生活与健康的高度关注。

良母也往往是严母，莉薇正是如此。她宽厚、善良、仁慈，对孩子宠爱有加，却从不溺爱孩子。她赏罚分明，对犯错的孩子从不心慈手软，干草车故事就是一例。那是1880年夏天的干草收割季节，8岁的苏西鬼使神差地打了妹妹克拉拉，不得不按规矩到母亲面前认错，然后母女俩一起讨论惩罚的方式与程度，最后由苏西自己选择。放弃乘坐干草车作为惩罚让苏西终生遗憾，但那是她自己心甘情愿为错误所付出的代价。这件事说明莉薇教育有方，但多年后想起可怜的苏西为此付出的巨大代价，吐温仍然心如刀绞。

莉薇对丈夫“绝对的爱与无条件的尊重”及其对孩子们的成功教育解除了吐温的后顾之忧，使他可以心无旁骛、专心致志地遨游在文字与思想的海洋里，为人类留下许多不朽的名篇佳作。

二、共同成长的灵魂伴侣

在婚姻方面，吐温几乎与亚当斯一样幸运，因为他们都有陪伴多年的灵魂伴侣。吐温之所以对妻子欣赏有加，不仅因为莉薇是难得的贤妻良母，还因为她是他不可或缺的编辑、校对与秘书，是他“所见过的人中最美丽最崇高的灵魂”。晚年失去爱妻，吐温仿佛失去生命、灵魂与财富，痛彻心扉，他说：“她是我的生命，她

① Howells, William Dean. *My Mark Twain*. 北京：飞天电子音像出版社2004年版，第14页。

去了。她是我的财富，我是个乞丐了。"[①]

虽然与妻子所受教育水平悬殊，但吐温青少年时期的丰富阅历，加上他对语言文字的高度敏感，造就了他对文学创作的热情。而莉薇所接受的良好教育，也使她对文学艺术有着极大的兴趣。共同的兴趣爱好，相互尊重、赞赏、爱慕的情愫，使吐温夫妇不只是生活中的伴侣，还是事业上的伙伴，精神上的慰藉。莉薇与丈夫在文学的天空中比翼齐飞、共同成长，她也成了吐温事业成功的幕后功臣。

从订婚之日起，莉薇就是吐温作品的第一个读者，第一个编辑与校对，第一个忠实、明智、辛勤的编辑。吐温在自传开始提到他的一篇自传文章《我文人生涯的开端》时说"我妻子将文章编辑校订完毕，同意（热情洋溢——这是非同寻常的）"[②]（原文如此）他将文章寄给杂志编辑，撤回先前的那篇《梦中情人》。吐温觉得这是个好主意，立即照办，可见莉薇在吐温写作生涯中非同寻常的重要性。他们订婚不久，莉薇就与吐温一起阅读他的第一本书《傻子出国记》的校样，并对书稿进行编辑，这项工作她一做就是 30 多年，直至她去世前两三个月。作为编辑，莉薇替吐温审查作品，剔除文中犯忌和不雅的词汇，因此有评论认为她是扼杀自由言论的好手，是弗洛伊德那个超我的化身，怪她"审查、删减、阉割了吐温的作品"[③]，但有她把关，确实省去吐温很多麻烦。莉薇去世后的 6 年里，吐温的创作更加率性而为，笔锋更加辛辣。他的《人是什么?》《神秘的陌生人》《该诅咒的人类》《来自地球的信》等晚期作品对人类与人性的剖析更加尖刻，厌世、绝望的成分更加明显，充满无奈与黑色幽默意味，大概都与莉薇的去世有关。

莉薇也是吐温作品的第一个评论者，并且是个严肃、挑剔、苛刻的评论家。在创作短篇小说《圣女贞德》时，吐温先后开了七次头，前六次都被莉薇用她"致命的批评——沉默"所否决："她一句话不说，但她的沉默却在用雷鸣般的声音说话。"[④]当吐温终于找到合适的开头时，莉薇毫不犹豫地表示赞同。可以毫不夸张地说，吐温在文学上之所以有举世公认的成就，与妻子对文学作品的鉴赏力及她

---

① [美]马克·吐温著，许汝祉译：《马克·吐温自传》，南京：江苏人民出版社 1981 年版，第 573，568—569 页。

② Twain, Mark. *Autobiography of Mark Twain* (Vol. 1). p. 15.

③ Brooks, Van Wyck. *The Ordeal of Mark Twain*. New York: E. P. Dutton & company, 1920, p. 151.

④ Twain, Mark. *Autobiography of Mark Twain* (Vol. 2). p. 197.

对丈夫的影响力密不可分。

莉薇还是丈夫的另一位秘书，无论在事业上还是在生活中。看着吐温和秘书忙不过来，莉薇主动帮忙处理丈夫的书信来往。有天吐温注意到自己回了 32 封信，而妻子也写了那么多回信，这大大减轻了吐温与秘书的负担。吐温夫妇外出旅行时，莉薇扮演的也是秘书的角色，一切的安排都由她来做，吐温绝对是甩手掌柜。

在家庭生活中，小吐温 10 岁的莉薇对丈夫很宽容，但在社交场合与事业方面，莉薇可谓吐温的秘书甚至监护人，总是想方设法对付这个"最难对付的孩子"，处理他无法应付的生活中的诸多麻烦，小心呵护丈夫的公众形象。吐温说：

> 我总是心不在焉。我生来就粗心大意，时常违反一些微不足道的礼节规矩，自己却浑然不知。我本该为这些丢脸的事感到惭愧，结果却恰恰相反，因为我对所发生的事全然不知。但莉薇一清二楚，因而不免觉得羞愧懊恼，可怜的姑娘，这本不是她的错，也不该遭这份罪。她总是说我是她最难对付的孩子，对我的言行举止非常敏感。看我做事粗心大意，招人批评，她很烦恼，因此对我的言行高度警觉，以免我犯错。[①]

这段话清晰地表明吐温习惯也擅长于像哲学家一样从总体上思考，却不屑于关心俗务，在人际关系方面尤其显得笨拙，结果招来人们的嘲笑。他在社交中引起的诸多麻烦给妻子带去不少烦恼，但她像关爱孩子一样关注丈夫的一言一行，以免他的名声受损。吐温知道妻子对他的昵称"年轻人"里有些许讽刺意味，却也满怀深情。他深知自己在各方面都显得不够成熟，在人情世故方面更是如此。

为使吐温在宴会上行为得体，不只吐温夫妇费尽心机，连三个女儿也帮母亲监督父亲。在巴黎居住期间，吐温一家每周都会举行一两次晚宴，在这样的社交场合吐温的缺点暴露无遗。每次客人走后，莉薇总会无奈地数落丈夫："一遍又一遍地告诉你，你每次还是会犯同样的错误，就像从未提醒过你一样。"[②]这样持续一年后，吐温突然灵机一动，建议妻子在客人到来前提醒他，而不是过后数落他，莉薇觉得这主意不错，夫妻俩还为此设计出一套暗号。女儿们觉得有趣之极，都

---

① Twain, Mark. *Autobiography of Mark Twain* (Vol. 1). p. 385.

② Twain, Mark. *Autobiography of Mark Twain* (Vol. 1). p. 387.

悄悄躲在屏风后提醒母亲密切关注父亲的不当言行，比如：和右边的女士聊得热火朝天，完全忽视左手边的女士；闷闷不乐地坐着，一声不吭。在这样的多重保障下，吐温再也没有在家宴上出丑。正是在这样活灵活现的细节与毫不掩饰的自嘲中，传主的身份认同得以清晰地展现出来。

如果莉薇无法随丈夫出行，她会采取写纸条的方式，提醒吐温谨言慎行。对妻子不厌其烦的提醒，吐温不但不感到厌烦，反而经常被妻子的文风逗得大笑。吐温觉得妻子的"条子写得庄重严肃，就像写条子的人一样，我不禁哈哈大笑。莉薇温文尔雅、庄重严肃的文笔，时常逗得我发笑，而幽默大师最精彩的笑话对我也不管用，我可不是轻易会发笑的人"[①]。可见吐温与妻子无论为人处世还是写作风格都不同，但吐温对妻子的文体就像对她本人一样崇拜。

莉薇对丈夫名誉的珍视与维护达到了近乎苛刻的程度。面对金钱与文人的名誉和骄傲，吐温夫妇总是毫不犹豫地选择后者，这也是吐温在文学上获得巨大成功的另一关键因素。前文提到还债期间吐温两次毁掉书稿，成功抵制 8 万美元的利益诱惑，都少不了莉薇的支持与鼓励。关键时刻莉薇总是站在丈夫一边，帮助他抵制金钱的诱惑，维护文人的道德底线，实属难能可贵。

许多夫妇之所以最后分道扬镳，金钱与利益是重要原因。在突如其来的灾难面前，很多人相信"夫妻本是同林鸟，大难临头各自飞"，但莉薇在大是大非面前立场坚定，总是毫不犹豫地为丈夫着想。面对出身贫寒、只受过小学教育的吐温，带着别墅下嫁的莉薇从不在经济上让丈夫难堪，更不会因此盛气凌人。面对吐温一次次因投资失利而导致的巨额债务，莉薇从不抱怨，也不气馁，反而成了丈夫的主心骨，极力鼓励他承担责任，颇有大将风范。她坚持还清因出版公司倒闭所欠下的 20 多万美元债务，不惜卖掉自己名下的房产和吐温的著作版权，因此才有了吐温环球演讲、筹款还债的壮举。有妻如此，实乃吐温之幸。当然，对莉薇的所作所为，学界也不乏批评的声音，比如吐温的传记作者卡普兰就认为莉薇给丈夫施加了太多压力，使吐温喘不过气来。但对自制力不强的吐温来说，莉薇的督促与监督总的来说利大于弊。

在丈夫灰心丧气、一筹莫展的时候，莉薇总能用自己的淡定与理智给丈夫带去希望。她用随身带在身边的纸和笔，准确算出丈夫需要用 4 年时间还清巨额债

---

① Twain, Mark. *Autobiography of Mark Twain* (Vol. 1). pp. 385-386.

务。吐温对此深信不疑，在他眼中，妻子莉薇和他的好朋友罗杰斯先生一样，是个完人："我知道她是对的，实际上，她总是准确无误。在远见卓识、智慧、精确计算、准确判断和全方位审视问题方面，除罗杰斯先生以外，在我认识的人中没有人能与她相提并论。"[①]

第一，莉薇的直觉总是对的，包括她的投资天分，她还有着别人无法企及的品位。她年轻时在巴黎买的旧东方地毯，后来价格翻了几倍，而吐温每次投资，都以失败告终。第二，莉薇像罗杰斯先生一样，看人准确，这是屡次上当受骗的吐温最缺乏的能力之一，因此备受他推崇：莉薇总能根据一个仆人的外表看出比推荐信更多的东西来，在吐温家一干就是 18 年的马里兰州的乔治就是一例。乔治获得自由后，做了十几年零工，后来机缘巧合，到吐温家擦窗户，被莉薇留下做佣人，就这样结下多年的主仆情分。第三，在吐温看来，莉薇有着无与伦比的耐力。尽管她身体虚弱，她的精神却永不衰竭。她长时间伺候病中的父亲、一夜又一夜不眠不休、毫无怨言地轻摇安抚病中孩子的场景，都使吐温觉得不可思议：他自己 10 分钟都坚持不了，被叫醒后添了柴火，马上又入梦乡。第四，莉薇一直心态年轻，兴趣广泛，对丈夫的演讲十分感兴趣；病逝之前，她连着三天参加约克的庆祝活动，白天晚上连轴转，严重透支体力，损害了健康。因此，从某种程度上说，莉薇实际上是累死的，对此吐温直言不讳：莉薇对繁重的家务一直亲力亲为，拒绝请管家；社交耗费了莉薇太多精力。由于丈夫的不谙世事，莉薇不得不几十年如一日，做着超人般的贤妻良母与事业伙伴，但实际上她一向身体柔弱，因为她 16 岁时在冰上摔倒，导致半身瘫痪，仰卧长达两年之久。但就是这个一直体弱多病的妻子，为吐温生育了四个儿女，养大三个女儿，对大男孩般的丈夫吐温也总是体贴入微。

吐温不只自己对莉薇崇拜得五体投地，觉得妻子完美无缺，而且不允许别人说妻子一个不字，充分说明莉薇在吐温心中的巨大分量。在吐温眼里，妻子迷人、可爱、杰出，天性"温柔、平静、温和"[②]，"天生优雅……善良"[③]，她的真诚与宽容更是有目共睹。面对超人般的完美妻子，吐温没有秘密，习惯将发生的所有事都与妻子分享："她和我实际上是一个人，我们之间没有秘密。"[④]他也确实有理由百般

① Twain, Mark. *Mark Twain's Autobiography*. 第 169 页。

② Twain, Mark. *Autobiography of Mark Twain* (Vol. 1). p. 374.

③ Twain, Mark. *Autobiography of Mark Twain* (Vol. 3). p. 69.

④ Twain, Mark. *Autobiography of Mark Twain* (Vol. 2). p. 28.

赞美妻子，因为他不是唯一认为妻子完美无缺的人。在《我的马克·吐温》(*My Mark Twain*)中，吐温的好友豪威尔斯对莉薇也大加赞赏，称她是他所见过的“最可爱、最温柔、最善良的人”①。妻子去世后，吐温在不安与孤独中度过了很长时间。他在自传中忏悔道：“我对这个温柔耐心、宽容大度的人犯了多少错啊！我总是告诉她如果她先去世，我将在自责中度过余生。”②他觉得因为自己的自私、暴躁与卑鄙，让妻子流了太多眼泪。

《婚姻心理学》序言中说：“获得幸福婚姻的最有效方法就是两个人都提高自己、修炼自己、完善自己，只有这样相处起来才会轻松，也只有这样，婚姻才不会对双方构成束缚。”这正是世上“最完美的婚姻之一”③——吐温夫妇幸福婚姻的写照。在这所持续35年的婚姻学校里，吐温夫妇的性格得到发展，学识得以扩充，互相把对方塑造得更加完美。吐温对妻子一辈子的爱恋与绝对的信任与崇拜，妻子对吐温“绝对的爱与无条件的尊重”，夫妻二人在生活和事业上的共同成长，造就了他们长达35年的美满婚姻以及吐温卓越的文学成就。

吐温在自传中极力将妻子塑造为一个在方方面面都如超人、女神般的完人，然而在极力渲染妻子的巨大影响中，他始终不忘自传的基础是传主的身份认同。妻子的完美反衬吐温在婚姻家庭、为人处世、投资理财等诸多方面的巨大缺陷，也因此凸显他的作家与演讲家身份。

第三节　完美女儿与不完美父亲

吐温在自传中分多次全文引用大女儿苏西13岁时为他撰写的传记——《苏西的传记》(*Susy's Biography*)，自传与传记互相映衬，激发吐温更多灵感。互文性关注的对象不是客体本身，而是客体之间的关系，对关系的注重是互文性的基本特质之一。“你中有我，我中有你”，正是《马克·吐温自传》与《苏西的传记》的主要影响方式与关系特征。两个传记文本相互交织，难分难解，父女两人还互为

① Howells, William Dean. *My Mark Twain*. 第11页。

② Twain, Mark. *Autobiography of Mark Twain* (Vol. 1). p. 435.

③ Howells, William Dean. *My Mark Twain*. 第16页。

对方作品的传主，文本与文本、主体与主体之间对话、交流与互补的意味强烈。

知父莫若女，在《苏西的传记》中，小苏西抱着高度写实的态度，描摹了一个栩栩如生、真实可信的父亲形象，直接启发、影响吐温对自身形象的塑造。而在为父亲做传的同时，苏西也免不了为自己作传，而吐温正是在其基础上引申、扩展与改写，为早逝的大女儿苏西也勾勒出一幅逼真的肖像画。童年的无忧无虑，少年的多才多艺，24 岁时孤独地死于脑膜炎……吐温自传中的苏西传，字字句句，无一不是饱受打击的老父亲的真情流露。在吐温的文字中，苏西是个天才儿童，天生的小哲学家和小作家，吐温"最聪明、最有潜力的女儿"[①]，令吐温骄傲又伤痛的完美女儿。

一、父亲笔下的完美女儿

苏西是吐温夫妇的第二个孩子，三个女儿中的老大，也是父亲最喜爱的女儿，与父母最为心灵相通。独自在英国收到苏西病逝这突如其来的噩耗时吐温脑子里一片空白，不明白那句简单的话意味着什么，而正是这空白使他得以继续在这世上存活。之后的悲痛、忧伤、悔恨，使他发疯般地给妻子写信，诉说一个伤心欲绝的父亲对爱女刻骨铭心的思念。这意外的打击对吐温所造成的心理伤害一辈子无法痊愈，他从此再未踏足半步女儿出生与离世的那座老宅。苏西去世 20 年后，年迈的吐温才在自传中为女儿作传，就是他内心伤痛的明证。

在吐温的记忆中，小苏西聪明、漂亮、活泼、诚实、善良、敏感、善解人意、做事一丝不苟，是家里"最勤劳的蜜蜂"[②]，总是充满活力、干劲与热情。她的喜怒哀乐都写在脸上，来得快、去得急，并且都像烈火般强烈。她继承了母亲"仁慈宽厚的天性"，有"可亲可爱""最宝贵"[③]的性情，即使面对最糟糕的事情，她也能轻松抹去无礼与屈辱，寻找令人愉快的经历。苏西是父母的乖女儿，和母亲的关系尤为亲密。从孩提时代到生命尽头，苏西和母亲始终是一对"真诚的朋友"、"亲密好友、知心朋友，对方的热情崇拜者。苏西有颗美好的心灵，是个有趣的伙伴，和母

---

① Loving, Jerome. "Mark Twain's Latest Autobiography." *Humanities*. March/April 2011: 16.

② Twain, Mark. *Autobiography of Mark Twain* (Vol. 1). p. 275.

③ Twain, Mark. *Autobiography of Mark Twain* (Vol. 1). p. 348.

亲一样心地善良”。[①] 对苏西来说，和母亲在一起的安静美好时光是她一生中最弥足珍贵的宝藏。

小苏西与其他孩子一样淘气，但不同的是，每次惹祸后她为自己挑选的惩罚总令父母印象深刻。6岁的苏西就已经不只是个空想家，还总能将内心活动与实际行动结合起来。她返还父母奖励的糖果，而小她2岁的妹妹克拉拉却将糖果毫不犹豫地吃下去。对姐妹之间的矛盾——苏西认为她和妹妹有过争吵，而妹妹认为和姐姐没有争吵，苏西解释：“我不知道她心里是否有愧，但我却感到有些愧疚。”[②]这件事展现了一个自律、自省、宽容的小苏西形象，而“自律是所有美德的皇后”[③]，因为它能提升其他品格。回想26年前的干草车事件，想起可怜的苏西没能乘上盼望已久的干草车，吐温仍然心如刀绞。这令人印象深刻、行之有效的处罚方式，正是小苏西纠结许久、反复权衡之后选择的最重惩罚。放弃这项日思夜想的大冒险权利对她来说遗憾之至，无疑将会使她一辈子铭记这次教训，而同样铭记并且心痛不已的还有她的父母。孩童时期的苏西对自己的要求已经这么严格，甚至有些苛刻，可见在父母眼中，她是多么完美无缺的一个好女儿。

苏西是个天生的小哲学家，对一切都充满好奇和兴趣，喜欢思考那些人生的本质性问题，探索人世间悲苦的深层次意义。对所有问题，苏西都会耐心地回顾所有细节，最后得出正确、符合逻辑的结论。6岁的苏西就尝试分析自己的灰熊噩梦：为何会做梦？做梦的目的是什么？梦境从何而来？它的心理根源是什么？经过缜密思索，最后得出结论：自己在梦境中总是扮演受害者，总是被熊吃。7岁的苏西就在思考生命的意义，就能提出一些让父母措手不及的问题。有次她问母亲什么是“小事”，让见多识广的母亲颇费了一些心思。8岁的苏西被印第安人的多神教信仰所困扰，花一周时间思考信仰、对错、变化等问题，最后认为“印第安人相信自己是对的，但我们知道他们在这事上是错的。或许在将来，我们会发现自己的信仰也是错误的。于是我在祷告时，只说可能有上帝和天堂——或是比这更美好的东西”[④]，并且从此不再祷告。随着时间的推移，吐温对苏西的这些话越来越崇敬，认为它们既有孩童的优雅与天真，又蕴含着人类曾经渴求、希望的全部智

---

① Twain, Mark. *Autobiography of Mark Twain* (Vol. 1). p. 331.

② Twain, Mark. *Autobiography of Mark Twain* (Vol. 1). p. 261.

③ [美]马丁·塞利格曼著，赵昱鲲译：《持续的幸福》，第110页。

④ Twain, Mark. *Autobiography of Mark Twain* (Vol. 1). p. 258.

慧，以及担心、惧怕的全部苦难。思考细致周到，有着不一般的思想水平，不只是吐温对女儿的评价，女作家切尼与苏西几次聊天后，也深有感触，认为她“完全了解生命及其意义所在。她对生命的理解已臻于完美，就算再活几十年，也不过如此。她的直觉、思考与分析教她达到的水平，似乎和我 60 年来所积累的水平不相上下”[①]。这无疑是老作家对少年老成的苏西的高度赞美。

苏西还继承了父亲的文学天赋，是个不折不扣的天才小作家。她喜欢阅读，语言模仿能力极强，加上周围的亲朋好友都是文化人，日积月累，苏西从小就有很大的词汇量，并能运用自如，很小就能出口成章。她 10 岁开始写剧本，13 岁为父亲作传，使吐温深受感动，既高兴又自豪，多年后仍然如此：“我被人奉承过，但没有任何东西像它那样触动我，在我眼里，任何东西都无法与它的价值相比拟。至今仍然如此。”[②]对吐温来说，任何恭维、赞美和称颂，都不及苏西为他所写的小传珍贵。

在吐温看来，尽管《苏西的传记》出自一个 13 岁孩子之手，却是名副其实的文学作品。小作者诚实美好的心灵，天真无邪的性情，公正的判断，“与生俱来的洞察力”[③]，细致的观察，对人物的真情实感，稚嫩却到位的描写，都使作品散发出无穷的优雅与魅力，也使它突破所有文学成规的局限，成为值得称赞的文学作品。吐温认为，苏西对写作充满热情，全神贯注，她不仅使读者对故事身临其境，而且将自己活生生地展现在读者面前。她的喜悦、渴望、兴奋，甚至她脸颊的红晕与眼里的光芒都活灵活现。她作品里的天真单纯和孩童的热切兴奋是作品的魅力所在，也是其堪称文学作品的根本原因，而这些都是成年人模仿不了的。

另外，吐温认为《苏西的传记》使用了合适的文学语言，自然称得上文学作品。它是苏西作为小作家的明证，也是父亲为她作传的不可分割的一部分。就连苏西无意中犯下的拼写错误，对吐温来说都无比珍贵，因为它是苏西“飘逸而灵动”的文字的一部分。因此在引用《苏西的传记》时，吐温不做任何修改，逐字逐句保留原文：“我爱它，不能亵渎它。对我来说，这是金子。改正它，就是往金里掺假，而不是提炼它，就会毁了它，就会使它失去飘逸而灵动的特色，使它变得僵硬正式。”

---

① Twain, Mark. *Autobiography of Mark Twain*(Vol. 1). p. 260.

② Twain, Mark. *Autobiography of Mark Twain*(Vol. 1). p. 275.

③ Twain, Mark. *Autobiography of Mark Twain*(Vol. 2). p. 330.

吐温认为女儿“学习语言轻而易举，学习历史轻而易举，学习音乐轻而易举，学什么都轻而易举，迅速而透彻——只有拼音除外”[①]。苏西的传记中美中不足的这点瑕疵，恰恰是真实、活泼、可爱的小苏西的真实写照。

再者，苏西头脑冷静，判断合理，是个公正、善良、“坦率、诚实的传记作者”[②]，“可爱的小传记家”[③]，“坦率的历史学家”[④]，满怀人类最缺乏的“道德勇气”[⑤]。她童言无忌，直言不讳，坦诚、恰如其分地对待父亲的优点，同时也透彻地揭露父亲的缺点，不做任何修饰遮掩，她的传记因而忠实可信。

苏西多才多艺，她不仅喜欢写作，而且颇具戏剧和音乐天赋，喜欢将自己与父亲的作品自导自演，给父母及亲友带来无限乐趣。苏西 10 岁开始自写自演戏剧，并邀请妹妹们和邻居小朋友做小演员，连 3 岁的小妹妹都扮上了大名鼎鼎的弗朗西斯·培根，而他们的忠实观众就是家里的仆人们。苏西 17 岁时写了一出希腊式戏剧，然后自导自演，和几个孩子在家中演出，迷住了整屋子的亲朋好友，包括与吐温合著《镀金时代》的作家查尔斯·沃纳及其兄弟乔治。沃纳兄弟对这出戏不只赞赏有加，第二天乔治·华纳还专门到吐温家找苏西长谈，最后评价苏西是他“认识的最有趣的人，无论男女”[⑥]。才华横溢而又有趣，这无疑是个很高的评价。

其实苏西从小就具有不凡的表演天赋，并且自己发明了晦涩复杂的猜字谜游戏——孩子们准备三分钟，然后逐个表演每个音节，让父母们看表演猜词。这游戏锻炼了孩子们的表演才能，为以后的喜剧表演奠定了坚实的基础。苏西 12 岁半时，吐温有次从西海岸巡回演讲回来，迎接他的是妻女为他精心准备的巨大惊喜：在莉薇的安排下，苏西与七八个孩子在华纳家表演吐温的《王子与贫儿》(1881)。苏西扮演王子，穿着华贵的绸缎衣服，而那些演出服是母亲莉薇亲自设计缝制的。孩子们都表演得自然流畅，富有情感，非常出色。吐温惊喜有加，觉得那是他一生中最享受的一个晚上。

---

① Twain, Mark. *Autobiography of Mark Twain* (Vol. 1). p. 276.
② Twain, Mark. *Autobiography of Mark Twain* (Vol. 1). p. 283.
③ Twain, Mark. *Autobiography of Mark Twain* (Vol. 2). p. 329.
④ Twain, Mark. *Autobiography of Mark Twain* (Vol. 1). p. 288.
⑤ Twain, Mark. *Autobiography of Mark Twain* (Vol. 2). p. 332.
⑥ Twain, Mark. *Autobiography of Mark Twain* (Vol. 1). p. 260.

总之在吐温看来，女儿苏西是个聪明、善良、诚实的天才小神童，即使将全世界所有的赞美都献给苏西也不为过。吐温自传中的《苏西的传记》与苏西传，父女两人的文本相互交叠，文本的互文性达到无以复加的程度。吐温用此方式，冲破天上人间的阻隔，与爱女对话、交流，互诉衷肠。

除《苏西的传记》外，吐温在自传中还数次提到另一个相关的互文作品，即他与妻子记录孩子们小时候言行的《孩童记事本》(*Children's Book*)，它忠实地记录了苏西姐妹儿时所表现出来的性格特质，成年后仍然如此。小时的苏西就胆小但思想活跃，充满道德勇气，是个小"梦想家、思想家、诗人与哲学家"[①]，这正是苏西在父亲心中的一贯形象。苏西还是吐温最后一部小说《巾帼英雄贞德传》(*Personal Recollections of Joan of Arc*，1896)的灵感来源，书中许多细节来自17岁的苏西。可见对吐温来说，天分极高的苏西老早就是他"真正的缪斯女神"[②]。《马克·吐温自传》正是众多声音相互"交叉、渗透、对话"[③]的结果，苏西无疑是其中最重要的对话者之一。

二、女儿眼中的真实父亲

在少女苏西眼里，父亲个性突出，优缺点一样鲜明。她笔下的父亲童心未泯，玩性十足，鬼点子层出不穷。他小时候调皮捣蛋，总是逃学，为逃学竟随时准备装死，与《汤姆·索亚历险记》和《哈克贝利·费恩历险记》中的小主人公们如出一辙。父亲最喜欢的游戏是台球，通宵打台球是他休息与放松的良方。父亲也玩其他游戏，比如被女儿克拉拉引诱，很快对单人纸牌游戏着迷，引得母亲和小妹简也开始上瘾，一家竟出现四个纸牌迷，那场景妙趣横生，其乐融融。父亲特别喜欢动物，尤其是猫。为与自己的灰色头发和灰色眼睛相搭配，父亲喜欢穿灰色衣服，将灰色小猫"懒鬼"架在肩膀上，懒鬼看着主人的灰头发和灰衣服，很快就犯困，构成一幅绝妙的人猫图。父亲喜欢给自家的猫取各种稀奇古怪的名字，如撒旦、懒鬼、瘟疫、饥荒、罪恶等，别出心裁。有年夏天在乡下避暑，吐温甚至从村妇家租了三只猫，这些猫给吐温一家带来无穷的乐趣。

---

① Twain, Mark. *Autobiography of Mark Twain* (Vol. 2). p. 224.

② Sacks, Sam. "He'd been There Before". *Culture & Civilization*. November 2010, p. 61.

③ 陈永国：《互文性》，载《西方文论关键词》，赵一凡、张中载、李德恩主编，北京：外语教学与研究出版社 2006 年版，第 211 页。

在苏西看来，父亲幽默风趣，是最可爱的人，但他不只是个幽默大师，更是个善于推理的哲学家。他很会讲笑话，喜欢好玩的事，喜欢大笑，但他不只会搞笑，他其实是个哲学家，喜欢推理。他既幽默又严肃，脑子中思考的严肃事情远比幽默要多得多。他更喜欢严肃书籍，对严肃话题更感兴趣，在家人面前所谈论的题目，九成都是严肃话题，只是偶尔幽默一下。苏西对父亲的多面描写，有力地否定了当时外界疯传的幽默大师形象，吐温的形象变得更饱满，更真实可信。

父亲是个大作家，还是个不错的演员，而母亲与苏西三姐妹都是父亲的忠实读者、编辑、批评家与演员。每次母亲编辑父亲的手稿时，三姐妹都紧张地看着母亲手中的笔，生怕母亲把她们喜欢的段落删掉；一家人朗诵父亲作品的场景温馨感人。在母亲的设计下，苏西与孩子们一起，排演父亲的作品《王子与贫儿》的情景更是在自传中频繁出现。第二次演出时，吐温特意为自己加了个角色，父女俩一起排练、演出，给苏西留下深刻印象。后来他们又在家将这出戏演了几次，每次演出都有多达 84 个观众，那是吐温家所能容纳的上限，大家都很开心。苏西与母亲一样，认为父亲最好的谋生手段是写作，因此当苏西听父亲说想放弃写作时，她与母亲都非常担心，幸好他只是说说而已。

《王子与贫儿》之所以被频频提起，是因为在苏西看来，它是父亲最出色的一部作品，这与评论家通常的看法有些出入。苏西认为这部作品不仅体现了父亲丰富的情感与博大的同情心，而且观点非常可爱、引人入胜，文字也堪称完美。她觉得书中充满动人的情节，而最动人的一幕是骑着高头大马的乞丐突遇母亲的场景，描写非常到位。乞丐将王位还给王子的情节妙趣横生，幽默感十足，而幽默是父亲的一贯风格。这些评论虽然稚嫩，却也中肯到位，一个 13 岁的孩子能有这样的见地，的确不凡。

父亲不只聪明睿智，而且是个美男子。他有着漂亮的灰色头发，好看的高鼻梁，善良的蓝眼睛，留着一小撮胡须。他的头型和侧脸都非常漂亮，身材也很好，肤色白皙。除牙齿不够突出以外，父亲长得完美无缺。吐温借苏西对他外貌的真实描写，抨击那些人云亦云的评论家对他形象的歪曲，可谓有理有据。

父亲也有很多弱点与缺点。他有着作家复杂的大脑，却理解不了一些最简单的日常事务，活脱脱一个不谙世事的书呆子。为吐温家带去许多困扰的防盗警报器终于修好，但实验后吐温却觉得正相反，因此万分沮丧，无论母亲怎么解释，他就是觉得不可思议，并且越来越不耐烦。缺乏耐心、脾气暴躁、不善处理具体实际生活的父亲形象跃然纸上。父亲不只脾气不好，而且说话难听，甚至讲粗话，有时还非常心不在焉。他思考时喜欢在屋子里踱来踱去，这习惯甚至被客人误解，以为他不喜欢访客。他烟瘾很重，总是烟不离手。他不喜欢去教堂，原因是不喜欢听人唠叨，而他自己却常自言自语几个小时都不嫌烦。父亲一点儿都不谦虚，从不掩饰对自己作品的欣赏与迷恋，有点自吹自擂的嫌疑，让孩子们有时候都替他难为情（其实他有时根本没意识到读的是自己的作品），等等，不一而足。对自己的这些弱点与缺点，吐温大多毫不否认，甚至在女儿作品的提示下举了更多形象具体的例子，突出传主的个性特质。

作家、哲学家、演讲家、好父亲，甚至还是个好演员[①]，幽默风趣，才华出众，小毛病也不少，这就是苏西在传记中勾勒的父亲形象。比起吐温在公众心目中单一的幽默大师形象，苏西对父亲的描述更全面，更真实，更不偏不倚，这些正是吐温认可的身份与个性特点。早在《汤姆・索亚历险记》中，吐温就声称小说作者是个伟大而睿智的哲学家。除了父亲，苏西也画龙点睛般地勾勒出很多与父亲密切相关的人物形象，包括母亲、两个妹妹和许多亲朋好友，诸多趣闻逸事。它们为吐温的口述自传提供了无尽的线索与灵感。

但《马克・吐温自传》将苏西定格在了 17 岁前，再就是她 24 岁去世前后吐温夫妇的悲痛之情，对她中间的 7 年生活讳莫如深。不过有资料显示，长大后的苏西对父亲的看法悄悄发生了变化，少女情怀中天真可爱的父亲形象似乎烟消云散，取而代之的是父亲的名声给她带来的许多烦恼与难堪。她觉得父亲应以严肃作家的身份示人，而不总是个搞笑的幽默家。1890 年，苏西开始在布尔茅尔学院(Bryn Mawr College)学习，却不知何故一学期后就离开了这所著名大学。其间她极力反对父亲去她就读的学院讲《金色手臂》，因为在她看来，这个故事对她世故的同学们来说过于幼稚，吐温答应了，却还是讲了那个著名的鬼故事，难堪之极的苏西哭着跑出报告大厅，她的辍学也许与父亲的这次演讲不无关联。后来苏西随家人到欧洲学习，类似的烦恼常常使她无所适从。枯燥的夜晚，喜怒无常的父亲，在父亲阴影下生活的"影响的焦虑"，对意大利有妇之夫的迷恋，都使苏西烦恼不已，甚至悲观厌世，对同学说她找不到生活下去的理由。身心健康每况愈下的苏西不得不寻求治疗，尝试精神疗法、水疗等多种治疗方法。1895 年至 1896 年，

---

① Twain, Mark. *Autobiography of Mark Twain* (Vol. 2). p. 166.

深陷债务危机的吐温到欧洲巡回演讲，苏西决定不与家人同行，没想到这竟成了永别，让吐温夫妇痛心不已。

吐温对苏西成年后的精神困境到底了解多少，我们不得而知。或许正如吐温所展示的那样，他了解的只是孩童时期的苏西，长大后的女儿大概很少与父亲交心。吐温父女如此，大多父母与成年子女又何尝不是这样。饱经风霜的晚年吐温，也许只愿回忆那些令人高兴的事，不愿触及对爱女不利的伤心事。

完美女儿映衬下的不完美父亲，吐温在互文与对比自嘲中完成了自己的另一份身份认同，其中凸显的仍是他的作家与演说家身份。

第四节　盗贼与“东郭先生”

在《马克·吐温自传》中，与盗窃有关的词语频繁出现，如盗贼、小偷、偷窃、防盗铃等，仅第三卷中就有 135 个 burglar/s/burglary/ies/burglarized，133 个 thief/thieves/theft/steal/stole/stolen/unstolen 等。它们集中出现的几个片段或幽默风趣，或无可奈何，或怒火中烧，自传事实、传记事实与历史事实相互缠绕，尽显吐温单纯善良、浪漫风趣、幽默乐观的个性特征，然而总是遇人不淑也给吐温及家人带来无限烦恼，终使他这个“东郭先生”忍无可忍，奋起反击。作家的个人“小历史”从一个侧面展示了“镀金时代”盗贼猖獗、道德沦丧的国家“大历史”。

一、福尔摩斯式智慧

在吐温生活的“镀金时代”，美国的工业、经济、科学等快速发展，但贫富差距也随之加大，拜金潮风行，政治腐败，由此引发一系列严重的社会问题。在安全感极低的社会背景下，防盗铃成为家中必备物件。吐温自传中的多个防盗铃故事滑稽幽默，传神地展示了他不食人间烟火却对自己的福尔摩斯式智慧沾沾自喜的浪漫个性特征。

身为作家的吐温能编出复杂曲折的故事情节，却一辈子搞不清生活中一些最简单的东西。就连 13 岁的大女儿苏西都明白父亲“有作家的大脑，却不明白一些最简单的事情”[①]。苏西说家里的防盗铃总出故障，父亲不得不把防盗铃关上，后来他想弄清防盗铃是否真有问题，就把防盗铃打开，下楼打开窗户，立刻铃声大作，说明防盗铃没问题，父亲却郁闷得要死，还越来越不耐烦。晚年吐温坦诚自己依然脑瓜愚笨，讨厌复杂事物，女儿老早就发现的这些弱点困扰了他一辈子。

苏西的半页防盗铃故事引发吐温自传中另一个三四页长的防盗铃故事，与女儿的故事遥相呼应。吐温讲述的是家里昂贵的防盗铃唯一真正发挥作用的故事，却绝非常人以为的赶跑窃贼，而是一步步验证他对窃贼的推断完全正确。他不为丢失的东西懊恼，却为自己的福尔摩斯式的智慧而骄傲。大概也只有吐温这样的大幽默作家，才有这种与众不同的逻辑。

吐温提到的第三个防盗铃故事源自一堆误会与谜团，最后却因吐温的热心而以喜剧告终，颇富戏剧性。1880 年 2 月 2 日凌晨 5 点，吐温家的防盗铃突然发出紧急的咔嗒声，警报来自洗衣房。吐温觉得奇怪，但他的反应与之前一脉相承，不过这次不为证明他的福尔摩斯式智慧，只因天寒地冻，他一点儿不想下楼查看，就回到床上静观其变，心想如果盗贼闯入餐厅，他就带着孩子们爬窗逃命，便又睡着了。此后两天凌晨同样的怪事照样发生，吐温也同样置之不理。原来是女仆爱丽丝私自让年轻人比约根森留宿在地窖里几个月，吐温竟毫无察觉。偶然发现真相后他不但丝毫不生气，反而觉得有点失望，觉得故事不够戏剧性。热心浪漫的吐温于是主动帮两个并不想结婚的年轻人筹备婚礼，为逼比约根森就范，他甚至不惜动用警察与牧师。3 年后吐温又偶遇这对幸福的小夫妻，比约根森直言当初吐温威胁送他入狱、逼她与爱丽丝成婚时，他恨不得杀了吐温，现在却对他感激不尽。当时他一贫如洗，是爱丽丝帮他找到工作，又帮他成为承包商和建筑工人。爱丽丝则开了家餐厅，利用吐温的社会关系使餐厅一炮走红，生意一直不错。吐温无心插柳柳成荫，自然得意非凡，热衷传奇故事的作家个性在整个事件中彰显无遗。

吐温自传中的最后一则防盗铃故事是他的小女儿简在信中描述的，十分具有戏剧性。当时(1909 年年底)吐温陪好友罗杰斯在百慕大度假，家里的警报器又响了，因为家里的狗只懂德语，直到简给它发出德语指令，它才箭一般地冲出去吓跑了盗贼。简在信中给父亲描述了这件事的经过，不幸的是这是她写给父亲的最

---

① Twain, Mark. *Autobiography of Mark Twain* (Vol. 1). p. 342.

后一封信，也预示着吐温口述自传的彻底结束及其生命的终结。

其实早在 1906 年 1 月 15 日的口述中，吐温就讲到过一个令人啼笑皆非的防盗铃故事，结论是“警报器是件很有价值的东西，如果你知道如何使用它的话”[①]。故事的主人公弗兰克·古德温在对待盗贼方面与吐温异曲同工。每天凌晨 5 点厨师下楼做饭时，与所有门窗相连的防盗铃就会被触动，古德温耳边就会铃声大作。好在他很快学会习惯性地伸出左手，关掉防盗铃，继续呼呼大睡。习惯成自然，真来贼时，古德温同样自己关掉警铃，防盗铃如同虚设。好在尽管夜半来访的两个盗贼挺懂行，知道如何规避防盗铃，但百密一疏，准备离开时还是不小心触动防盗铃，被吓得夺路而逃，“战利品”全忘在了脑后，而古德温只是习惯性地关掉防盗铃继续睡觉，两个盗贼则在厨房大吃大喝了一通。

五个防盗铃故事如出一辙，滑稽幽默，无伤大雅，却一次比一次更富戏剧性，一次次彰显吐温的幽默天分与丰富想象力，以及他乐观、热心、浪漫的文人个性。

二、“招贼”告示

“纽约有 400 万人口，其中大多数是盗贼。”[②]这是 73 岁的吐温讲述 1908 年 9 月发生的另一起被盗案时对纽约糟糕的社会治安状况所做的夸张总结，也从一个侧面反映“镀金时代”盗贼横行带给人们的无限烦恼，而善解人意的吐温对事件的反应与处理，也同样令人啼笑皆非。吐温当时住在离纽约一个半小时路程的新房子里，房子孤零零地矗立在一座高坡上，四面来风。他称之为“纯真之家”，说明饱经风霜的吐温晚年仍童心未泯，纯真可爱，包括对盗贼。但二女儿克拉拉改叫它“风暴之地”，倒也贴切，吐温也就默认了。

吐温回顾自己做屋主 35 年来，家里数次被盗，盗贼见啥拿啥，通常并不惊动家人，倒也并不十分令人不安，但这次的两个盗贼却惊动了他的秘书里昂小姐，里昂叫醒了男管家，接着全家大乱。尽管如此，想到两个在火车上被人赃俱获的倒霉贼有可能面临 15 年的牢狱之灾，吐温还是有点可怜他们，但想起家里女眷因此所遭的罪，他又改变了对盗窃罪的看法，觉得入室盗窃是一种非常严重的犯罪，比

① Twain, Mark. *Autobiography of Mark Twain* (Vol. 1). p. 279.

② Twain, Mark. *Autobiography of Mark Twain* (Vol. 3). p. 267.

窃贼杀死受害人还要严重得多，因为“死亡比充满恐惧的生活要好得多”[①]。

被盗18天来，吐温与多位有过被盗经历的人交流，发现结果高度相似。被惊动的女眷往往需要好几年时间才能摆脱心中的恐惧，失眠与噩梦成为家常便饭，痛苦不堪。吐温家里也彻底乱了套，还能安睡的也就心宽体胖的吐温了。克拉拉吓得睡不着觉，逃到了纽约；里昂几乎每晚失眠；男管家放弃让自己安眠的努力，4天前一走了之；厨师和女仆们第二天也辞了职。就在吐温口述故事（1908年10月6日）的前一天，一个已在吐温家4年，本打算待40年的女仆也辞了职，因为这些天来她从未睡够3小时，并且只要睡着，最后都会尖叫着从同样的噩梦中惊醒，每个毛孔都在冒冷汗：被盗贼开枪打死，感受子弹一点点穿透身体。女眷的恐惧让吐温别出心裁地将盗贼分两类：“如果我有幸改变法律，我将减轻无声盗贼的刑法，无情吊死那些扰乱主人家安宁的盗贼。”[②]

尽管如此，对这些给他与家人造成巨大伤害与困扰的社会底层的人，吐温还是丝毫不吝惜自己的同情与怜悯。看到霍夫曼被判4年监禁，威廉斯被判9年，出庭做证时的吐温心情复杂，很替他们不值，且在内心深处觉得他们根本就没罪：“他们遵从自己的性情，受出生、训练、社交与环境所迫。他们控制不了自己的出生，创造不了自己的性情，改变不了自己的环境。他们所处的环境与社交圈都是固定的，无法避免的。社会要自保，就必须限制窃贼、小偷、疯子和杀手。”[③]在吐温看来，犯罪的不是这些窃贼，而是无法到庭受审的环境、社交圈和情境，矛头直指镀金时代的弊端。吐温显然受当时环境决定论的影响，对窃贼过于宽厚。1886年芝加哥秣市广场暴乱之前的19世纪，美国的政治、道德和心理学都以品格为中心，但由此诞生的新学科“社会科学”则宣称“引发犯罪的不是坏品格，而是坏环境”[④]，于是几乎整个20世纪的心理学、社会学、人类学、政治学等姊妹学科都以环境决定论为前提。

两个盗贼已伏法，被盗事件却仍未了结，反而峰回路转，巧合不断。三周后吐温收到一封来自康州监狱的信，是刚开始服刑的威廉斯的杰作。吐温越读越觉得似曾相识，搜肠刮肚，竟发现这封信出自他的回忆录《密西西比河上的生活》（*Life*

---

① Twain, Mark. *Autobiography of Mark Twain*(Vol. 3). p. 269.

② Twain, Mark. *Autobiography of Mark Twain*(Vol. 3). p. 269.

③ Twain, Mark. *Autobiography of Mark Twain*(Vol. 3). p. 278.

④ [美]马丁·塞利格曼著，赵昱鲲译：《持续的幸福》，第97页。

on the Mississippi，1883)第 52 章。而特威切尔牧师把这封信读给吐温之前已感动无数信众，最后却发现这封信是假的，是个受过良好教育的人故意装作半文盲有意杜撰，试图用悔罪、亲情、虔诚的真情实感打动读者，也确实屡试不爽。更巧的是，编造那封信与现在剽窃这封信的人都叫威廉斯，都是窃贼，都被判刑 9 年。吐温这才意识到威廉斯确实是个恶毒的亡命徒，而不只是受环境影响那么简单：被带离法庭前他说的最后一句话，是出狱之日要设法找到同伙并杀死他。

不胜其扰、无可奈何却又幽默细胞爆棚的吐温特意在前门贴了张告示，提醒窃贼小心行事，不要扰乱家人的安宁，这告示就像出庭做证的吐温一样，迅速登上欧美各大报纸。随后吐温收到来自世界各地的无数来信，确信全世界的盗贼都有了到他家的向导：

告　示

致下一个窃贼。

无论现在还是以后，这家里都只有些电镀器皿，你可以在餐厅一角猫篮旁边的铜盘上找到它们。如果你想要猫篮，就把猫咪们放到铜盘上。别出声——它会打扰家里人。你会在前厅找到一些胶鞋，就在他们叫作西洋梳妆柜或类似藤架的东西旁。

离开时请带上门。

您非常忠实的，

S. L. 克莱门斯[①]

一次凄惨又麻烦不断的被盗事件就这样以吐温幽默、单纯、独特的处事方式告终，但事件所反映的盗贼猖獗的历史事实对厌烦复杂事件的吐温的负面影响显而易见。

塔西多小区家中的被盗事件更是一波三折，充分展示了吐温的浪漫情怀与丰富的想象力。该小区距离纽约 1 小时火车车程，小区居民都是富人，大约只有 50 家，每家平均 4 口人，外加 5 个仆人。二三十年来，从未有过不受欢迎的人光临小区，但纪录终于被吐温家打破。奇怪的是，造访吐温家的盗贼悠闲地逛了一圈，滴得到处都是蜡油(吐温的卧室除外)，却只偷走三个面包卷，害得吐温早餐没有面

① Twain, Mark. *Autobiography of Mark Twain* (Vol. 3). p. 269.

包吃，让他颇为不满。吐温一度以为盗贼还偷了他六根雪茄，“又感激又自豪”，觉得终于找到了知音——有人和自己吸同一种雪茄，后来想起是自己拿走的，不觉“一阵失望与屈辱”[①]。小区保安队长布什经过彻查，认为访客根本不是窃贼，而是一个嫉妒房主或是被前业主解雇的男仆的恶意报复。吐温却认为访客是个年轻绅士，精心安排这次访问只为开个玩笑，目的是挖苦警察与社区，讽刺小区从无流浪汉与窃贼到访的自吹自擂。吐温甚至希望那些面包卷能够失而复得，外带一封礼貌的解释信。围绕这件事吐温所进行的天马行空、一波三折的丰富想象，令人拍案叫绝，是吐温自传中最幽默的片段之一。

吐温还记载了一个与他一样倒霉的可爱女演员被盗的惨痛经历。年轻的女演员工作非常卖力，因为寡居的母亲与弟弟妹妹都需要她照顾。可有天夜晚盗贼光顾她的公寓，将她所有积蓄与贵重物品一扫而空，她被逼入绝境。善良的吐温对她的不幸深表同情，这再次有力地呈现了当时糟糕的社会状况。

本内特在《美国通史》(上)中记载的一则广为流传的小故事，也为当时的治安不佳提供了佐证。1886 年 6 月正在舒适的乡村别墅中酣睡的格罗弗·克利夫兰(Grover Cleveland，1837—1908)总统被新婚夫人叫醒，说屋子里有窃贼，总统却睡意蒙眬地安慰夫人：“不，不，我亲爱的。参议院可能会有，但众议院不会。”[②]总统错将夫人口中的 house 误解为众议院(House 既可指屋子，也可指众议院)，无意中道出当时议会之腐败，而不仅仅是治安欠佳。

三、忍无可忍

除了家里被盗，吐温更有无数次被骗的惨痛经历，使他越来越深刻地认识到镀金时代的社会本质与人性的丑恶。他在自传中总结自己的被骗经历：这些并不高明的冒险者来了，撒个谎，骗了钱，然后逃之夭夭，下个骗子又坐着下一趟火车来了，将他所剩无几的财产洗劫一空。

上文提到的那个骗吐温钱又剽窃他作品的美国年轻人，可谓当时骗子的集中代表。他充分利用吐温的单纯与善良，三周内连续三次杜撰各种悲惨故事从吐温

---

① Twain, Mark. *Autobiography of Mark Twain*(Vol. 3). pp. 56-57.

② [美]威廉·J. 本内特著，刘军等译：《美国通史》(上)，南昌：江西人民出版社 2009 年版，第 385 页。

那儿骗走不少钱财，还剽窃吐温讲给他的《吉姆·沃尔夫和猫》的故事赚取稿费。然而无论多么悲惨的被盗或被骗事件，都能被吐温变为戏剧性的幽默题材，从中发现乐趣，但当晚年吐温发现跟随自己多年的身边人无耻的监守自盗行为时，终于忍无可忍，将他们骂得狗血喷头。

《艾什克罗夫—里昂手稿》的《编辑前言》也简单交代了吐温 1909 年秋创作的一些手稿，详述拉尔夫·艾什克罗夫和伊莎贝尔·里昂的不正当行为，使我们对吐温晚年的生活状态有了更全面的了解。艾什克罗夫是吐温 1907 年后的经纪人，而里昂是吐温 1902 年后的秘书和管家，他们都是吐温晚年生活中关系最密切的人。1908 年之前的吐温也确实把他们当家人看待，绝对相信他们的"诚实、坦率和忠诚"[①]，但他们最终让他非常失望、气愤，甚至是绝望。他们 1909 年 3 月结婚，这在吐温看来是件奇怪的事情，是确保他们沆瀣一气、互相忠诚、共同欺诈他的策略。听到女儿克拉拉的调查结果，吐温确信艾什克罗夫是个骗子，他所做的最可恶的事是骗吐温签署授权书，把他的"所有东西，直到最后一件衬衣，都交给阿什克罗夫夫妇，任他们处置"[②]。秘书与管家里昂更是吐温怒火的主要发泄目标。吐温觉得里昂一直在从他账户里偷钱，骗他为"龙虾锅"(吐温送她的房产)的修缮出资。比偷窃更可恶的是她让已从癫痫病中康复的吐温小女儿简在令人沉闷抑郁的医疗机构多待了一年多。在吐温眼里，里昂是个"撒谎者、伪造者、小偷、伪君子、酒鬼、鬼鬼祟祟的人、骗子、叛徒、阴谋家、渴望诱惑却总是失望的肮脏下流的荡妇，可怜的孩子"[③]。吐温一连用 10 个负面词语咒骂与他朝夕相伴 6 年多(1902 年 11 月—1909 年 3 月)、除亡妻莉薇外与他关系最密切的女人里昂，发泄心中强烈的愤怒与无限的悔恨，最后却又回归大度、善良的本性，转而同情无恶不作的里昂，称她为"可怜的孩子"，使人对晚年被人玩弄于股掌之间的老作家更多了份同情与怜悯。

尽管有学者认为"手稿有偏见、报复、映射的嫌疑"[④]，是有关家庭纠纷的虚构故事，是因为克拉拉与里昂关系由友变敌因而力劝父亲解雇里昂的结果，但吐温去世后里昂夫妇的所作所为证明他们确实有不当行为。1909 年 9 月 10 日，吐温

---

① Twain, Mark. *Autobiography of Mark Twain*(Vol. 3). p. 335.

② Twain, Mark. *Autobiography of Mark Twain*(Vol. 3). p. 388.

③ Twain, Mark. *Autobiography of Mark Twain*(Vol. 3). p. 323.

④ Twain, Mark. *Autobiography of Mark Twain*(Vol. 3). p. 388.

一家最终与里昂夫妇达成和解，吐温不起诉他们欺诈，收回“龙虾锅”房产，对方不起诉吐温诽谤人格，艾什克罗夫算是辞职。在8天后的备忘录中，吐温如释重负地补充：“我们终于完全摆脱了那些小偷。”[①]里昂夫妇给吐温带去的心理阴影与经济损失远大于所有入室行窃的盗贼带给他的伤害。

妻子1904年去世后，不善理财理家的吐温因家里佣人或工作人员所受的闲气远不止上述提到的里昂夫妇，他的黑人男仆乔治的玩忽职守也使吐温头疼不已。一次突然提前回家的吐温发现乔治出去了好几个小时，却连家门都没锁，而乔治回家后关心的不是主人的财产是否有失，而是自己赌马赢的1500美元是否被盗，把吐温气个半死。

吐温也绝非唯一被身边人欺骗的受害者，深受美国人喜爱的格兰特将军晚年也被骗得很惨，却因此留下一部“文学巨著”《个人回忆录》，也算因祸得福。格兰特把所有钱都投到了华尔街格兰特和沃德投资公司，可他年轻的合伙人沃德不仅没有履行义务，反而深深地伤害、羞辱、背叛、欺骗了他，导致公司破产。一贫如洗的格兰特痛苦抑郁，不久患喉癌，被身体与心灵的双重痛苦折磨近一年后去世。在此期间他紧锣密鼓地与死神赛跑，以非凡的“勇气、虔诚、专注，以及清晰和引人注目的表达能力”[②]完成了他伟大的回忆录，指望从书中赚些稿费。当时有出版公司的吐温与格兰特签订出版合同，以自己的睿智与慷慨为格兰特家挣得45万美元巨款。

在镀金时代一切向“钱”看的大背景下，窃贼横行，骗子满天飞，道德沦丧，社会极度腐败。“年轻的马克·吐温对发生在他身边的各种欺骗行为，对流浪在密西西比河流域的骗子是很着迷的。欺骗及各种背叛产生的喜剧效果成了他小说的显著特点”，其代表作《哈克贝里·芬历险记》甚至“集各种骗之大成”。[③] 晚年吐温对这个主题仍然乐此不疲，在自传中一再述说被盗与被骗。个人看似微不足道的小历史，其实是时代大历史的缩影，人性之恶与贪婪，也在这些盗贼叙事中得到充分展现。

总之，为凸显自己的作家与演讲家身份，吐温不惜在生活、人际关系、经商等

---

① Twain, Mark. *Autobiography of Mark Twain*(Vol. 3). p. 326.

② [美]威廉·J. 本内特著，刘军等译：《美国通史》(上)，第385—386页。

③ 韩振恒：《从〈哈克贝里·芬历险记〉看马克·吐温对欺骗题材的表现》，《解放军外国语学院学报》，1994年第5期。

多方面自损，极力夸大朋友、妻子、女儿的完美人格，真实再现镀金时代小偷、骗子甚至身边人给他带去的诸多困扰，在对比自嘲中完成传主的自我身份认同，给读者留下独特的审美享受。

第三章　积极抉择与自我价值

选择决定命运，选择也是积极心理学的主要概念之一。积极选择有助于增进积极情绪，而积极情绪有助于提高学习与工作效率，促进积极的人际关系，从而更好地实现自我与创造人生价值。“当我们处于积极心理范式时，我们通常以‘掌控者模式’做出反应；而当我们陷入有害的负面情绪时，我们通常以‘受害者模式’做出反应。”[①]掌控者模式使人有责任感、自信、主动、富有创造力，而受害者模式恰恰相反。虽然每个人每天都面临无数抉择，但下面几个传主在面对种族歧视、抑郁症、癌症或其他生活困境时，都不约而同地选择主动出击，成为自己人生与心灵的掌控者，从而尽自己所能创造了自我与社会价值，就像《活出生命的意义》的作者维克多·弗兰克尔经历了奥斯维辛集中营的炼狱却创造了意义疗法一样。

第一节　消费社会中的极简人生

崇尚极简生活的古希腊犬儒学派代表第欧根尼（约公元前 404—前 323）大概做梦都不会想到，在 2000 多年后的今天，在物质极大富裕的美国消费社会，他依然拥有不少狂热的崇拜者。美国得克萨斯的两个青年男女甚至因为对他崇拜而走到了一起，相识仅仅四周就共同踏上一段不带任何行李的冒险之旅，21 天走过 8 个国家。美国女作家克拉拉·班森（Clara Bensen）的处女作《没有行李的旅行》

① ［美］保罗·H. 詹金斯著，微波珣子译：《积极心理学》，第 63 页。

(*No Baggage*: *A Minimalist Tale of Love and Wandering*, 2016)记录的就是她与杰夫首次无行李环球旅行的冒险经历,以及她关于生活与爱情的回忆与思考。这本回忆录源自她在网络媒体 Salon. com 上发表的文章《OKCupid 有史以来最疯狂的约会》("The Craziest OKCupid Date Ever", 2013),文章曾引起国际媒体的广泛关注,回忆录也好评如潮,在世界各地有多种不同语言的译本。

犬儒学派由苏格拉底的学生安提西尼创立,由第欧根尼发扬光大。犬儒学派否定社会与文明,提倡人类回归自然,清心寡欲,独善其身。第欧根尼认为除必需的自然需求外,其他所有东西,包括社会与文化生活,皆无足轻重。他的哲学思想为古希腊崇尚简朴的生活理想奠定了基础,也深深影响了一代又一代人的生活方式,克拉拉与得克萨斯大学教授杰夫就是其中的典型代表。

一、极简旅行

《没有行李的旅行》首先是本游记,游记以克拉拉和杰夫奔向机场开始,赶上回国航班结束,是一次完整的跨国旅行。与其他游记不同的是,克拉拉记录的是一次无行李极简旅行,只看书名就吊足了读者的胃口。

提起旅行,尤其是国际旅行,人们大多会想起一个长长的必带物品清单,唯恐有所遗漏。除护照、手机、钱包、充电器四大必备外,一个洗漱包、几套换洗衣服及鞋袜、一些常备药品似乎也都必不可少。东西越塞越多,行李箱越来越大,导致途中更多不便。尽管如此,极少有旅行者想过或敢于尝试不带任何行李出门,而这正是克拉拉之行的独特之处。

看到克拉拉和杰夫的随身物品清单,就连他们所崇拜的第欧根尼大概也会被惊得目瞪口呆。已近中年的杰夫 1996 年开始旅行,十几年跑了 70 个国家,其中 60 个是他独自闯荡,通常只带护照、信用卡、手机及充电器"四大件",仿佛只是到楼下的街心公园转一圈。这次他邀请刚认识不久的网友克拉拉出去环游世界三周,除上述四大件及随身衣物,只有半张东欧地图、一支笔和一个笔记本,所有东西都收在衣服口袋里,穿戴整齐、收拾好出门只需两分半钟。25 岁的克拉拉也只比他多一个斜跨小包,包里多两条内裤和两个卫生棉条,穿戴整齐、收拾妥当花了八分钟。没有托运行李,也没有随身行李,他们逛街一般的装束惊呆了机场地勤,仿佛他们在开个天大的玩笑。

克拉拉体验的不但是无行李极简旅行,而且是没有任何旅行计划、住宿靠临时寻找“沙发主”的“沙发客”旅行，即在专门的沙发客网站寻求沙发主、旅行期间住在当地人家中的沙发上的旅行方式。这种方式近年来颇受欢迎，不只因为它经济实惠，更因旅行者在沙发主的带领或引导下，能以局内人的视角真正体验当地的风土人情。沙发主将家门对陌生人敞开，虽说有一定风险，但足不出户就能接触来自世界各地的游客，也是一种难得的体验。

与早已习惯极简旅行的“超级行动派”[①]杰夫相比，克拉拉只是个爱做梦的理想主义者，因此在首次无行李“沙发客”旅行中遭遇无数不便、焦虑、恐慌与尴尬。没有行李的失重感，过夜无着落的焦虑感，与杰夫走散的恐慌，没有牙膏用的不适，不得不穿着湿裙子的难受劲儿，没有卫生棉条用的尴尬，等等。然而没过几天，克拉拉就发现自己竟然已渐渐喜欢上这种无挂无碍、随遇而安的旅行方式。旅途第二天，在伊斯坦布尔一家陌生人客厅的气垫床上醒来的克拉拉就意识到无行李旅行原来没那么可怕。与 10 年前赌上全部人生，一头扎进未知自行车环游世界的伊朗小伙子穆罕默德相比，他们的三礼拜无行李、无计划旅行简直微不足道。何况她和杰夫只是两个选择两手空空出国挑战未知的美国中产阶级，而世界各地还有无数一无所有，被迫活在未知里的人，比如伊兹密尔以海边栈道为家的流浪汉老渔夫，说三种语言，会十八般武艺，却还是过着朝不保夕的流浪生活。无数伟人也是极简生活的倡导者与践行者。甘地去世时，名下包括眼镜和凉鞋在内的财产不到十件，佛祖释迦牟尼、先知穆罕默德、救世主耶稣，无一不是极简生活的典范。克拉拉惊异自己能够那么快地进入角色，接受每天穿同样衣服，经常不知晚上睡觉的沙发在哪儿的不确定生活。可见人的可塑性原本极强，理想主义者与理想实践者之间，只差一个走出去的勇气而已。

“当你右手抓住惊喜，左手握住恐惧，勇敢踏上未知的旅程，神奇的事情就会发生。”[②]毅然接受杰夫邀请、勇敢接受挑战的克拉拉很快就发现她完全不必忧心忡忡，关键时刻，好运总会如约而至。就像已骑车漫游 10 国，名下资产从不超过 50 美元，已在 40 个国家种下 957 棵和平树的穆罕默德所说的那样，“人生就在于信念。不先跨出一步，什么也不会发生。宇宙只对愿意相信的人伸出援手”[③]。

---

① ［美］克拉拉・班森著，谢佩妏译：《没有行李的旅行》，北京：北京联合出版公司 2016 年版，第 6 页。

② ［美］克拉拉・班森著，谢佩妏译：《没有行李的旅行》，第 52 页。

③ ［美］克拉拉・班森著，谢佩妏译：《没有行李的旅行》，第 43 页。

克拉拉不仅没有露宿街头，还在一个又一个沙发主的带领下，迅速融入当地人的生活，见证一个个神奇的小插曲。在性别、工作、性格、爱好都截然不同的沙发主的带领或引导下，克拉拉在伊斯坦布尔买便宜舒适的软底鞋，在伊兹密尔加入抗议独裁的游行队伍，在雅典现代舞学习班狂舞，在布达佩斯搭便车贯穿巴尔干半岛，在伦敦单车一日游……零距离体验当地生活，令人难忘。

在奥斯汀的大街小巷游荡时，克拉拉与杰夫就确定了彼此扮演的角色：克拉拉是诗人，负责感受周围环境的神奇魔力，而杰夫是舵手，负责带路。在土耳其的伊斯坦布尔、伊兹密尔和以弗所，在希腊的雅典和特尔斐，在匈牙利的布达佩斯，在波黑的萨拉热窝，在克罗地亚的杜布罗夫尼克，在英国的爱丁堡、剑桥和伦敦，他们继续在城市无目的地漫游，测量城市脉搏的悠久传统，体会诗人波德莱尔捕捉到的“四处探索的现代漫游者”的莫大喜悦：“虽然离开家，却又觉得处处是家；观察这世界，置身于世界的中心，同时又隐藏自身，游离于这世界。”[①]喜欢考古的克拉拉在以弗所等地更是感慨颇多，敏感的神经与作古的先人无声交流，引发更多关于人性与人生的深度思考。

回忆录末尾短短两页半的《尾声》与《致谢》，透露了更多那次无行李沙发客旅行后的故事。《尾声》是在北极圈白色冻原之旅的巴士上写的，那是 2 年内克拉拉和杰夫的第四次无行李旅行（克拉拉多带了一个放笔记本电脑的公文包），两人也早已由尴尬的网友＋旅伴关系成为真正的男女朋友。在《致谢》的末尾，克拉拉真诚感谢当初怂恿她踏上冒险之旅的杰夫·威尔森，称之后的每段神奇旅程，他都是妙不可言的伴侣和朋友。可见当初看似鲁莽的无行李沙发客之旅，不只是一次不可思议的极简旅行，还是一次浪漫的爱情之旅。

二、极简爱情

正如《没有行李的旅行》的副标题所示，它不仅是一本游记，还记录了克拉拉与杰夫的“极简主义的爱”，一个与无行李旅行一样不可思议的极简浪漫爱情故事。

首先是克拉拉与杰夫之间的极简缘分。两人无论年龄、个性、阅历还是生活习惯都天差地别，却因为 2000 多年前作古的一个另类哲学家而一拍即合，简单别

---

① ［美］克拉拉·班森著，谢佩妏译：《没有行李的旅行》，第 29 页。

致，充满戏剧性。克拉拉来自美国西北部俄勒冈州多雨的波特兰，在一个基督教家庭长到13岁，从小在家自学。2001年九一一事件前夕，班森一家七口搬到德州小城沃思堡，克拉拉就在这座牛仔城长大成人。极端内向敏感、极其安静内敛的“低调的梦想家”克拉拉3年前以班级第一名的优异成绩大学毕业，却很快在残酷的现实面前精神崩溃，历经2年才好不容易从严重焦虑、抑郁、恐惧的“精神兔子洞”及其引发的饮食失调中爬出来，并且有了份不怎么喜欢却比较靠谱的工作。杰夫是得克萨斯大学环境科学方面的教授，土生土长的德州人，与德州一样热情奔放、乐观外向、精力充沛，是个“可以迷倒众生的超级行动派”[①]，无忧无虑，大胆无畏。两个似乎来自不同星球的人通过社交媒体 OKCupid 网站开始交往时，克拉拉刚摆脱精神疾病4个月，渴望重新拥抱这个世界；杰夫刚离异8个月，有个鬼精灵的5岁女儿，虽已迈入中年危机，却依旧很有叛逆精神，以冲撞成规、挑战世界为乐。就连洗澡这样的日常小事，两人也是南辕北辙：水是克拉拉的密友，浴室是她的避难所，她恨不得将洗浴时间无限延长；而杰夫对水和肥皂都深恶痛绝，一周一次的淋浴仿佛受刑。克拉拉之所以在网站几百名男性候选人里挑中不像教授更像小丑的杰夫，是因为他和自己“频道一致”：“他的偶像是古希腊犬儒学派代表人物第欧根尼，闲来没事就在思考巧合、死亡和时空连续体的问题。”她给他留言：“真巧，第欧根尼刚好是我最喜欢的古希腊男人……我也花很多时间思考巧合、死亡和时空连续体。”[②]不可思议的爱情故事由此拉开序幕。

克拉拉与杰夫不只有共同的偶像，而且总能玩到一起。哪怕垃圾箱里的一个破纸箱在他们手里都会变成神奇的时光机或深海潜水艇。他们觉得只要换个角度看事情，任何事都会变得神奇无比；就连存在本身也是件不可思议的天大奇迹，有幸抽到地球游乐园的入场券，就要玩个痛快。共同的生活哲学与价值观使他们迅速成为彼此生活不可分割的一部分。

其次是约会方式极简。崇尚古希腊哲学的一对美国男女，在感情问题上却是“恋爱新世代”，绝对的现代速度。新世代恋爱拒绝老派的正式约会，选择风险较低的随性约会方式“一起出去”[③]，并且往往直奔主题，类似所谓的一夜情。克拉

① [美]克拉拉·班森著，谢佩妏译：《没有行李的旅行》，第6—10页。

② [美]克拉拉·班森著，谢佩妏译：《没有行李的旅行》，第64页。

③ [美]克拉拉·班森著，谢佩妏译：《没有行李的旅行》，第57页。

拉在交友网站给杰夫留言，然后两人用电子邮件口无遮拦地打情骂俏几周之后，杰夫就突破了克拉拉这个影子写手的含蓄矜持，两人开始在线说说笑笑，一周后就相约见面，双方一见如故，瞬间起了神奇的化学反应，从此再难分开。

再次是两人的关系极简。克拉拉与杰夫之间是一种完全自由的开放关系，就像杰夫所做的"垃圾箱计划"[①]一样，也是一项社会实验：彼此毫无保留地相爱，却又给对方充分的自由，"随心所欲是唯一的规则"[②]。杰夫也真心希望克拉拉能够随心所欲，哪怕每晚都换网络约会对象。杰夫是这么说的，也是这么做的。交往两周后，克拉拉首先利用开放关系的优势，尝试别的约会，并把那个男人带回了家，之后后悔不迭，并主动向杰夫坦白，杰夫未露任何不快。但这种快如闪电的亲密关系也一直在跟缺乏明确定义的关系拔河，尴尬时刻常常不期而至。刚到伊斯坦布尔那晚，杰夫向穆罕默德介绍克拉拉时犹豫了一下，然后用了"旅伴"这个中性词，因为他们虽在身体上亲密无间，心理上却还没到男女朋友的地步。两人僵硬严肃的合影方式，也是他们之间尴尬关系的缩影——每次合影，两人都像雕塑一样笔直站着，中间相隔一两米的距离。

然而轻松愉快的开放关系持续没几天，恋人间猜忌、怀疑、吃醋等甜蜜的烦恼就不期而至，让克拉拉措手不及。她对杰夫的感情其实从一开始就与之前不同。虽然她也有过几个前任，却从未体验过吃醋的滋味，但当杰夫与另一个女人约会时，她却嫉妒得几乎崩溃，仿佛杰夫对她始乱终弃。在去萨拉热窝的汽车上，杰夫对巴黎姑娘玛利亚的兴趣与关切再度让她妒火中烧，恨不得跳下长途车直接回家。没有爱就没有恨，克拉拉从自己难以把持的感情中一次次明白她对杰夫的感情早已超出预期。对这段所谓的开放关系，她也远没有想象的那么开放、大度，皆因在杰夫身上她发现了真爱。她被自己幻想的杰夫与玛利亚缠绵的情节折磨得几乎失去理智。而杰夫趁克拉拉熟睡之际，一大早跑遍萨拉热窝的大街小巷，只为给她买卫生棉条，而不是克拉拉想象的那样追着玛利亚献殷勤。他这种证明自己爱情的独特方式让克拉拉既迷惑又感动。

互诉衷肠是解决恋人间疑虑的灵丹妙药，也是促进克拉拉和杰夫感情纽带的良方。回忆录的第13章题为"阴阳"(Yin Yang)，虽未提及道家哲学，对其暗示却

---

① [美]克拉拉·班森著，谢佩妏译：《没有行李的旅行》，第34页。

② [美]克拉拉·班森著，谢佩妏译：《没有行李的旅行》，第57页。

一目了然。经历过玛利亚事件所引起的巨大心理波澜之后，克拉拉终于将自己的感情和盘托出，结果是两人的关系不但没有崩溃，反而更进了一步，阴阳互补与调和的道家哲学在这对准恋人身上起了神奇的化学反应。克拉拉觉得她与杰夫之间"有种诡异又神奇的缘分"[①]，将他们紧紧连接在一起，让她无法容忍他们关系的实验性与不确定性。杰夫也觉得他们之间的关系很特殊，需要好好对待，因此一开始就自断与其他女性的所有交往。他主动邀请克拉拉去见父母与女儿（分居、离婚 2 年来第一次带女人回家），主动邀请她一起周游世界，这对极度崇尚自由、不喜欢任何羁绊的杰夫来说需要极大的勇气。不惜为克拉拉牺牲部分自由这件事本身，就说明他与克拉拉一样，本能地意识到这次他遇到了真爱。他们的确在一个频道上，在许多方面情投意合，虽然感情并非一帆风顺，两人的关系却稳步向前，爱情的味道越来越浓。

拉开距离冷处理，是杰夫与克拉拉处理彼此间尴尬关系的又一法宝。在土耳其西海岸伊兹密尔海边，杰夫当众上演心血来潮的"求婚"游戏，但双方显然都未准备好。第二天早上看到克拉拉手上仍带着那枚杰夫顺手借来的亮晶晶的塑料戒指，两人都有点尴尬。克拉拉主动提议他们暂停连体婴儿式的旅行，杰夫求之不得。几小时后共进午餐，杰夫亲热得仿佛什么事都没发生过一样。这是杰夫处理双方紧张关系的独特方式，也深得克拉拉的认同。

相互妥协是处理矛盾的必要措施，恋人之间也是如此。尽管克拉拉与杰夫在许多方面心意相通，但他们的随心所欲原则也有冲突的时候，比如克拉拉想睡到自然醒，杰夫习惯早起赶在游人如织前独享美景，这是一个无法调和的矛盾，两者无法兼顾，只有妥协。克拉拉牺牲一次懒觉陪杰夫爬雅典卫城，后来却在德尔菲耽误了杰夫的日出前行动，导致杰夫郁郁寡欢，克拉拉大发脾气，最后当然只能以相互妥协告终。他们"经常在彼此的习惯和舒适范围之间来回拉扯……这是持续不断的协商，也是需要细细拿捏的平衡过程。两个走钢索的人伸长手臂，在微微颤抖的紧绷绳索上捕捉彼此的节奏。只要我们找到平衡，神奇的事物就会接踵而至；如果我们只顾自己，一切都会摔得稀巴烂"[②]。他们都深谙妥协之道，感情因而得以逐步加深，神奇的事情才会接连不断。

---

① ［美］克拉拉・班森著，谢佩妏译：《没有行李的旅行》，第 201 页。

② ［美］克拉拉・班森著，谢佩妏译：《没有行李的旅行》，第 55—56 页。

懂得欣赏彼此的独特之处，也是杰夫与克拉拉之间关系得以顺利发展的关键。在杰夫眼里，克拉拉发疯的样子比电影还精彩，而且克拉拉看得见他看不见的东西，因此他从不后悔邀请她一同旅行。而他的开朗与疯狂经常不可思议地能让容易焦虑恐惧的她平静下来，是她对抗焦虑的特效药。活在当下、随遇而安是杰夫的法宝，他还具有奇特的能力，能把克拉拉从对未来的可怕想象中拉回到实实在在的当下。

克拉拉与杰夫只是单身人口占半数的德州奥斯汀的两个代表，而奥斯汀的单身人士通常都会开个网络交友账号，类似的故事每天都在上演，而且不只在奥斯汀。克拉拉一到伊斯坦布尔，就碰到一对同样践行极简爱情的恋人阿里和莉拉，他们一个来自伊朗，一个来自阿塞拜疆，语言不通，1 个月前才认识，却已在拍婚纱照。正如新娘子莉拉所说的那样，爱是很好的老师，为了爱情，他们都在上在线英语课程，用电话练习英语。在信息高度发达，通信极为便利的今天，一夫一妻、一辈子只爱一个人的传统婚恋方式早已落伍，爱情也进入速食时代。个中滋味，冷暖自知。

杰夫与克拉拉之间的开放关系，是一种不需要定义，不需要承诺的爱情。虽然克拉拉不时被这种不确定性所困扰，但总体来看，这种不与金钱、名利等外部因素挂钩，仅靠双方感情维系关系的极简爱情方式，正是他们的理想与追求。

三、极简生活

极简旅行与极简爱情背后，是杰夫一以贯之的极简哲学与实践。在物质极大丰富的美国，在物欲横流的当今消费社会，生活自然简单的杰夫浑身上下散发着第欧根尼式的另类光辉。

第欧根尼出身银行家家庭，但他放弃大笔财产，居住在一只木桶内，过着乞丐般的生活，甚至高呼“像狗一样活着”，身体力行地践行自己的禁欲与苦行主义哲学。他拥有的所有财产，只有一件斗篷、一根棍子和一个面包袋。与骄傲的第欧根尼相比，21 世纪的美国教授杰夫有过之而无不及。和克拉拉第一次约会，杰夫就坦言自己 8 个月前离婚后，很快以一件 1 美元的价格，将所有家当卖掉，然后偷偷住进了大学办公室，顺便为自己的“垃圾箱计划”减肥。后来他果然为这个社会实验在一个仅 3.34 平方米的垃圾箱里住了整整 1 年。无论第欧根尼，还是杰夫，都绝非为极简而极简，而是为对抗人类没完没了的欲望，因为欲望是一头永不满足的怪兽。受杰夫影响的克拉拉很快发现，如果拿掉欲望，那生活中多出来的任何小东西，都会是一个个丰盛无比的小奇迹，比如一杯咖啡，一件羊毛衫，一条干净的内裤。

杰夫不只自己信奉与践行极简哲学，而且不时将其推而广之，悄然无声地影响着周围人。“垃圾箱计划”是他与同事及学生一起进行的社会实验；他说服刚认识四周的克拉拉也开始并很快喜欢上极简旅行；他 6 岁的女儿不以父亲住垃圾箱为耻，反而兴致勃勃地为他的垃圾箱刷油漆；他在爱丁堡当着导师的面，顺手捡起路边长椅上一件布满破洞的外衣御寒……通过旅行，杰夫将他的极简理念带到 70 多个国家的无数个城市，使其开花结果。

第欧根尼是个叛逆的哲学家，常用看似荒诞不经的行为批判当时的社会教条，揭露传统标准与信条的虚伪性，试图颠覆一切传统价值。他的忠实信徒杰夫同样叛逆，同样桀骜不驯：杰夫无时无刻不在挑战这个世界。他眼睛里闪耀着狂野的光芒，特立独行，爱惹是生非。上大学时他曾在学校的每座喷泉都裸泳过；甚至心血来潮，在雅典卫城的帕特农神庙前晒内裤。但他是个“内心柔软的捣蛋鬼”[①]，听歌会掉眼泪，开车会停下来温柔地把路上的死猫移到路边。他俨然第欧根尼转世，一心只想挑战成规，在平凡世界里创造出奇迹。

叛逆的杰夫对任何形式的社会标签都很反感，对衣服、背包等物品上的标签，他都用黑色胶带遮住；对教授、丈夫、男朋友、父亲等社会标签，他也一样深恶痛绝。他放弃与前妻的美满婚姻，只为逃避稳定家庭生活；他尝试与克拉拉建立一种自由自在的开放关系，其背后的真正原因也在于此。即使对父亲的身份，杰夫也有所保留，尽管他对女儿的爱毫无保留，会利用周末时间抓住每个机会表达父爱。

同样叛逆的克拉拉在回忆录中也记录了多个叛逆故事，只是她的叛逆是偷偷进行的，不像杰夫那样大张旗鼓，锋芒毕露。上社区大学期间，她毅然偷偷剪掉一头长长的漂亮金发，公然在课堂上宣称自己是女性主义者，还有她对桀骜不驯的杰夫的欣赏，都说明他们趣味相投。她对宗教虚伪的揭露与批判和第欧根尼的社会批判哲学一脉相承。从小在基督教家庭长大的克拉拉，比谁都了解宗教的巨大吸引力，因此她对宗教迷信、虚伪、狭隘的批判，也更令人信服。克拉拉 10 岁开始

---

① [美]克拉拉·班森著，谢佩妏译：《没有行李的旅行》，第 4 页。

怀疑宗教，放弃对上帝的信仰，因为她发现上帝创造的世界许多方面都无法令人满意。笃信宗教的母亲去阿曼首都马斯喀特陪大女儿待产，才发现自己被福音派教会蒙蔽了太久："基督教会告诉她穆斯林都蒙昧无知，注定下地狱，但她亲眼看到的是同样的无私奉献、热烈祷告、道德高尚，还有对真理的主张。"[①]这个发现深深地震撼了她，也直接点燃了班森家离开福音派教会的火苗。

克拉拉毅然将自己的精神疾病公之于众，这也需要不凡的勇气。她发现精神疾病在美国其实极为普遍，没有几个从未经受过这种或那种精神创伤的人，克拉拉的母亲就曾经历过几次精神风暴，也是不走传统路线的人。喜欢读书、写作、思考，极为敏感脆弱，对人类本质、存在焦虑、自由与欲望等哲学问题的思考是克拉拉的特点，经历精神上的风暴也就在所难免。尝试过多种疗法，看过多个心理医生后，克拉拉决定举白旗投降，不再与疾病对抗，而是照单全收，接受生活赋予她的一切，包括精神黑洞。她逐渐明白只有接受自己的不完美与平凡，与焦虑、空虚、愤怒、痛苦等负面情绪和平相处，才能真正体会平凡人的伟大。就像里尔克在《时间之书》里所说的那样："任凭一切在你身上发生，美丽的丑恶的都来者不拒。"[②]克拉拉的做法与创伤的"接受与承诺疗法"不谋而合，也正是这种看似"无为"的做法，使克拉拉逐渐走出精神危机。半年后，克拉拉突然发现自己的世界豁然开朗，食欲也重回体内。4 个月后，她登录 OKCupid 网站，打算全身心投入新世界，杰夫成了她最好的引路人，从而有了这个精彩故事。

走出精神黑洞的克拉拉对人生意义及不确定性仍然不清不楚，但杰夫与他们共同的偶像第欧根尼的生活哲学已深深镌刻在她头脑里，有意无意之中，她也在践行他的生活哲学。看到爱丁堡的杰米教授其乐融融的一家，想到自己莽撞辞职，跟着一个刚认识不久的不靠谱男人游历，克拉拉顿时觉得老毛病又在袭击她，头昏眼花，焦虑到肠子都搅在了一起，于是她立刻效法第欧根尼的致知在躬行——靠走路解决问题，在海边走过一个又一个街区，终于恢复平静。

犬儒学派与中国的道家颇有相似之处，杰夫也确实对道家的"无为"哲学颇为欣赏，深得其味。在克拉拉与杰夫看来，"无为"是"没有作为的作为"或"不费力的作为"，是顺应自然，将自己交给当下，悠游自在，伸缩自如。无为是"一种随着当

---

① [美]克拉拉·班森著，谢佩妏译：《没有行李的旅行》，第 164 页。

② [美]克拉拉·班森著，谢佩妏译：《没有行李的旅行》，第 10 页。

下的高低起伏而变化的开放心态;一种与未知共同创造的好玩舞步"。抱着无为心态的杰夫发现美无处不在,友谊遍布四海,真正做到随遇而安、享受当下,百分之九十八的时间真的很快乐。"无为不是漠然或无感,而是一种探索世界的实用工具。"[①]杰夫是个抱着无为心态的梦想家与实践家。在他看来,只有放手去追求吸引你的东西,人生才有趣。

极端的生活方式,极致的人生追求,别具一格的杰夫不只感染了独特的克拉拉,也感动着无数读者。轻装简从,才能真正享受旅行的乐趣,而所谓人生,不过也就是一场没有行李的旅行。无行李旅行"这种轻便到几乎一无所有却什么也不缺的状态,是人生中少有的经验"[②]。它告诉人们只有卸掉包袱才能轻装前进,充分享受极简人生的乐趣。

第二节 "至死方休"的完美追求

20世纪六七十年代以来,美国出现一些反映艾滋病、癌症、精神病等严重疾病的回忆录(或自传),如保尔·蒙纳特(Paul Monctte, 1945—1995)的《借来的时间:一个艾滋病人的回忆录》(*Borrowed Time: An AIDS Memoir*, 1988)和威廉·斯泰伦(William Styron, 1925—2006)的《看得见的黑暗:发疯回忆录》(*Darkness Visible: A Memoir of Madness*, 1990)等。在这些回忆录中,作者将自己的身心创伤与社会痼疾相映射,自我的迷失、追寻与救赎,对生死的切身体验与思考成为常见主题。

美国著名神经外科医生与科学家保罗·卡拉尼什的回忆录《当呼吸化为空气》(*When Breath Becomes Air*, 2016)记录了自己患癌症前后的生活经历,与病魔抗争的深刻感悟,对生死、人性、医疗等主题的深沉反思,是又一本不可多得的优秀的回忆录。回忆录在保罗去世10个月后出版,很快成为《纽约时报》畅销书,畅销全球40多个国家和地区,并进入2017年普利策传记/自传奖决选名单。回忆录塑造了传主的多重自我,其背后的深刻寓意值得探索。

---

① [美]克拉拉·班森著,谢佩妏译:《没有行李的旅行》,第232页。

② [美]克拉拉·班森著,谢佩妏译:《没有行李的旅行》,第106页。

有学者认为，自传之“我”复杂多变，阐释维度也多元化，自在之我、叙述之我和镜像之我是其中的三个维度①。热爱文学、善于思考的保罗除忠实记录神经外科医生与专家、癌症晚期患者之“自在之我”外，还成功地将其“叙述之我”塑造为一个探索生死的哲学家与直面生死的作家；而在生命尽头荣升父亲的保罗欣喜地在女儿身上发现其“镜像之我”，生命与精神都得以延续，真正成为一个“至死方休”②的完美追求者。虽然只活了37年，保罗却做了别人几辈子都做不完的事，取得了他人几辈子都取得不了的成就，像卢梭一样过了几个世纪似的，为人类留下了宝贵的精神遗产。

一、自在之我

撰写回忆录之前，保罗的“自在之我”已精彩纷呈，却因癌症病魔的突降而不得不提前变换人生轨道。从风华正茂的医学院优秀学生，到最完美的神经外科医生，再到超人一般的神经外科专家，保罗的“自在之我”顺风顺水，一路将其推向人生巅峰。

保罗来自一个医生之家，他的父亲、哥哥与叔叔都是医生，母亲在印度主修过生理学，这些都对他产生了潜移默化的影响。他曾在斯坦福大学、剑桥大学和耶鲁大学获得英语文学与人体生物学双学位、科学史与哲学研究硕士与博士学位，是一个不折不扣的学霸。在斯坦福大学医学院做住院医生及博士后期间，保罗通常每天工作长达16个小时，不仅医术精湛，而且坚持专业研究，其间发表过20多篇科研论文，获美国神经外科医生协会最高奖等各种业内最高奖项，是个难得的科学家。然而2013年5月，年仅35岁、即将抵达人生巅峰的保罗却忽然得知自己罹患肺癌晚期，犹如晴天霹雳。然而就诊后病情稍加稳定，他就又投入到超负荷的工作中，并于次年顺利完成为期7年的住院医生生涯。2015年3月，年仅37岁的优秀医生保罗不幸离世，好在他去世前完成的这本回忆录又使他长留人间。

对保罗来说，行医不只是一份工作，一个职业，更是一种使命。尽管一开始保罗并不想读医学院，因为在他成长过程中父亲的“缺席”使他觉得当医生的代价过

---

① 王成军：《传记诗学》，北京：新华出版社2016年版，第39页。

② ［美］保罗·卡拉尼什著，何雨珈译：《当呼吸化为空气》，杭州：浙江文艺出版社2016年版，第103页。

大，但上大学前偶然读到的一句话——“思想不过就是大脑运转的产物”犹如醍醐灌顶，使他在文学之外又喜欢上神经系统科学，一门探索大脑最为优雅的规律的科学，从而直接影响他未来的人生发展方向。保罗的许多医学院同学毕业后都不约而同地选择了待遇更好、工作更轻松的高品质生活方式，而酷爱文学的保罗本来也很有可能成为文学教授，却由于他对饱受折磨的病人的深切同情与爱心，以及受父亲“对病人的尽心尽力与对医学事业的执着”[①]精神的影响，坚持行医。

作为神经外科医生，保罗深知自己必须在技术上精益求精，否则即使一两毫米的差距也可能导致病人瘫痪甚至失去生命，对病人及家属造成不可挽回的影响，因此他一直鞭策自己不断学习，以“不允许自己犯任何错误”的完美标准苛求自己。保罗很早就意识到神经外科“没有宽宥，必须追求完美……神经外科似乎提供了最艰难的挑战，也最为直观地面对意义、个性和死亡。神经外科医生的肩膀上负担着沉重的责任，同时也是精通各个领域的‘多面手’”，需要脑、眼、手及其他器官协同作战，密切配合。之所以选择神经外科，是因为每次脑科手术，保罗面临的都不仅仅是生死问题，而是为病人保命还是保住个性之间的艰难抉择。“脑部控制着我们对世界的感知和经历，任何神经上的问题都迫使病人和家属去思考：到底是什么，才赋予生命以意义，从而值得一活？”[②]何为生命的意义，这是保罗一直在思考的问题。

7 年住院医生生涯的第一天，住院总医生就对保罗说神经外科的住院医生不仅是最好的外科医生，也是整个医院最好的医生。保罗记住了这句话，也完成了这个目标：他成了最好的神经外科医生与科学家。这是他倾注心血最多的两个身份，也是他最主要的身份认同。即使在带病工作期间，保罗也是个永无止境的奋斗者，一个追求完美、高尚优秀的神经外科医生。病痛缠身、生死难料的保罗有时实在支撑不住，不得不对自己说“我无法前行”，却很快接着说：“我仍将前行。”[③]随后拖着疲惫的病体走向手术室，继续追寻救死扶伤、治病救人的梦想。保罗在回忆录中记录的这个“自在之我”，完全是一个在看不见的硝烟中战斗至最后一刻的勇士形象。

① [美]保罗·卡拉尼什著，何雨珈译：《当呼吸化为空气》，第 20 页。
② [美]保罗·卡拉尼什著，何雨珈译：《当呼吸化为空气》，第 65 页。
③ [美]保罗·卡拉尼什著，何雨珈译：《当呼吸化为空气》，第 132 页。

在保罗看来，医生的职责不只是救死扶伤，还要帮助病人和家属理解疾病与死亡。做脑部手术之前，保罗都会首先了解病人的思想、个性和价值观，制定最佳治疗方案。他不把任何病人简单看作病历上的文字，而是把所有文件和病历都当作真正的病人看待，一丝不苟，精益求精。他深知，"你永远无法到达完美的境地，但通过不懈的努力奋斗和追求，你能看见那无限接近完美的渐进曲线"①。保罗对医学的倾心投入，对病人毫不吝啬的同理心与人本主义关怀，对手术技巧锲而不舍、日臻完美的追求，都令人无比敬仰。他对"自在之我"的叙述言简意赅，呼之欲出，感人至深。

二、叙述之我

除记录自己众所周知的客观存在——神经外科医生与科学家这个"自在之我"外，保罗着墨更多的是他的"叙述之我"，并成功地将其"自传之我"升华为一个探索生死的哲学家和直面生死的作家，使传主的自我形象更加丰满与深刻。他在扉页上引用 17 世纪英国诗人福尔克·格莱维尔的十四行诗，说明《当呼吸化为空气》书名的出处：

> 你在死亡中探究生命的意义，
> 你见证生前的呼吸化作死后的空气。
> 新人尚不可知，故旧早已逝去：
> 躯体有尽时，灵魂无绝期。
> 读者啊，赴生之欢愉，快与时间同行，
> 共赴永恒生命！

这首诗正是保罗生命的写照。保罗用实际行动、深沉思索与精美文字，生命不止，奋斗不息，在医学、文学、哲学等多重层面上持续不断地探究与追寻生命的意义和价值，最后用发人深思的回忆录，实现其"灵魂无绝期"、与读者"共赴永恒生命"的雄心壮志。

1. 探索生死的哲学家

无论病前还是病后，无论在校读书还是在医院救死扶伤，年轻的保罗一直都

---

① [美]保罗·卡拉尼什著，何雨珈译：《当呼吸化为空气》，第 202 页。

在探索生命的意义与死亡的特性，他对生死问题近乎疯狂的迷恋，俨然一个探索生死的哲学家。若非他在回忆录中展示他作为哲学家之“我”，他的这个自我也许早就随着他的病体烟消云散，那将是保罗之憾，更是读者之憾。

保罗不惜花那么多年时间研究文学、生理学与医学，就是为了从多学科、多角度深入了解生死问题。早在斯坦福读大学期间，求知欲极强的保罗就开始不停地思索生命的意义。酷爱读书的他在文学、哲学与神经科学中对人生意义进行了非常专业化的研究，并利用暑假去高山营地，有意接触更多的人，体验更多的事，亲身体验生命的意义。而他之所以弃文从医，就是为了直面死亡，“探寻死亡的双重神秘。死亡既带着浓烈的个人色彩，同时又丝毫不带个人色彩”[①]。在耶鲁大学医学院的经历，尤其是尸体解剖带给他的震撼与思考，加深了他对意义、生命与死亡之间关系的理解，而那些集合了三者的问题，通常都发生在医院里，于是保罗毫不犹豫地选择了挑战性极强的神经外科医生作为自己的职业。

作为神经外科医生，保罗每天都在与疾病和生死打交道，直面死亡与痛苦的同时也在不断考问生死的意义。在自己也成为虚弱不堪、奄奄一息的癌症病人后，保罗首次真切体会到病人的虚弱、痛苦与无奈，更是时常考问自己能否坦然面对死亡。面对死亡时，是该重建旧生活，还是寻找新生活？他这辈子的意义到底何在？他觉得医生背负着无形的枷锁，肩负着生死攸关的责任，而死神却总是最后的胜利者。尽管如此，他不能坐以待毙，也不愿他的病人被病痛轻易击垮。他用实际行动，最大限度地使自己与他人的生命更富意义。患癌 4 个月后，他一边接受物理治疗，一边重返神圣的工作岗位，他觉得“道德义务是有重量的，有重量的东西就有引力，道德责任的引力又将我拉回手术室”[②]。患癌 5 个月后，他几乎又全负荷地给病人做手术，同时以坚强的毅力克服不断袭击他的恶心、疼痛和疲乏，每晚靠一把止痛药才能入眠。患癌 6 个月后，他又开始全职工作，像以前一样每天工作 16 个小时以上，完全以病人为中心，全然不顾自己也是个严重的癌症病人。患癌 10 个多月后，癌症复发，保罗不得不永远离开手术台，却仿佛魔术一般，将自己变作一个奋笔疾书的作家与快乐父亲。他一次次用虚弱的病体，挑战生命的极限，也将生命的意义发挥到极致。

---

① [美]保罗·卡拉尼什著，何雨珈译：《当呼吸化为空气》，第 49 页。

② [美]保罗·卡拉尼什著，何雨珈译：《当呼吸化为空气》，第 134 页。

病后重返工作岗位的保罗意识到，死亡只是一生一次的短暂事件，与绝症共存却是艰苦卓绝的长期过程。对人们老生常谈的悲痛的五个阶段——否认→愤怒→讨价还价→消沉→接受，他却完全是反着来的。从完全接受癌症晚期的不幸事实，到萎靡不振的短暂消沉，然后与死神讨价还价，接着一阵阵怒气涌上心头，最后终于来到否认阶段：只有假设自己还能活很久，才能继续前行。他把死神看作一个威风凛凛、不时造访的贵客，但他心知肚明，即使即将死去，他也仍然还活着，因此他才决定重返手术室。癌症复发，脑子里出现新肿瘤后，保罗面临神经衰退的风险，活着的意义也可能因此丧失，变成一个废人才是让保罗备感沮丧的事。但他仍然没有向死神屈服，而是愈挫愈勇，成功将自己变作靠大脑工作的作家。

保罗是一个深刻的思考者，他用短短十几年时间，反复思考如何度过充满意义的一生，度过目标明确、意义深远的每一天，他的回忆录也是对这个核心问题的探索，充满睿智超然的哲学意味。他身虽死，其回忆录却成为他助人的新渠道，也只有他才能做出如此独特的贡献。正如他的妻子露西在后记中所言："生与死，谁都逃不掉，看不透……就算无法掌控，也能因为对生与死的探寻，去寻找人生的意义。"[①]上天赋予保罗这样残缺的生命，他就用这样短暂的生命创造出了丰硕的成果。

2. 直面死亡的作家

保罗老早就做了职业规划：头 20 年做外科医生兼研究员，后 20 年写作。没想到因为意外的癌症病魔，他的写作生涯提前降临。尽管只持续了 1 年多时间，也只有一些文章和这部回忆录问世，他却称得上是个不折不扣的作家，成功地创造了一个"新的自我"[②]。

面对死亡，保罗真诚坦然，至死不向死亡屈服，浑身上下散发着人性的光辉。即将完成长达 10 年的专业医师培训、7 年住院医生生涯，即将获得神经外科终身教授职位并主持自己的研究室，有全美各地雪片般飞来的工作邀请可供选择……总之保罗一直以来的身份认同与即将抵达巅峰的辉煌人生都因癌症的到来而瞬间轰然坍塌。与死神狭路相逢的他不得不鼓起勇气，与之正面交锋。他先是积极配合医生治疗，后来拖着病体完成住院医生生涯，实现多年的人生夙愿，但面对越

① [美]保罗·卡拉尼什著，何雨珈译：《当呼吸化为空气》，第 201 页。

② [美]保罗·卡拉尼什著，何雨珈译：《当呼吸化为空气》，第 147 页。

来越严重的病情，悲痛的同时，他却为自己创造了一个新的未来，那就是写作。写作是他应对身心折磨的一剂良药，也是他生命与灵魂的永恒延续。

保罗对阅读与写作有着与生俱来的热爱，文学是他了解人生、认识人性的最佳载体。他从小热爱文学，斯坦福大学的英语文学专业为他打下扎实的文学功底。虽后来弃文从医，但他对文学的挚爱伴随终生，这也是最后他得以重新弃医从文的基础。他 10 岁那年就在母亲的要求下开始阅读"大学学前书单"上英国左翼作家乔治·奥威尔的长篇政治小说《1984》，之后是《基督山伯爵》《鲁滨孙漂流记》《最后的莫西干人》等许多世界文学名著。正是这潜移默化的影响，使保罗深深地爱上了语言文字。从 12 岁起他就开始自己挑书看，书籍成为他"最形影不离的密友"，它们就像精心制作的镜头，为他"展开新世界的大好风景"①。

在亲身体验生死的困境中，保罗自然而然地回到文学中寻找与理解生死的意义，试图在文学中寻找救赎的答案。文学用它永恒的生死主题给了他灵感、希望与新生。在那段难熬的时光里，迷失在死亡阴影中无法自拔的保罗如饥似渴地阅读索尔仁尼琴、约翰逊、托尔斯泰、伍尔夫、卡夫卡、蒙田、弗罗斯特等著名作家关于死亡的作品及癌症病人的回忆录，从中寻找死亡的定义与意义，好为自己找到方向，继续前行。正是在塞缪尔·贝克特的名句"我无法前行。我仍将前行"②的鼓励下，他才强迫自己重回手术室，他要至死方休，直至死神真正降临的那一刻。

另一方面，直到这时保罗才意识到亲身体验死亡还不够，还需要将死亡放到语言文字中，才能真切理解这种直接的体验。正如海明威所言："获得丰富的体验，然后退避三舍进行深思，接着将体验付诸文字。"保罗也需要借助写作的方式，才能前行。在奋笔疾书的过程中，他再次找到人生的意义，写作令他满怀希望。保罗唯一的遗愿是让家人承诺，让他的作品得以发表。冥冥之中，他一定明白这些力透纸背的文字能给无数人以启迪，能照亮无数深陷生死旋涡无法自拔的人们。他觉得人的特性和机遇有着一种魔力，正是这魔力赋予他希望，令他一直写下去，直到生命的尽头。

癌症复发的保罗以常人难以想象的坚毅，克服日益严重的病痛，笔耕不辍，坚持将自己作为医生与病人双重身份的经历与思考撰写成文，在《纽约时报》《华盛

---

① [美]保罗·卡拉尼什著，何雨珈译：《当呼吸化为空气》，第 27 页。

② [美]保罗·卡拉尼什著，何雨珈译：《当呼吸化为空气》，第 132 页。

顿邮报》等多家报纸杂志上发表,影响深远。尤其是生命最后一年,完成这本回忆录成了他活着的主要目标与意义。但严格意义上说,这仍是本未完成的回忆录,因为最后他体力不支,意识不清,时间也不够用。不过这也正是这本回忆录的题中之义,真实反映了保罗去世前的身体状况。尽管有种种不舍,身为医生的保罗最后还是拒绝保命治疗,拒绝插管子,拒绝心肺复苏。如果不能有意义地活着,他宁愿选择早点死亡。看到后记中保罗的妻子露西补充的这些信息,读者会禁不住像悲伤的露西和保罗的老父亲一样,难抑热泪。

《当呼吸化为空气》是本关于癌症、痛苦与死亡的书,却充满奋斗、思考与勇气。它教人不断思索生命与死亡的意义,珍惜当下,积极乐观地面对生活。它也教人坦诚、优雅地直面死亡,生命不息,奋斗不止,充满正能量。露西在后记中说:"我们身处对死亡避而不谈的文化,而保罗决定毫不避讳地直面死亡,这种刚毅和勇气正是我们所倡导和敬佩的。"①保罗渊博的文学知识和洋溢的文采赢得无数人的尊敬和仰慕。他虽死去,但其精神不灭,灵魂永生,这正是作家保罗带给我们的宝贵财富。

三、镜像之我

自古以来,认识自我都是极其困难也是极为重要的事,自传之我的丰富内涵更是不易把握。"镜像之我"是客观存在的"自在之我"在镜子中的虚幻自我,但"镜像阶段就是通过我认同处在我之外部的镜中形象,把我自身构成一个具有整体性的肯定的形象的过程"。拉康强调的是,"人不能在自己的内部发现自己,也就是只有在他者中才能发现自我"②。弥留之际的保罗正是在襁褓中的女儿身上,找到了自己的"镜像之我"。

"父亲"是保罗在世的最后一个身份,也是最令他欣慰与幸福的身份认同。看着自己的女儿健康、活泼地一天天成长,保罗俨然发现了一个令他无限欢乐的"镜像之我",即他短暂生命的延续与完善。任何事都有正反两面,癌症与死亡竟然也不例外。癌症不仅将保罗的作家梦提前实现,而且从一定程度上挽救了他的婚姻,并让他提前当上了父亲。

---

① [美]保罗·卡拉尼什著,何雨珈译:《当呼吸化为空气》,第 194 页。

② 王成军:《传记诗学》,第 37 页。

保罗在耶鲁医学院读书时结识露西，两人志同道合，后来结为夫妻，一直非常恩爱，不过两人的婚姻也出现过一些问题，露西甚至准备离开他一段时间。恰在此时，保罗罹患癌症，夫妻俩立马和好如初，一起面对癌症与死亡的威胁。他们"各自都对很亲密的朋友开过同样的玩笑，说挽救婚姻的秘诀，就是其中一人患上绝症"[①]。虽有点黑色幽默的苦涩意味，但也说明即使是癌症与死亡这样的悲剧，如果处理得当，也能坏事变好事，或者至少能将坏事带来的损失降到最低。夫妻俩都明白对彼此的爱是他们直面绝症的最好方法，因此他们充分交流沟通，对生活满怀感恩，真乃不幸中之大幸。

达尔文和尼采都认为，奋斗求生是生物体最重要的特征，一直积极乐观的保罗更是如此。癌症确诊后，保罗最无法忍受的就是想到妻子可能孤身一人。他一再叮嘱妻子要再嫁，并尽可能在经济上保障她未来的生活。虽然有过纠结与担心，怕妻子独自抚养孩子太艰辛，但想到她既无丈夫又无孩子陪伴的孤独样子，保罗更加心如刀绞。况且尽管已是癌症晚期，死亡何时降临却始终是个谜。几番纠结与挣扎之后，保罗决心继续活着，而不是等死，决定要个孩子正是继续生活下去的一部分内容与意义。

女儿卡迪的出生，给这个饱受病痛折磨、时刻面临死亡威胁的小家庭带来无尽的欢乐与惊喜，让保罗得以体验做父亲的乐趣。保罗将自己拼尽最后心力写就的回忆录题献给刚出生(2014 年 7 月 4 日)不久的女儿卡迪，并以写给女儿的一段话结束，可见女儿在他心目中的巨大分量。他请女儿牢记，她曾让一个垂死之人充满欢乐，而之前他对这种欢乐一无所知；因为女儿的存在，他觉得平和喜乐，心满意足，女儿是他当时生命中最重大的事。他因为癌症而不得不提前终止的生命，被充满无限可能性的女儿所继承，弥补了保罗生命中最大的缺憾。女儿如花朵般一天天绽放，使家里充满色彩和活力，给保罗带来无尽的快乐与安慰。女儿在他人生最后 8 个月带给他的欢乐，丝毫不亚于他在这个世界上所得到的其他欢乐之和，身为父亲的生命意义，似乎远胜于其他所有意义的总和。露西说丈夫生前"努力努力再努力，就是要保障我的未来，不遗余力地确保我能继续好好生活，不用担心财务问题，安心工作奔事业，并享受一个母亲的天伦之乐"[②]。可见无论

① [美]保罗・卡拉尼什著，何雨珈译：《当呼吸化为空气》，第 194—195 页。

② [美]保罗・卡拉尼什著，何雨珈译：《当呼吸化为空气》，第 195 页。

对保罗，还是对露西，女儿卡迪都有着非凡的意义，她是父母爱情的见证，也是父母生命的延续，代表着无限的希望、美好与未来。被病痛折磨得脱了形的保罗在女儿这个生机勃勃的“镜像之我”上看到了健康与美好，弥留之际的他内心的欣慰与满足可想而知，对“父亲”这个最后身份的珍视也就不难想象。

“他会昼夜不停地劳作，成为朝圣者不断向前。”[①]这是保罗的墓志铭，也是他一生的写照。无论作为思索生死的哲学家，追求完美的神经外科医生，癌症晚期奋笔疾书的作家，还是病逝前才成为的父亲，保罗都满怀激情，全力以赴，朝圣一般拼尽洪荒之力，最大限度地追求积极与卓越，力求完美。然而对完美的刻意追求，也使保罗像其他大多数自传叙述者一样，难以避免自我理想化倾向，甚至将理想的他人形象镜像式地内化为自我形象。心理学家认为，在回忆中，我们往往会扭曲事物的原貌，使过去变得符合自己的期望，因为记忆本身就是非常不靠谱的，它将那些令人不舒服的、尴尬的、受伤的或者很丢人的经历，经过心灵的美化，变成另一种新的、美好的经历。保罗不只在女儿身上幻化出一个生机勃勃的“镜像之我”，而且通过“自在之我”“叙述之我”“镜像之我”的三重自我叙写，成功地构建了一个理想的完美自我，完成自己“身份的寓言”[②]：一个“至死方休”的完美追求者。人无完人，正是这完美的自我寓言，导致了回忆录的不完美，就连妻子对他得病前的不满，保罗也没有对读者透露半分，只是将其归罪于工作太忙。

不过瑕不掩瑜，保罗仍不愧为一个优秀作家。在回忆录的英文版序言作者亚伯拉罕·维基斯看来，保罗的笔尖具有“点石成金”的魔力，他的作品令人叫绝，充满冲击力。读保罗的回忆录，体会他虽死犹生的奇迹，欣赏他充满哲思、简洁有力的文字，无数人对生死有了更深刻的理解，生命变得更有意义，这正是自我叙事的魔力。

第三节　童年创伤的文学书写

“幸运的人，一生都在被童年治愈；不幸的人，一生都在治愈童年。”这句话广

① [美]保罗·卡拉尼什著，何雨珈译：《当呼吸化为空气》，第 203 页。

② 赵白生：《传记文学理论》，第 83 页。

为流传，说明童年对人一生的重大影响。美国黑人经历过惨无人道的奴隶制，如今也仍未摆脱美国社会根深蒂固的种族主义阴影，众目睽睽之下弗洛伊德被警察肖万杀害的事件就是又一例证。正因如此，大多数黑人都是形形色色的创伤性事件的受害者，而黑人文学就成了这个独特群体叙述创伤、走出创伤的载体之一。许多黑人文学作品可谓创伤文学，如黑人小说家、散文家、剧作家、诗人和社会批评家詹姆斯·鲍德温(James Baldwin，1924—1987)的半自传性小说《向苍天呼吁》(*Go Tell It on the Mountain*，1953)与散文集《土生子札记》(*Notes of a Native Son*，1955)就是其中的经典范例。鲍德温通过谈论或书写创伤"真正地理解它的内涵，从而发现其意义"[①]，成功应对与超越创伤。

一、创伤人生

精神创伤学的研究表明，在各种可能导致精神创伤的创伤性事件中，那些看似微小却持续存在的家庭内部对儿童的情感虐待，如忽视、溺爱等不当行为给孩子带来的心理创伤也许要一生来治愈。心理创伤患者可能是创伤性事件的当事人，也可能因目睹事件而诱发，在生活中极为普遍。因其私生子、继子、黑人、同性恋者等复杂的边缘文化身份，鲍德温从小饱经创伤，亲身经历过多种"人祸"式创伤性事件。

鲍德温对暴躁的继父既畏惧又怨恨，加上贫困的折磨，幼小的心灵饱受摧残。他出生于纽约的黑人聚居区哈莱姆，是个私生子，连父亲姓甚名谁都无从知晓，母亲爱玛·琼斯在白人家里当女佣。他3岁时母亲嫁给穷牧师大卫·鲍德温，夫妇俩又生了8个孩子，一家11口挤在又窄又小、破旧不堪的公寓里。生活的艰辛、母亲的为奴经历以及周围无处不在的种族歧视都使大卫痛恨所有白人。大卫的母亲芭芭拉曾是新奥尔良女奴，生过14个孩子。她生命中的最后几年与鲍德温一家住在一起，给詹姆斯·鲍德温留下深刻印象。为养活庞大的家庭，大卫除了在教堂做事，还在工厂做工，却仍经常入不敷出。对白人的憎恨与生活的艰辛使大卫脾气暴躁，一腔怒火无处撒，时常拿养子鲍德温出气，动辄拳脚相加。加上鲍德温成长时恰逢20世纪30年代的大萧条时期，内忧外困，生活极为艰难，少年鲍德温饱尝人间的辛酸冷暖。作为多子女家庭的长子，鲍德温在家里不得不负担起

① [英]夏洛特·斯戴尔著，刘国兵译：《积极心理密码》，第125页。

照看弟弟妹妹的责任，使他们免受老鼠与蟑螂的困扰，不受疾病和饥饿的折磨。在外面他不得不与警察、房东、商店和当铺老板打交道，受尽侮辱、歧视、剥削和伤害。这些童年创伤如影随形，需要一生来治疗。

继父对鲍德温未来生活的粗暴干涉也使他与宗教有过一段孽缘，促使他早早外出谋生，才有了丰富的经历与阅历。鲍德温从小酷爱读书写作，但继父坚决反对，一心要他继承自己的衣钵当牧师，就像粗暴干涉儿子生活的林肯父亲。在周围浓郁的宗教氛围影响下，鲍德温 14 岁时皈依宗教，开始在教堂布道，但他很快认清了宗教的虚伪与欺骗性，3 年后放弃布道，从此再不信宗教。鲍德温离开教堂与家庭，满怀希望到纽约艺术家聚居的格林威治村谋求发展。他当过侍者、听差、产业工人，在饭馆里洗过碗碟，1948 年，他对美国社会的种族歧视终于忍无可忍，决定移居法国巴黎，直到 1957 年美国发生种族流血冲突的“小石城事件”后才回国，积极投身黑人民权运动。

鲍德温所遭受的创伤性事件主要包括“遭受慢性虐待或被亲人忽视”，目击身边的绝望黑人与白人种族主义者的“暴力犯罪”等“恐怖事件”，主要包括下列五个方面。第一，鲍德温的私生子身份使他从小备受歧视，无法享受真正的父爱，总有“被亲人忽视”的感觉。第二，继父大卫对鲍德温粗暴凶狠，这种“慢性虐待”使他从小生活在恐惧中。第三，继祖母的奴隶经历给儿子大卫及敏感的鲍德温带来无法消弭的创伤，这也是迄今为止美国黑人驱之不去的集体创伤。第四，美国社会的种族歧视影响黑人生活的方方面面，终于使年轻的鲍德温忍无可忍，自我流放巴黎，但远在异国他乡的鲍德温一刻也没有忘记美国黑人的命运，在欧美之间往返的鲍德温精神备受折磨。第五，迫于各方面的压力，鲍德温皈依宗教，成为牧师，对宗教寄予极大希望，到头来却“看透了宗教的虚伪”与欺骗性，这对鲍德温来说是莫大的伤害。另外，离家到格林威治村之前，年轻的鲍德温就发现了自己的同性恋倾向，在当时保守的社会环境中，这种特殊的性取向也给鲍德温带来巨大的心理压力，内心的抑郁与焦虑难以排遣。当时美国社会对同性恋的偏见也是他决定远赴巴黎的重要原因之一。这些创伤经历像幽灵一样，在鲍德温的心里留下深刻印迹，成为他一生挥之不去的创伤记忆。

二、创伤记忆

童年的创伤记忆在鲍德温心中难以抹去，近而立之年的鲍德温终于用半自传性小说的方式，将其公之于众，这就是他“最优秀的小说”[①]《向苍天呼吁》。它与赖特的《土生子》和埃利森的《看不见的人》一起，被公认为20世纪四五十年代美国黑人文学的典范。

《向苍天呼吁》描写20世纪30年代居住在纽约黑人区哈莱姆的一个黑人牧师家庭，小说主人公是聪明好学的黑人少年约翰，故事围绕他14岁生日那天皈依宗教前后的思想活动，以及他的继父加布里埃尔、母亲伊丽莎白、姑姑弗洛伦斯在教堂祈祷时的回忆展开。鲍德温童年时期经历的创伤性事件在小说中或多或少都有体现。

首先，宗教对少年约翰的影响巨大，它也是鲍德温精神创伤的来源之一。小说开门见山：“人人都说，约翰长大后准会当牧师，像他父亲一样。这话说了又说，约翰也就不假思索地信以为真。”[②]这段开场白充分说明约翰从小生活在浓郁的宗教氛围之中，周围人不仅理所当然地认为他会成为基督徒，而且觉得他会像他继父一样成为牧师。这话听多了，约翰也就慢慢“信以为真”。实际上全书都弥漫着浓厚的宗教气息，书中多处引用《圣经》原文，甚至还有大段大段的祷告词和忏悔录，它们不仅为约翰的最终就范做了铺垫，而且为鲍德温自己的3年牧师生涯做了注脚。

但开场白之后鲍德温话锋一转，说约翰直到14岁生日那天早晨才真正琢磨起这件事来，却为时已晚。这句话暗示约翰即将皈依宗教，成为牧师，这也是小说浓墨重彩所描绘的自传事实。它也暗示约翰的后悔之意，这在作品中却并未体现。作品最后，被上帝感召后的约翰与父母、姑妈等从教堂回家，并未流露出任何后悔之色，反而满怀希望地准备开始新生活。因此这句话似乎并非第三人称叙事者的语气，而是小说的隐含作者鲍德温自己的思想，其自传色彩不言而喻。

像约翰一样，鲍德温14岁时稀里糊涂地皈依宗教，但在创作这部小说时，这件事已过去15年，他也早已于12年前彻底放弃宗教。然而回想往事，他仍清晰记得教会和家庭同时向他施加压力，逼着他到圣坛前忏悔，感觉自己明白太晚，后悔不迭。可见鲍德温对宗教恨之深，痛之切。

---

① Whitlow, Roger. *Black American Literature: A Critical History*. Chicago: Nelson-Hall, 1973, p. 127.

② ［美］詹姆斯·鲍德温著，霁虹、宏前译：《向苍天呼吁》，呼和浩特：内蒙古人民出版社1984年版，第1页。

皈依宗教之前，约翰对现世与来世的思考充分说明现世的残酷与来世的虚幻使他幼小的心灵饱受困扰与伤害。每次做礼拜时，约翰看着圣徒们狂歌乱舞，内心都会“忐忑不安，充满恐怖”。他担心总有一天，自己会赤裸裸地站在上帝的面前接受审判。大人们描述的“那些天福是难以想象的”，而眼前的纽约城却是实实在在的，第五大道上的贵妇人心里“想的不是上帝，她们走的不是上帝指引的路。她们生活在现世，属于现世，她们的两只脚就踩在地狱上面”①。约翰的思考揭示的正是小说作者鲍德温对宗教的清醒认识：宗教是黑人的麻醉剂，是白人用以欺骗黑人接受自己被奴役命运的灵丹妙药，正如任由主人摆布直至送命的汤姆叔叔。可惜鲍德温“众人皆醉我独醒”，因而心灵饱受折磨。

其次，身为牧师的继父对约翰的态度粗暴与拳脚相加，使约翰对继父乃至他所代表的上帝有一种根深蒂固的反感与恐惧。与鲍德温一样，约翰也是私生子，从小受尽人们的白眼与欺凌。在约翰眼里，继父的脸向来令人生畏，唱圣歌时更是如此，他平时的怒气俨然变成了先知的狂怒。约翰的弟弟罗伊与白人孩子打架被刺了一刀，心疼亲生儿子的继父却对着约翰大喊大叫，粗暴、蛮不讲理地把儿子的遭遇归咎于约翰特别喜欢的那些白人，归咎于约翰的母亲伊丽莎白没有管好儿子，甚至对妻子大打出手，他的脸“令人毛骨悚然”，“脸色已超出了愤怒的程度”，“使约翰又恨又怕”②，恨不得马上逃离那个家。

继父常常利用基督教的原罪论与末日审判论威胁管教约翰，使约翰的生活充满恐惧。继父常说“约翰长的是撒旦的脸”，眼里露出“撒旦凝视的目光”，这让约翰觉得自己邪恶、不洁、罪孽深重，感到羞耻和恐怖，常被搅得惊恐不安，唯恐将来会下地狱。约翰因此诅咒、反抗继父，一心想要杀死他。但鲍德温为自己小说的主人公取名“约翰”——善与爱的化身，耶稣最喜爱的三大门徒之一，与继父的邪恶形成鲜明对比，可谓意味深长。

再次，白人种族主义者给黑人带来的困扰、贫困与伤害给约翰留下深刻印象。每周日早上，随全家去教堂的路上约翰都会见到同胞男性黑人蓬头垢面，两眼无神，衣服又皱又脏，女性黑人夹着烟卷，说话粗声粗气，这些男女在酒吧、妓院、房顶或者楼梯底下混了一夜，酗酒、纵欲、嬉笑、打闹。虽然年少的约翰并不明白这

---

① [美]詹姆斯·鲍德温著，霁虹、宏前译：《向苍天呼吁》，第 26 页。

② [美]詹姆斯·鲍德温著，霁虹、宏前译：《向苍天呼吁》，第 33 页。

一切意味着什么，但每次从这些男女身边走过，约翰都会觉得有点窘。

在继父的家乡南方，白人诈骗黑人的工资，用火烧他们，用枪打他们，因此在继父看来，白人永远不可信赖。继父的母亲原是南方种植园里的奴隶，生过不少孩子，死的死卖的卖，最后身边只剩女儿弗洛伦斯和儿子加布里埃尔。加布里埃尔出生后不久，生父逃往北方，下落不明。虽然约翰在学校确实遇到过一些对他不错的白人，但种族隔离的事实使他不得不信种族主义的猖獗与泛滥。

总之，约翰仿佛鲍德温的化身，两者的遭遇与创伤经历惊人地相似。鲍德温借约翰这个艺术形象书写自己的创伤体验，并借此超越创伤。

三、创伤写作

创伤后应激障碍的典型特征包括：在侵入记忆（“闪回”）、睡梦或噩梦中反复再现创伤场面，受害者感觉恐惧、无助、惊骇、麻木、疏远、茫然、回避反应等，这些症状在鲍德温身上都有体现。屡次经受创伤的鲍德温恐惧、无助、惊骇、茫然，几度试图回避创伤之地，但童年创伤似幽灵一般，无时无刻不缠绕着他的心灵。因此自幼酷爱读书写作的鲍德温找到一种应对创伤的良方，那就是用写作的方式直面创伤。

研究表明，创伤后自我修复的手段主要有谈论、主动面对、承诺行动等。弗洛伊德认为，“在精神分析的治疗中，除了医生与病人的谈话之外，别无其他。病人说出以往经验与目前印象，诉苦，表达愿望和情绪。而医生只是静听，设法引导病人的思路”[①]。而表达性写作(expressive writing)“对创伤治疗的效果比任何人能够想象的都要强大”[②]，其疗效表现在生理、心理、行为等各个方面。作者通过写作表达自己的情感，宣泄心中的恐惧、焦虑、忧郁、孤寂等种种复杂情绪，快速调整自我。研究表明，表达性写作能够有效缓解创伤后应激障碍的相关症状，缓解患者的抑郁情绪，改善心理健康。由此看来，语言是治疗精神创伤的主要手段，口头与书写两种方式都有明显效果。

鲍德温一生致力于用写作的方式叙述创伤，并借此抚平自己的精神创伤。他

---

① Freud, Sigmund. *A General Introduction to Psychoanalysis*. Haikou: Hainan Press, 2001, p. 3.

② Pennebaker, James W. *Writing to Heal*. Oakland, CA: New Harbinger, 2004, p. 7.

一生共创作了6部长篇小说、4部剧本和十几部散文集，它们是他记忆创伤、应对创伤、超越创伤的有效工具。他的创作几乎从未脱离过自身，也从未脱离过黑人大众，绝大部分带有自传色彩。他把自己心理上与感情上的感受，他的爱与恨，他的恐惧与孤独，他挥之不去的精神创伤，都倾注在他的诗歌、戏剧、小说和散文里。

侨居欧洲期间，鲍德温陆续在美国报刊上发表了不少关于黑人问题的文章。《土生子札记》(*Notes of a Native Son*，1955)等散文集中的很多文章都是他的个人经历与感受，表达了黑人的痛苦与愤怒。父爱的缺失与继父给他带来的心理创伤使其作品中贯穿着对继父爱恨交织的矛盾心理，父子关系成为他毕生探究的一大主题。在不同时期创作的三部作品《向苍天呼吁》、《阿门角》(*The Amen Corner*，1968)和《假若比尔街能够说话》(*If Beale Street Could Talk*，1974)中，鲍德温塑造了三种不同类型的黑人父亲形象，这些父亲形象都可以从鲍德温本人的生活中找到原型。

《向苍天呼吁》中约翰的继父加布里埃尔就是鲍德温继父的翻版。但平心而论，加布里埃尔其实也是一个牺牲品。他因为母亲的惨痛经历与自己亲历的种族主义恶行而痛恨所有白人，虽失之偏颇却情有可原。他每天为使所有孩子都有饭吃而去拼命工作，却始终还是“一个努力为主服务的穷苦男人”①。归根结底，所有这些苦难的源头都是黑人奴隶制及其背后根深蒂固的种族主义潮流。赖特等黑人作家的抗议文学作品宣泄着长期郁结在黑人心头的愤恨，也加深了鲍德温对继父狂暴的外表下掩藏着的悲凉与无奈的理解。而这也正是鲍德温创作《向苍天呼吁》的动机之一：通过写作来理解继父的痛苦，从而谅解继父对他的伤害。通过写作超越创伤的目的不言而喻。

鲍德温作品中浓郁的宗教情结同样不容忽视。他被迫皈依宗教、做过3年牧师的生活经历对他的思想及创作都有极为深刻的影响。自17世纪初期黑人被作为奴隶运抵美洲新大陆起，宗教就对美国黑人具有特殊的意义。奴隶主往往想方设法诱使黑人奴隶笃信宗教，听从上帝的安排，接受比白人低劣的命运，安分守己地忍受现世的悲惨生活，把希望寄托于死后的天国。因此从一开始宗教就是白人借以蒙骗黑人并控制他们身心的强有力工具，也是黑奴精神上唯一的慰藉，极具欺骗性。有过牧师经历的鲍德温清醒地意识到了这一点，宗教的欺骗性以及教堂

① [美]詹姆斯·鲍德温著，霁虹、宏前译：《向苍天呼吁》，第34页。

内爱心的匮乏令他深感失望。尽管他因为看透宗教愚弄黑人的本质而离开教堂，但宗教对他的影响却伴随一生，并极大地影响着他的创作。

《向苍天呼吁》的大部分内容与鲍德温在教堂布道那3年的亲身经历有关，而对书中各种人物所遭受的形形色色的创伤经历的描写更是他本人精神创伤的真实流露。在其著名的散文集《下一次将是烈火》(*The Fire Next Time*, 1963)中，鲍德温详述他14岁那年皈依宗教的两个最主要原因。首先，在20世纪三四十年代的美国社会，种族歧视和种族隔离依然严重，教堂成为黑人最好的避难所。其次，继父冷漠严酷，经常打骂鲍德温，鲍德温对继父充满愤恨，父子关系非常紧张。极度绝望的少年鲍德温为躲避哈莱姆街上的堕落，摆脱继父的控制并最终战胜继父而逃进教堂。而他之所以3年后放弃信仰，是因为他认为"如果上帝还有些许用处，那只能是让我们变得更强大、更自由、更富有爱心。如果他做不到这些，我们只能放弃他"①。显然他服务了3年的上帝令他失望。

在《向苍天呼吁》中，"恐惧"是约翰生活中的一个关键词，对继父的恐惧，对基督教宣扬的原罪观及末日审判的恐惧，对白人种族主义者的恐惧等，极度的绝望和刻骨铭心的恐惧时时刻刻地煎熬着约翰那颗稚嫩的心。难以忍受恐惧煎熬的小约翰终于投入上帝的怀抱，希望从中寻求庇护和安慰，这是小约翰也是当时黑人的唯一出路。约翰的恐惧显然是他的创造者鲍德温所感受到的恐惧的外化，也是鲍德温消除恐惧的工具。"记忆，/也许，/是试图遗忘的/充满痛苦的方式。/也许，/也是减轻苦痛的最好方式！"②童年的创伤记忆缠绕着鲍德温，而他找到了一种最好的方式治愈创伤，那就是接受创伤、书写创伤。

《就在我当头上空》(*Just above My Head*, 1979)出版后，鲍德温感觉自己走了一圈，过去的经历难以表达，而写作使他获得了某种自由，达到了某种境界。他觉得人性是我们的负荷与生活，我们需要做的就是接受它，而不是与之斗争。可见，接受创伤、叙述创伤是超越创伤、获得自由的最佳途径。身为作家的鲍德温利用文学创作的方式寻找缺失的父爱，与继父和解，为黑人代言，为同性恋者争取生存的空间，也抚平了自己的精神创伤。

---

① Emanuel, James A. & Theodore L. Gross, eds. *Dark Symphony: Negro Literature in America*. New York: The Free Press, 1968, pp. 297-298.

② 施琪嘉主编：《创伤心理学》，第9页。

第四节　种族创伤的传记书写

与鲍德温相似，自学成材的菲律宾裔美国多产作家卡洛斯·布洛桑也通过自传《美国在心中》(*America Is in the Heart: A Personal History*, 1946)书写菲律宾流动工人在美国的种种遭遇与种族创伤，为族人代言，为少数族裔争取自由与平等权利。该作是亚裔美国文学中的经典，曾被《展望》杂志赞为美国最重要的50本作品之一[①]。

《传记文学理论》区分了三种传记文学所反映的事实，即自传事实、传记事实与历史事实，这三维事实分别对应我与我、我与别人、我与社会之间的伦理关系，是传记文学全力再现的事实。"自传的内核是自传事实"[②]，但在布洛桑的自传中，传记事实与历史事实也随处可见，极其丰富具体。它们与自传事实水乳交融，三位一体，构成了《美国在心中》事实的三维性，其突出特点是其创伤性，创伤如鬼魅一般，始终与布洛桑如影随形，而读与写是布洛桑对付心理创伤的最有力武器。

一、"我与我周旋"的自传事实

传记文学建基在事实之上，事实是传记文学的生命线。对自传来说，最重要的事实是自传事实，《美国在心中》也不例外。像大多数自传一样，布洛桑在自传中用第一人称叙事，描述了传主从5岁到29岁在菲律宾及美国西部各州做流动工人，并自学成材，逐步成长为一个作家的坎坷经历。

贫穷、追寻与勤奋是布洛桑书中最重要的自传事实。出生在菲律宾北部吕宋岛一个小村庄的布洛桑从小便与贫穷为伍，历经艰辛。穷人的孩子不得不早当家，布洛桑5岁便帮助父亲干农活与家务，13岁就告别父母独自离家出去闯荡，根本没有童年可言。少年布洛桑试图在一个欧美商人及菲律宾富翁云集的小山城找份工作，但许多天过去了，他只能偶尔打点零工，经常食不果腹，不得不在垃

---

① Kim, Elaine H. *Asian American Literature: An Introduction to the Writings and Their Social Context*. Beijing: Foreign Language Teaching and Research Press, 2006, p. 45.

② 赵白生:《传记文学理论》，第32页。

圾堆里找东西吃。后来一个偶然的机遇，布洛桑成为美国白人小姐玛丽的家仆，在图书馆工作的玛丽看到布洛桑喜欢看书，便让他到图书馆帮忙，从此布洛桑与书本结下不解之缘，真正开启他的别样人生。2 年后布洛桑回到家乡，发现家里更穷了：老屋卖了，父亲病了，母亲带着两个年幼的妹妹独自撑着那个家，一家四口住在镇上一间小屋里。布洛桑再次离开家乡，到海上去捕鱼。总之，布洛桑在菲律宾长到 17 岁，干过农活、卖过盐巴、修过公路、做过家仆、当过渔夫，贫穷与艰难却始终伴随着他。经过 4 年的准备，布洛桑终于踏上赴美的轮船，开始他的追梦之旅。

然而美国并非菲律宾人所想象的那样自由、富裕，宛若天堂。在美国的 12 年(1930—1942)，贫穷与饥饿更是与布洛桑如影随形。洗碗、端盘子、摘水果、收菜、采花、清洁地毯，在牛奶厂刷瓶子，在罐头厂做苦工，布洛桑什么都干，但大部分时间他还是处于失业状态。寒冷的冬日，无家可归的布洛桑又冷又饿，教堂的钟声是他唯一的安慰。在美国待了 8 年后，布洛桑只有一套旧西装、三件衬衣和一个廉价的破手提箱。由于肺结核住院的 2 年里，布洛桑才第一次明白什么是平静：在这里他总有东西吃，总有地方睡，医院仿佛是他的天堂。

逃遁与追寻也是布洛桑自传中重要的自传事实。布洛桑在美国的生活经历，从某种程度上说就是一部逃亡与追寻史。为了找到一片宁静的生存之地，布洛桑总是试图逃避令人窒息的种族歧视，逃避唐人街的赌场与妓女，逃避菲律宾族人的自相残杀，逃避暴力与恐怖，逃避无所不在的罪恶，追寻他心中的宁静与安详。他从一个小镇逃到另一个小镇，从一个城市逃到另一个城市，从一个州逃到另一个州，所到之处，他见到太多在菲律宾从未见过的无情与残暴。恶劣的生存环境使布洛桑变得勇敢，也使他对痛苦与善良无动于衷。他担心自己会像族人一样渐渐变得残忍，变得没有人性，因此他选择逃避，选择继续追寻。

布洛桑试图逃避暴力与罪恶，但严酷的生存环境却逼良为娼，迫使他一步步变得残忍与无情。为了生存，偷盗、抢劫、赌博，温文尔雅的布洛桑都曾做过。为了报复西雅图旅店老板当初对他的欺骗与讹诈，布洛桑后来再到这家旅店，故意把房间的床单偷出去卖掉。这是他平生第一次有意欺骗，过后丝毫不觉良心不安。美国社会改变了他，残酷的生活扭曲了他的心灵。以眼还眼，以牙还牙，他自认为是在以恶治恶。后来，布洛桑曾从打工的餐馆偷拿三明治给四哥吃，也曾经参与抢劫，甚至筹划抢银行然后烧掉整座小城。出院后布洛桑仍然虚弱不堪，无法工作，偏巧供养他的三哥又积劳成疾，卧病不起，走投无路的布洛桑入室偷了人家的钻戒卖了给三哥看病，之后逃离洛杉矶，因为害怕自己会在犯罪的道路上越滑越远。

布洛桑还学会了赌博。走投无路之际，他用身上仅剩的15美分去赌博，赢了差不多500美元。在圣地亚哥，布洛桑曾把在场的十五六个菲律宾劳工的血汗钱赢个精光，即便听到其中一个劳工的妻子生病住在医院也无动于衷，现实已把他的心肠变得坚硬。他总是在逃，他试图告别野蛮与残暴，奔向希望，奔向那能减轻他恐惧与孤独，使他不再从早到晚逃亡的东西。但所到之处，除了暴力还是暴力，除了恐惧还是恐惧，除了孤独还是孤独，极力抗拒堕落的布洛桑还是时不时不得不堕落。

刻苦与勤奋是布洛桑自传的另一个重要自传事实，也是他从一个几乎从未受过正规教育的文盲成长为一个多产作家的根本原因。在洛杉矶医院治疗的2年里，布洛桑每天读一本书，在人类知识的海洋中尽情遨游，在伟人思想的滋养中迅速成长。读书的同时，布洛桑还写了不少诗歌、散文，并且开始写自传。

并没有完全康复的布洛桑[①]出院后又回到三哥居住的洛杉矶红灯区，那里到处是妓女、皮条客、赌徒，到处是犯罪，但残酷的现实没有使布洛桑继续沉沦，反而使他拿起了知识的武器。黑暗的现实驱使他在神话世界中寻求安慰：格林童话、安徒生童话、伊索寓言……这些童话故事突然使他意识到家乡的民间传说竟无人问津，而他必须把那些文化珍宝融入他们的自由之战。另外布洛桑还大量阅读同时代作家的作品，学习几种语言。读书与写作成了他战斗的工具，也成了他与疾病和现实斗争的麻醉剂。他还利用自己所学到的知识唤醒族人。从一个小镇到另一个小镇，他创办工人学习班，给他们讲解美国历史，讲述民主发展的历程，培训更多的族人接手这项工作。

《美国在心中》里的自传事实具有高度寓言化的特点。布洛桑通过自己经历的一系列事件来揭示自我发展的轨迹与自我变化的过程，展示传主炼狱般的心路历程。除了因病住院的2年以外，布洛桑作为流动工人在美国的遭遇与其他菲律宾劳工相差无几，自传事实与传记事实有时很难区分开来。

---

① 住院期间布洛桑共做过四次大手术，右半身的肋骨全部被摘除。出院后他右边身子几乎还处于瘫痪状态，肺部严重受损，手术后的左腿仍然僵硬。医生直言他最多再活5年。

二、“我与别人的关系”的传记事实

自传主要写自己，自传事实是其主干，但事实上真正属于自我的东西微乎其微，自我总是在他者的影响中才得以成型，因此自传作家的主要任务是呈现两种关系：我与别人的关系及我与时代的关系。在呈现这两种关系的过程中，作者不断地阐释自我。而要描述他者的影响，呈现“我与别人的关系”[①]，就要增加传记事实的比重。

在布洛桑短暂的一生中，影响他的人不计其数，有家人，有同胞，也有白人，关于这些人的描述构成了《美国在心中》里丰富多彩的传记事实。在所有家庭成员中，对布洛桑影响最大的是他的三哥与四哥。全家人节衣缩食，竭尽全力供养三哥读完高中的那段经历是布洛桑印象中最温馨难忘的日子，而布洛桑最初对书籍的热爱则来自酷爱读书却不得不辍学的四哥。

三哥马卡里奥是全家人的骄傲与希望，最后却成为压垮父亲的最后一根稻草，使全家彻底绝望。为供他读完高中，全家人省吃俭用，辛苦劳作，视土地如生命的父亲甚至不惜抵押掉最后一公顷养活了布洛桑家几代人的土地。马卡里奥总算毕业了，全家人都松了口气。但不久，他因故不得不辞去教职，土地再无法赎回，全家人陷入绝境，失去土地的父亲从此一蹶不振。

布洛桑受三哥的影响巨大。三哥四哥后来都到了美国，兄弟三人在洛杉矶相聚。布洛桑住院治疗前后，是三哥支持帮助他抵抗病魔。与布洛桑一样，三哥是菲律宾劳工运动的领袖，他坚信旧世界会灭亡，新世界正在诞生，号召大家为新世界而奋斗。三哥与朋友一起创办菲律宾移民在美国的第一份刊物《新潮》，旨在唤醒菲律宾移民的社会意识，帮助他们分析残酷的社会现实。由于缺乏资金，刊物很快停刊，但它所代表的那种坚韧顽强的精神却并未随之消失。三哥等创刊人宁愿饿着肚子，风餐露宿也要竭尽全力拯救刊物，那种艰苦奋斗与自我牺牲精神极大地鼓舞了布洛桑。自传末尾，日本偷袭珍珠港，美国对日宣战，三哥四哥都报名参了军。关于三哥及其他家庭成员的传记事实使读者得以了解布洛桑的成长经历，这部分内容也是布洛桑与他人关系的一个重要组成部分。

《美国在心中》里关于菲律宾劳工的传记事实更是数不胜数。在反映个人生

---

① 赵白生：《传记文学理论》，第 35 页。

活经历的同时，布洛桑以大量篇幅回顾20世纪30年代菲律宾劳工在美国西部各州受歧视、受迫害的集体经历以及他们的英勇斗争史，表达了他们追求自由、民主和种族平等的强烈愿望。

在经济大萧条，种族主义横行的残酷背景下，菲律宾劳工之间为了生存也曾互相欺骗，弱肉强食。布洛桑抵达美国的当晚，在西雅图的一家旅馆里，几个船友的所有盘缠都被几个菲律宾老移民所骗。第二天，他们又被旅店老板以每人5美元的价格卖到阿拉斯加一家罐头工厂做苦工，连行李都被店老板扣留。布洛桑在阿拉斯加苦干一季，重新回到西雅图时只得到13美元工资。这就是布洛桑在美国的第一段经历：接连被族人所骗。

布洛桑等菲律宾劳工在一个果园摘苹果的经历更是触目惊心，一群人差点丧命。眼看苹果快要摘完，工头却带着大伙的工资逃跑了，正在大家垂头丧气的时候，又遭到仇视菲律宾人的当地白人突袭。白人放火烧了他们的住地，趁夜色朝着毫无准备的菲律宾劳工开枪射击。布洛桑在老练的朱利奥带领下总算逃出枪战现场，捡回一条小命。在布洛桑脑海中，朱利奥是友谊、善良、信任的象征，是残酷生存环境中一缕温暖的阳光。

在菲律宾劳工中女人非常稀少，再加上当时的美国法律禁止菲律宾人与白人通婚，因此菲律宾劳工大多是单身汉。得不到家庭温暖又经常失业的菲律宾劳工闲来无事，赌博、嫖娼、跳舞就成了他们主要的休闲娱乐方式，由此引发诸多罪恶。他们经常为女人大打出手，自相残杀，布洛桑在阿拉斯加罐头厂认识的一个工友回到西雅图当晚就因为抢夺一个舞女被打死。在西雅图的一个华人赌场，一个输得精光的老菲律宾人向在场的华人开枪，出门后拿着刀在人行道上逢人便捅，彻底失去理智，被警察抓住之前，他杀了八人，伤了十六人①。

在菲律宾劳工中也有一两个作家，他们为布洛桑树立了学习的榜样。艾斯特万是布洛桑认识的第一个作家，他写过一些以家乡菲律宾农村为背景的故事，还有一些散文，虽都不曾发表，但他立志成为那个时代最伟大的作家，然而2天后，他终于忍受不住饥饿的煎熬，从房间窗户跳了下去。布洛桑从他的箱子里找到一些遗稿，其中几篇描写菲律宾吕宋岛农村小镇的故事跟了布洛桑多年，使他重新

① Bulosan, Carlos. *America Is in the Heart: A Personal History*. Seattle: University of Washington Press, 1973, p. 176.

认识自己的家乡及养育滋润他 17 年的文化之根。

布洛桑只是当时在美国的 10 万余名菲律宾劳工中的一员，无论愿意与否，他与自己的同胞都有着难以分割的联系。他试图逃避族人的暴力与无情，但在种族主义盛行的美国，离开族人的小圈子他更是寸步难行。每逃到一个新地方，布洛桑都先到唐人街的华人赌场找他的族人，从族人那里他学会赌博，学会暴力，学会残忍，但从族人那里他也得到过不少帮助。

《美国在心中》的大量传记事实中，也有一些是关于美国白人，特别是底层白人的叙述。一个来自俄克拉何马州的白人女子与一个菲律宾劳工结了婚，和他们同住的还有她与前夫的两个孩子、她的母亲、两个姐姐和一个弟弟。丈夫每月 60 美元的工资难以养活这么一大家子人，于是他干两个人的活，慢慢地身体垮了，得了肺结核。他的白人妻子为他生下一个女孩后弃他而去，与人私奔。后来她被一个菲律宾赌客捅死，留下的三个无父无母的孩子孤苦伶仃，不得不被送去孤儿院。这是菲律宾劳工的悲哀，也是穷苦白人的悲剧。

讽刺的是，布洛桑早年最重要也是最幸福的时刻，竟然都是在医院中度过的。而对他帮助最大的要数这期间好莱坞青年女作家艾丽丝·欧代尔与妹妹艾琳。她们也是穷苦人家出身，但热心的艾丽丝主动约见布洛桑，引导他读书，并在生活上照顾他。离开洛杉矶后，艾丽丝又把布洛桑托付给妹妹艾琳。艾琳是个教师，像姐姐一样有良好的文学修养，并对布洛桑充满同情。之后 3 年，艾琳几乎每周都去看望病中的布洛桑，每次都带给他一些书和食物。布洛桑如饥似渴地阅读这些文学与政治书，并写了大量读书心得，知识水平迅速提高。生病住院的布洛桑虽然不得不忍受巨大病痛，但欧代尔姐妹对他身心两方面的关心与照顾，尤其是她们带给他的精神食粮，使布洛桑度过了一段最愉悦、最投入、最有意义的时期，也为他将来的创作打下坚实基础。欧代尔姐妹对布洛桑的阅读与写作影响巨大，她们代表的是善的一面：善良、真诚、富于人性。

从内容丰富的传记事实看，《美国在心中》既是布洛桑的自传，也是别传。在作品中，布洛桑有意识地"反映在美国的菲律宾人群体"①，为当时在美国的 10 万余名无声的菲律宾流动工人发声。在布洛桑看来，这些菲律宾劳工都是美国人，

---

① Kim, Elaine H. *Asian American Literature: An Introduction to the Writings and Their Social Context*. p. 43.

都应该享受美国的民主与自由，并为完善这种民主与自由而奋斗。只有实现了这个梦想，美国才是他理想中的国家。“近代的传记，目的不在颂扬任何人，而在表达人生，表达特定时代、特定环境里的人生。”[①]《美国在心中》正是如此，布洛桑在作品中把“我”等同于“我们”，把自我置换为民族政治寓言，表达了大萧条期间在美菲律宾劳工的集体人生。

三、“我与时代的关系”的历史事实

《美国在心中》的历史事实异常丰富：美国对菲律宾的殖民统治，菲律宾的封建制度，美国的大萧条与种族歧视，菲律宾流动工人在美国西部各州的生活经历，日本偷袭珍珠港及美国加入二战，等等。这些历史事实为布洛桑的个人史提供了广阔的历史背景，也为我们阐释布洛桑的个人命运提供了前提。由于篇幅所限，在此我们重点讨论美国对菲律宾的殖民统治与美国大萧条期间的种族歧视等历史事实。

菲律宾人民历史上久经殖民统治，历尽坎坷，饱受摧残。1565 年，西班牙侵占菲律宾，自此统治菲律宾 300 余年。1899 年美西战争后，美国占领菲律宾。1942 年，菲律宾被日本占领。二战后，菲律宾重新沦为美国殖民地。1946 年 7 月 4 日，美国被迫同意菲律宾独立，美国在菲律宾将近半个世纪的殖民统治宣告结束。

《美国在心中》描写的 1918 到 1942 年，正是菲律宾被美国殖民的时代，殖民统治的痕迹随处可见。首先，当时的菲律宾军队是美国军队的一个分支，两次世界大战期间，菲律宾军人像美国军人一样，以美国军队的名义在欧洲战场服役。布洛桑的大哥就曾在欧洲战场服役，二哥也服过 3 年兵役。在美国，布洛桑也遇到一些曾在一战中服役的菲律宾劳工，但他们代表美国参战的经历并不意味着获得美国人的认同。他们既没有因此获得美国籍，也无权在加州购买土地。故事末尾，日本偷袭珍珠港之后，布洛桑的两个哥哥及他们身边的许多朋友都主动报名参军，原本孤独而又疾病缠身的布洛桑更加孤独。

其次，尽管美国在菲律宾进行美式教育，但直到自传开头所描写的 1918 年，

---

① 杨国政、赵白生编：《欧美文学研究第四辑：传记文学研究》，北京：人民文学出版社 2005 年版，第 89 页。

菲律宾的普通农民还是与正规学校教育无缘。布洛桑兄弟姐妹七人，只有三哥读完高中。大萧条之前在美国的大多数菲律宾移民仍然是文盲[①]。再次，布洛桑童年时，菲律宾正面临着急剧的社会变迁，受“虚假的美国理想和生活方式的影响”[②]，年轻人躁动不安，试图反叛旧的社会习俗与传统，那些不堪忍受现存制度的年轻人冒险移民美国，急于拥抱美国的自由、民主与平等，布洛桑与他的两个哥哥就是其中的代表。遗憾的是在美国十几年，布洛桑体会到的大多是贫穷与孤独，看到的主要是暴力与不公，而归根结底是种族主义在作祟。

美国的种族歧视由来已久，根深蒂固。从早期欧洲新移民对印第安土著的驱逐与屠杀，到对黑人的奴役，从19世纪后半期的排华潮，到后来的“黄祸论”殃及全体亚洲移民，白人优越论愈演愈烈，种族歧视无所不在。布洛桑1930年到达美国，适逢美国的经济大萧条，大萧条带来大量失业，高失业率导致白人种族主义猖獗，菲律宾人的生存环境更加恶劣。

在白人种族主义者眼中，菲律宾人根本不是人，而是“猴子”，是“棕猴”。布洛桑在美国20多年，所到之处仿佛总能听到很多个愤怒的声音在咆哮：“为什么不把这些猴子送回他们的老家？”[③]对白人种族主义者来说，菲律宾人都是罪犯，不论他们犯罪与否。“菲律宾人待在加州，这本身就是犯罪……我觉得自己像个逃犯，试图逃避自己根本不曾犯下的罪行。这罪行就是我是个待在美国的菲律宾人。”[④]这就是布洛桑在美国的切身体会。

由于种族主义盛行，菲律宾劳工经常无故遭袭，营地常常被烧，枪杀菲律宾人就像捏死一只蚂蚁。在圣地亚哥，布洛桑试图找份工作，几次被餐馆与酒店老板毒打。“你被解雇了！”这话布洛桑在美国听了无数遍，无缘无故被老板炒了无数次鱿鱼。布洛桑后来终于“明白这是个种族问题，因为不管我走到哪里，都能看见白人袭击菲律宾人。因此很自然，我对白人又恨又怕”[⑤]。警察无缘无故袭击菲律宾人的事件更是屡见不鲜。在洛杉矶一个菲律宾人聚集的弹子房，两个警探突

---

① Kim, Elaine H. *Asian American Literature: An Introduction to the Writings and Their Social Context*. p. 24.

② Bulosan, Carlos. *America Is in the Heart*. p. 5.

③ Bulosan, Carlos. *America Is in the Heart*. p. 99.

④ Bulosan, Carlos. *America Is in the Heart*. p. 121.

⑤ Bulosan, Carlos. *America Is in the Heart*. p. 146.

然闯进来，朝一个小个子菲律宾人开枪射击，之后把尸体拖了出去，一切都仿佛很自然，杀人好像是他们工作的一部分。“警察经常这样无缘无故地袭击菲律宾人，有时他们是酒后找乐子，来到这儿逢人便拳打脚踢。……如果你与他们理论，结论总会是我们攻击了他们，然后他们变得更加残暴。”[①]在美国，“菲律宾人的性命比狗都贱”[②]。

在白人种族主义者看来，菲律宾人不是皮条客，就是强奸犯。在美国大街上，菲律宾人没有自由可言，巡警会无缘无故地拦截菲律宾人的车辆，盘查所有与白人妇女在一起的菲律宾人，因为“他们认为每个菲律宾人都是皮条客”[③]。实际上，由于少数族裔女性稀少，在白人看来，菲律宾人、黑人或者华人都一样，都是见了白种女人就不要命的强奸犯。而菲律宾人与其他少数民族移民不同的是，由于菲律宾是美国的殖民地，菲律宾移民的地位更加尴尬。他们既不是美国人，也不是外国人；他们在菲律宾接受的美式教育告诉他们人人平等，但到美国却发现自己根本不被当人看，这种心理落差使他们更加无所适从。

由于种族主义盛行，当时在加州的菲律宾人面临十大困境——无权购买或租赁不动产、无权在政府服务部门工作、无权在加州结婚、无权与白种女人结婚、无权从事法律工作、无权入美国籍、被救济机构歧视、无法阻止警察像罪犯一样对待他们、无法改善住房条件、无权享用公共娱乐设施[④]。菲律宾劳工的生存条件极其恶劣。

在惨无人道的种族主义者面前，菲律宾劳工不愿再像被宰杀的羔羊，他们组织了各种各样的工会组织，竭尽全力保护自己的正当权益。但由于种种原因，菲律宾劳工争取自己权利的斗争并不顺利，白人种族主义者也不会甘心交出他们自认为应该拥有的特权。为了破坏菲律宾劳工的维权运动，白人爱国社团甚至培养了一批职业罢工破坏者，深入菲律宾劳工工会领袖内部破坏罢工活动。海伦就是其中之一。海伦与工会领袖荷西同居窃取消息，几次导致罢工失败，工会领袖与工人被捕。后来，海伦又跑到洛杉矶与布洛桑的三哥同居，好在很快被赶来的荷西发现。原形毕露的海伦恶狠狠地说：“我憎恨菲律宾人，就像我憎恨你们的工

① Bulosan, Carlos. *America Is in the Heart*. p. 129.

② Bulosan, Carlos. *America Is in the Heart*. p. 143.

③ Bulosan, Carlos. *America Is in the Heart*. p. 121.

④ Bulosan, Carlos. *America Is in the Heart*. p. 269.

会！你们都是野人，你们没有资格待在这个国家！”[①]海伦对菲律宾劳工的仇恨正是美国白人对外国移民态度的缩影。

时代对人的影响是巨大的，政治局势的重大变动对那个时代的人无疑有着非常重要的影响。布洛桑在自传里写了他所处的时代，叙述了他在这个世界上的希冀、挣扎与奋斗[②]。他向往真善美，但生活中处处可见暴力与仇恨、饥饿与贫穷。在描述历史事实的同时，作者在重温心灵的震撼，阐释他与时代的关系，展示历史事件在他成长过程中的印迹。与吐温一样，布洛桑试图在自传中真实记载自己的“一段个人历史”，就像自传副标题所明示的那样。

无论是不惜代价追求真实的马克·吐温，还是有意为苦难同胞代言的卡洛·布洛桑，或是我们即将提到的其他传记或自传作家，谁都无法做到百分百真实，但真实始终是传记文学的生命线，确保最大程度的真实始终是传记文学的不懈使命。

斯戴尔在《积极心理密码》的后记中明确指出该书的三个主题，第一个就是选择（其他两个分别是复杂性和创造力），“选择决定了我们的人生”[③]。我们可以选择更加积极乐观地生活，更会感恩、更慷慨友好，全身心地投入自己的目标，拥有健康的时间观、接纳自己、欣赏别人，培养自己的自主性，从生活中寻找意义等。无论书写极简人生，还是至死方休的完美追寻，或是书写个人或种族创伤，上述传主都用自己的积极选择改变了人生轨迹，摆脱创伤困扰的同时最大程度地实现了自我价值，为生命与社会创造出了更大意义，值得我们学习借鉴。

---

① Bulosan, Carlos. *America Is in the Heart*. p. 202.

② Takaki, Ronald. *Strangers from a Different Shore: A History of Asian Americans*. New York: Penguin Books, 1990, p. 344.

③ [英]夏洛特·斯戴尔著，刘国兵译：《积极心理密码》，第 208 页。

第四章　积极阐释与自传叙事

“务必阐释”是20世纪初的新传记所坚守的信条之一，新传记家们不仅再现事实与传主的多重自我，而且要对这些事实与自我做出合情合理的解释。在新传记家斯特雷奇看来，未经阐释的真实就像埋藏的金子一样毫无用处，艺术是一位了不起的阐释家。不同的阐释策略会导致截然不同的叙事效果。

事实是传记文学的生命线，传记家为追求传记叙事的真实可谓挖空心思，殚精竭虑，然而对传记中无可避免的虚构现象，传记家、评论家与读者都心知肚明。为确保自传最大程度的真实，同时又不伤害自传中提到的某些人及其子女，马克·吐温不惜将其自传推迟百年出版，然而穷其一生，吐温都在极力推销自己的撒谎艺术。真假难辨的吐温就像真假混杂的传记，需要我们擦亮双眼，仔细分辨。

第一节　求真求新的自传观

吐温去世整整100年后，他的三卷全本口述自传《马克·吐温自传》才终于得以如约陆续问世。这是世界文学史上绝无仅有的盛事，也是美国及世界各地喜欢吐温的读者期待已久的巨著。作品一面世就引起读者的热烈欢迎，很快成为畅销书，一版再版，并被译为多种文字。吐温自传不仅形式别具一格，内容也极其丰富，它不只是研究吐温的必读书，也是19世纪美国社会的百科全书。吐温在书中多处提及自己的自传观，为我们研读全书提供了一把绝好的钥匙。

一、"一切作品皆自传"

尽管《马克·吐温自传》的大部分篇幅是吐温在世最后 4 年的口述作品，但纵观吐温跌宕起伏的一生，自传这一文学形式始终对他有着特殊的吸引力。

首先，吐温认为人人都应写自传，原因有二。一方面，每个人的经历都独一无二，因此应该把它们都记下来。另一方面，在某种程度上，所有人的想法与感受又都大同小异，因而一个人的自传往往会引起其他人的兴趣与共鸣①。18 世纪后半叶，自传在大部分欧洲国家几乎同时出现，其根源就是"人们开始意识到每个人自身的经历有其价值和独特性"②，吐温也无意中加入了这股洪流。另外，吐温的观点比他所钟爱的《切利尼自传》(1728)开头所阐述的自传观更为宽泛，而不只拘泥于成功人士："世间各色人等，如果他们真诚，只要做出过业绩，或类似于业绩的东西，都应该亲笔为自己立传。"③作为知名作家与演说家，吐温十分清楚其自传的文学与社会价值，自信它会流芳百世，事实也正是如此。

吐温还借前国务卿约翰·海伊之口，表达自己对自传书写的看法。海伊沿用古希腊人的观点，认为 40 岁是大多数人生命的顶峰，无论成功与否，这段生活都值得记录；无论是谁，只要尽量真实地记录自己的生活，他的自传就会有趣。当时已 42 岁的吐温虽然对海伊所谓 40 岁后就无所建树的话不以为然，但他认同海伊的 40 岁应为自己作传的理论，他接受海伊的建议，马上开始撰写自传，想尽力把失去的 2 年时间补回来。尽管一周后吐温的决心就烟消云散，但此后每隔三四年，吐温就会重新开始写自传，并尝试记日记，为将来的自传积累素材。实际上，从 1870 年到 1905 年，吐温的自传文稿有三四十篇④之多，尽管这些努力都以失败告终，但这说明吐温对自传文学情有独钟，从未放弃作传的想法，并为此努力探索多年。

---

① [美]哈里特·埃莉诺·史密斯著，孟冰洁、申生译：《前言》，《马克·吐温自传》，北京：法律出版社 2012 年版，第 11 页。

② [法]菲力浦·勒热纳著，杨国政译：《自传契约》，北京：北京大学出版社 2013 年版，第 56 页。

③ [意]本韦努托·切利尼著，王宪生译：《切利尼自传》，北京：北京时代华文书局 2014 年版，第 3 页。

④ [美]哈里特·埃莉诺·史密斯著，孟冰洁、申生译：《前言》，《马克·吐温自传》，第 5 页。

其次，在吐温看来，他的所有作品其实都是自传。早在开始撰写自传之前，吐温就曾以自传体的直白口吻发表文章与小说。他的戏说传记《马克·吐温的自传(戏说)》(1871)是其最早的自传尝试，书中影射许多真人真事。虽然多次尝试撰写或口述自传，每次都虎头蛇尾，但他将自传因素融入到许多作品中，汤姆与哈克等小主人公身上都有吐温的影子。按照吐温的说法，他的一切作品，包括《傻子出国记》《苦行记》《国外漫游》及《密西西比河上的生活》等游记与报刊文章，甚至还有《镀金时代》《汤姆·索亚历险记》和《哈克贝利·费恩历险记》等充满真实人物与场景原型的小说，皆是其自传。1889 年 10 月，已出版 9 部著作的吐温坦言："我所出版的，仅仅是我自己的传记。我并不记得其中存在纯属虚构的个人经历。若将这些情节标上日期，用适当的顺序加以整合，便是一本自传。"[①]吐温对作品自传性的看法，与诺贝尔文学奖获得者库切和莫言的看法如出一辙。库切认为一切写作都是自传，而莫言坦诚自己的许多作品写的都是亲身经历。

再次，吐温认为，生命不止，思考不息，真正的自传是不可能完成的，因为生活主要由大脑一刻不停的思考组成，而非事件。吐温是个思想的巨人，脑子里时刻翻腾着奇思妙想，每天都够出本"80000 词的大书"。在他看来，生活中真正发生的事情并不多，一个人的言语与行为只是生活的冰山一角，头脑中不停翻新的思想才是生活的主要组成部分。这些思考如此庞杂，更新得如此之快，就是"15 个速记员也无法跟上思考的节奏"，因此没有哪本自传是完整的。写出来的自传只是人身上的"衣服和纽扣"[②]，真正的自传是无法撰写的。如果真要出本完整的自传，那就需要每天出一本，还得是上下册，一年 365 本，因而世上没有哪家图书馆能放得下这些自传。吐温认为，只要他活着，他的自传就永远写不完，然而去世前 4 个月，随着妻女的一个个离世，加上秘书与经纪人的背叛，饱受打击的吐温声称自传完成，果断结束了口述工作。《马克·吐温自传》中所记录的，也不只是吐温的"衣服和纽扣"，也有他关于政治、经济、人生、家庭、友谊等的诸多思考，这些思想的火花为我们重构了一个惟妙惟肖的马克·吐温。

罗恩·鲍沃斯认为，"马克·吐温总是如此不经意的走在他所在时代的前面，并超越了自己：他从坟墓的另一边带给我们这部传记……它不仅仅简单告诉我们

① ［美］马克·吐温著，孟冰洁、申生译：《马克·吐温自传》，第 9 页。

② Twain, Mark. *Mark Twain's Autobiography*. 第 1 页。

马克·吐温的人生……而是他思考自己人生的方式。这一点遍布散落的回忆、困惑、创作、修订,以及希望成真的美梦中,巧妙的打乱了我们习惯性的重构经历和感觉的方式"[①]。也就是说,吐温注重的是思想,而非故事或事件。而他所有的作品和演讲都是其思考的结晶,因而都是其自传。它们与《马克·吐温自传》一起,为我们研究19世纪美国幽默讽刺大师和演说家马克·吐温跌宕起伏的一生提供了丰富的第一手资料,也是了解当时美国的风土人情与文化艺术的巨大宝库。

二、真实至上的立传原则

自传属于非虚构性的纪实文类,事实是其生命线,真实性是自传文学的核心价值追求,然而出于"为尊者讳,为亲者讳,为自己讳"等种种原因,自传作者很难逃脱虚构的冲动,吐温却将这种冲动扼杀在了萌芽里。别具一格的《马克·吐温自传》是吐温酝酿多年的结果,最大程度的真实是他早就为自己制定好的作传原则。早在40岁时,吐温就打算写一部尽量坦白真诚的自传,尽量保持故事原貌,这也成了他30年后口述自传的"指导思想"[②]。为确保自传的真实性,吐温坚持"从坟墓中说话"[③],将自传推迟百年出版,可谓用心良苦,匠心独运。

吐温认为"自传是所有书籍中最为真实的",而他作传的唯一目的就是说出真相,除真相之外别无他物。他试图将事实和盘托出,"忠于事实和真名实姓",自由地表达自己的观点。然而在吐温看来,明知自己活着时会有人读到其自传,人们根本不可能直言不讳,"因为无法承受其出版后的苦涩代价,我们才会扼杀那些不受欢迎的观点"[④],即那些非传统思考所带来的颠覆性观点。为确保自传的真实,无所顾忌地坦诚自己的内心,吐温坚持自己去世百年后,《马克·吐温自传》全本方可出版,到时候他早"已是死人,没有意识,对一切漠不关心",这样他才能无所顾忌地畅所欲言。他解释道,"百年后出版的书籍能给予作者其他方法所不能保证的写作自由。只有这样,你才能毫不偏颇地准确刻画你所认识的人,而无需担

---

① [美]马克·吐温著,孟冰洁、申生译:《马克·吐温自传》,封底。

② [美]马克·吐温著,孟冰洁、申生译:《马克·吐温自传》,第11页。

③ Twain, Mark. *Mark Twain's Autobiography*. 第X页。

④ [美]哈里特·埃莉诺·史密斯著,孟冰洁、申生译:《前言》,《马克·吐温自传》,第27,17,6页。

心伤害他或其后代"[①]，无须担心给自己与家人带来麻烦，才能像写情书那样"坦率、自由、不感到为难"，从而写出情书一般"最坦率、最自由、最私密"[②]的自传作品。

有了百年后出版的决心，在口述自传时，吐温时刻牢记自己是在坟墓里对读者说话："如果还活着，我永远也不敢这么讲话，只有牢记这本自传在我死后才会出版，才能勉为其难地说出自己的真实想法，而非仅仅投读者所好，只说我希望读者认为是我想法的东西——活着的人都是这么做的，这是人性的一部分，只要活着就无法改变。"[③]"这本自传出版的时候，我已经离开人世。因此我会随时记住，我是在坟墓里，向读者讲述我的一切……只有这样，我才能无所顾忌"[④]，无所顾忌地自由表达他有关信仰、政治、人性的观点，而不必担心伤害他人，不必担心自己被社会所驱逐。吐温正是用身后百年出版自传的方法，充分保证自己的言论自由，保证自传最大程度的真实。

尽管如此，吐温坦言无法述说自己生活中最不堪的部分，对自己的虚荣心直言不讳。他不无夸张地说："我已经回想了生命中 1500 个到 2000 个令我感到可耻的事件，但是我还没有同意把它们中的任何一个编册成书"[⑤]，因为"即使相信没有人会看到自己的写作内容，也不可能将所有经历和盘托出"[⑥]，将自己的内心赤裸裸地暴露在读者面前。可见尽管"自传注定要反问自身"[⑦]，提出自己的问题，但真正的忏悔录难之又难，坦率如马克·吐温，也始终缺乏奥古斯丁或卢梭那样直面自己丑恶面目的勇气。但吐温向来嬉笑怒骂皆成文章，在不用考虑伤害他人、给自己带来麻烦的前提下，他对当时的政治、经济、种族、宗教、人性中的弊病畅所欲言，的确最大限度地恪守了自传的真实生命线。

吐温认为，尽管不想撒谎，自传作者却免不了撒谎；并非有意为之，也非完全无意识，而是介于意识与无意识之间，一种朦胧的意识状态。这种朦胧的意识状

---

① [美]马克·吐温著，孟冰洁、申生译：《马克·吐温自传》，第 6 页。

② Twain, Mark. *Mark Twain's Autobiography*. 第 X 页。

③ Twain, Mark. *Autobiography of Mark Twain*(Vol. 2). p. 374.

④ Twain, Mark. *Mark Twain's Autobiography*. 第 X 页。

⑤ Twain, Mark. *Mark Twain's Autobiography*. 第 457 页。

⑥ [美]马克·吐温著，孟冰洁、申生译：《马克·吐温自传》，第 6 页。

⑦ [法]菲力浦·勒热纳著，杨国政译：《自传契约》，第 66 页。

态让他光鲜亮丽的一面一目了然，而他不怎么光彩的一面若隐若现。因此，每个人的自传都是事实与想象相交织的产物，每个人真正的自画像都包括“他的内心，他的灵魂，他的性格”①。自传是记忆的产物，是文学，而非纯粹的历史。

尽管吐温自传中的很多部分曾以各种版本出现，尽管有评论认为，身后百年出版的要求更刺激了读者的阅读兴趣，使其自传更畅销，是吐温高明的推销策略，但无论如何，吐温身后百年出版的自传的确最大限度、尽可能真实客观地再现了吐温伟大的一生，它不仅是研究吐温本人的宝库，也是了解当时社会的百科全书，其史料价值毋庸置疑。

三、绝妙的口述自传形式

在确保内容最大程度真实的前提下，吐温用多年时间摸索出口述自传的绝佳作传方式，轻松地完成构思几十年的《马克·吐温自传》。

吐温用生命最后4年的宝贵时间口述自传，但实际上他为此构思了至少20年。早在1885年，吐温就尝试过口述自传(之前只对秘书口述过信件和备忘录)，并将之推荐给好友格兰特将军，取得“极大成功”②，使当时患喉癌的格兰特得以在去世前完成其两卷本《个人回忆录》。但吐温自己在几周内先后几次尝试却均以失败告终，因为口述自传不仅需要有好口才，还需要一位好听众，一位经验丰富的速记员。吐温是罕见的语言天才，无论书面还是口头表达，他都做到了极致。他不仅是100多年来深受读者喜爱的多产作家(30多本书，3000多篇文章，被翻译为近百种文字)，还是经验丰富的演说家，被称为美国第一位“单口相声”(stand-up comedy)喜剧演员③。他的大女儿苏西眼中的父亲就极其健谈。苏西13岁时为其父作传，说父亲从不去教堂，因为“他无法容忍听别人说话，只能自己说……一连听自己说几个小时都不累。当然他是在开玩笑，但毫无疑问，这玩笑是有事实基础的”④。因此像演讲一样将自己的经历娓娓道来，对吐温来说从来不是问题。但直到1906年，吐温才遇到一位理想的速记员和积极听众——约瑟

① Twain, Mark. *Mark Twain's Autobiography*. 第152页。

② Twain, Mark. *Autobiography of Mark Twain* (Vol. 1). p. 9.

③ Churchwell, Sarah. “Mark Twain: not an American but the American.” *The Guardian*. 30 Oct, 2010.

④ Twain, Mark. *Mark Twain's Autobiography*. 第288页。

夫·S. 霍比，还有另一位热心听众佩恩（吐温的传记作者），内外因完美结合，才使吐温将口述自传坚持了 4 年，并最终完成他的三卷本口述自传巨著。吐温之所以对口述自传情有独钟，还是因为这种创作方式更契合 20 多年来他渐变的写作风格[①]。

对口述自传这种新的创作形式给自己带来的独特感受，吐温异常兴奋，向朋友极力推荐，毫不吝惜对它的赞美之情。曾经痛苦的自传写作如今变作“纯粹的消遣、玩耍、娱乐，不费吹灰之力”[②]，其乐无穷。在吐温看来，口述自传是“那么真实，它自身的组织是那么完美，简洁而有序，它是那么晶莹、活泼，充满了森林的清新”，而用笔书写出来的自传则“乏味、做作、缺乏色彩”。[③]

吐温就这样用自己最后的 4 年，用当时罕见的口述自传形式，由速记员记录，留下 250 多份口述自传，5000 多页文稿，文稿中的大部分直至吐温去世百年后才公开发表，这在文学史上都实属罕见。然而吐温并非口述自传的第一人，他自己也心知肚明，因此他声称自己的自传与“所有其他自传”（“all”在原文中为斜体）都不相同，“也许，除了本韦努托的”[④]。这轻描淡写的两个单词道出了吐温自传与前人作品的传承关系。实际上，被吐温认为“最为有趣”[⑤]的《切利尼自传》对其影响显而易见，吐温与本韦努托·切利尼（1500—1571）也确有许多相似之处：同为语言天才，都有口述自传作品在身后问世，都强调自传的真实性，都可谓恃才傲物，目空一切，言语犀利。

切利尼是米开朗琪罗之后最著名的文艺复兴时期雕塑家兼金匠，同时也臭名昭著，被称为“聪明的豺狼”和“典型的‘恶之花’式的人物”，但他晚年却为人类留下一部难得的自传作品《切利尼自传》，被誉为“一切自传中最著名的自传”，“西方最著名的纪实文学作品”。[⑥]《切利尼自传》大部分是口述自传，只有最后一小部分由作者亲自撰写。58 岁的切利尼在自己的作坊里一边干活一边口授，由一个

---

① [美]哈里特·埃莉诺·史密斯著，孟冰洁、申生译：《前言》，《马克·吐温自传》，第 5 页。

② Twain, Mark. *Mark Twain's Autobiography*. 第 125 页。

③ [美]哈里特·埃莉诺·史密斯著，孟冰洁、申生译：《前言》，《马克·吐温自传》，第 26 页。

④ Twain, Mark. *Mark Twain's Autobiography*. 第 444 页。

⑤ [美]哈里特·埃莉诺·史密斯著，孟冰洁、申生译：《前言》，《马克·吐温自传》，第 9 页。

⑥ 王宪生：“《切利尼自传》：‘聪明的豺狼’如是说”，《新华悦读》2014 年 5 月 14 日。http://news.xinhuanet.com/book/2014-05/14/c_126501244.htm[2015-09-04]。

14 岁的小伙子记录，历时 4 年。在轻松愉快的氛围中，切利尼用鲜活的佛罗伦萨方言，把故事讲得绘声绘色，把自己丰富多彩的经历毫不隐讳地和盘托出。自传写好后沉寂了 100 多年，直到 1728 年才得以问世。这些都与《马克・吐温自传》的成书经历惊人相似：4 年口述自传、真实讲述自己的经历、百年后出版，并最终成为自传经典。

《马克・吐温自传》与《切利尼自传》的另一个相似之处是都可谓百科全书式的自传。他们在记述自己生活的同时，也记录了当时社会生活的方方面面，仿佛一面镜子，照出很多重要人物和事件，因而具有极为重要的史料价值。吐温认为，除了他和切利尼自传之外的所有其他自传都是“敞开的窗户”，自传作者坐在那里检阅、谈论从窗口路过的著名政治家、军人、诗人等，他们或臭名昭著，或声名远扬，并且碰巧都和自传作者有些交集。他向这些人招手示意，希望别人注意他的举动，并投来羡慕的眼光，还美其名曰只为给读者提供乐趣。而《马克・吐温自传》“是面镜子”，吐温自始至终都在审视自己。他偶尔也会在镜子里看到身后过去的他人，如果这些人说了或做了什么有助于“宣传他、奉承他、提升他”[①]的事，他就将这些事记下来，因为让他感觉重要的大人物不多，因此他记录的大多是普通人。然而如果我们对吐温的话照盘全收，以为他自传中只注重自传事实，而不关注传记事实，那就大错特错。其实他记录的“身后人”一点儿都不少，包括他的许多亲朋好友，也不乏总统、将军、文学家等名人，比如他的妻女，他的朋友罗杰斯与格兰特，以及他遭遇的盗贼与骗子等。

与当代传记文学理论[②]一样，在吐温看来，传记的主要任务就是展示传主的性格[③]，而一个人的性格往往反映在一些鸡毛蒜皮的小事之中。无论自传事实，还是传记事实，无论大事还是小事，只要能反映传主的性格，就是自传应该记录的东西。吐温对自传内容的看法与《自传契约》作者勒热纳的观点也高度相似。勒热纳特别强调自传的特点在于讲述传主内心的、个性的历史，而不是外部的重大历史事件[④]。

在给高尔基的信中，吐温说自己“想要写一本无须沉默的书，在这本书里不需

---

① Twain, Mark. *Mark Twain's Autobiography*. 第 444 页。

② 赵白生：《传记文学理论》，第 14 页。

③ Twain, Mark. *Mark Twain's Autobiography*. 第 186 页。

④ [法]菲力浦・勒热纳著，杨国政译：《自传契约》，第 4 页。

要考虑任何人的观点、任何人的成见、看法、信仰、希望、幻想和失望；在这本书里可以说出，可以明白地、毫无限制地说出自己本人发自内心的意见。我认为，这才算是难以想象的美妙——人间的天堂"①。他认为这是难以实现的理想，但在其口述自传里，吐温却终于实现了自己的理想，营造了一个美妙的人间天堂——完成一本无须顾及他人感受的书。

值得注意的是，口述自传也并非吐温最后的作传形式。1909 年 4 月 17 日吐温写信给好友豪威尔斯，充满激情地声称自己"发明"了一种比口述自传更好的"绝妙方法"，一种"让人心旷神怡、心满意足、无所不能的方法"，那就是给好友写信却不发出去。而他盛赞也实践 3 年多的口述自传之所以被他彻底否定，是因为它有五个不可弥补的缺点：一、你的听众是速记员，你总会意识到他的存在，但一个听众只会限制而不会启发你的灵感。二、你不是自言自语，不是在大声思考，无法自由自在，因为身边有个雕塑般的速记员。三、如果速记员是个女的，每天就会有成千上万想说却不敢说的话，因为它们有伤风化。四、如果你面前是个教徒，你每天也会有好几次不得不三缄其口，唯恐亵渎神灵或有违神学信仰。五、你常常很想讲些私密故事，却又说不出口，因为它们只能对豪威尔斯、特威切尔或罗杰斯这样的密友讲。幸运的是吐温盛赞的新作传法能将口述自传的所有缺陷都抛到九霄云外，他欢呼自己"终于是个自由人了"②。可惜给豪威尔斯的这封信是吐温践行新作传法的唯一作品，而在这封密信中他主要揭示的是他晚年生活中很重要的两个人——经纪人和秘书对他的欺骗和欺诈，也许如吐温所言，这才是百分百真实的自传。

从吐温几十年对自传形式的摸索，可以看出他是个非常认真的自传作家，对自己的自传文体非常在意。他也确实一直在突破自己，超越自己，超越时代。

四、"无规则的叙事规则"

虽然吐温把自己的口述作品叫作自传，但他十分清楚它并非传统意义上的自传，而是"日记与自传的综合"③，"日记与历史的综合"或"新闻与历史"④的综合，

---

① [苏]波布洛娃著，张由今译：《马克・吐温评传》，北京：作家出版社 1958 年版，第 166 页。

② Twain, Mark. *Autobiography of Mark Twain*(Vol. 3). p. 325.

③ Twain, Mark. *Mark Twain's Autobiography*. 第 125 页。

④ Twain, Mark. *Mark Twain's Autobiography*. 第 211 页。

一种有趣的混合表达方式，这也是《马克·吐温自传》与《切利尼自传》的不同之处。除口述之外，《切利尼自传》采取的还是传统的时间叙事方式，而这是吐温所深恶痛绝的。按照吐温传记家佩恩的说法，《马克·吐温自传》其实“根本就不是自传”[①]，尽管他同时也认为吐温漫无边际的闲聊是这类自传最佳的创作方法。

勒热纳认为，自传会受到两种危险的干扰，一种是关联性松散，即叙事变为一种由东拉西扯的往事构成的简单漫游[②]，但《马克·吐温自传》恰恰将这种“关联性松散”的特点发挥到了极致。然而吐温的自传并非“简单漫游”，也不仅仅是“往事”，而是在吐温的“镜子”自传理论关照下的看似随意的漫游。在选取口述自传这种非常规自传创作方式的同时，吐温也创造性地采取了一种“无规则的叙事规则”，不知从哪儿开头，没有特定方向，表面看来杂乱无章，然而这正是吐温多年苦苦寻觅的“自传的正确写法”[③]：从生活中的某个时刻随意写起；在自己的生活中自由自在地穿行；只谈此刻使你感兴趣的事；兴趣变淡后立刻放弃这个话题，转而谈论刚进入你思绪的趣事。吐温多次重申这项基本作传原则，并且多次放弃未完的叙事，转向眼前更吸引他的话题。他认为“节外生枝”才是他人生旅途的行进方式，因此自传中也应该不断出现插叙。这种东拉西扯不仅“不会对自传有丝毫影响”[④]，而且以日记或新闻方式开头的自传形式使“当下的生动情节与记忆中的类似事件相对照”[⑤]，现在与过去相互交织，往往会带来意想不到的效果，大大激发读者的阅读兴趣。

这种看似杂乱无章的“无规则的叙事规则”并非吐温一时心血来潮的结果，而是他多年思考与探索的结晶。早在 40 岁时，吐温就为自传立下几条规则，比如为尽量保持故事的真实，考虑将自传延迟到自己死后才出版；觉得自传不应该受空间和回忆的年龄局限，即使写婴儿时代，也应该将 40 岁时的相关想法融入其中；随回忆所及，信马由缰，不考虑时间顺序。这些想法都在 30 年后的口述自传中变为现实，这也注定了吐温的自传与传统自传有着天壤之别。

---

① Paine, Albert Bigelow. “Introduction.” *Mark Twain's Autobiography*. 上海：世界图书出版公司 2010 年版，p. VII。

② [法]菲力浦·勒热纳著，杨国政译：《自传契约》，第 11 页。

③ Twain, Mark. *Mark Twain's Autobiography*. 第 154，125 页。

④ [美]马克·吐温著，孟冰洁、申生译：《马克·吐温自传》，第 213，12 页。

⑤ Twain, Mark. *Mark Twain's Autobiography*. 第 125 页。

对吐温来说，信马由缰的口述叙事的一大好处是帮他解决了结构问题，而文本“结构一直是吐温的难题”[①]。口述与漫无边际的闲谈相结合，回忆与评论兼而有之，最后按回忆先后排列，写作结构的问题迎刃而解。按这种“正确写法”创作出来的自传与传统按时间顺序叙事的自传大相径庭，其叙事可谓“日记与自传的综合”。在吐温看来，这种“兴之所至”的叙事方法犹如在山谷与林地间奔流的小溪，毫无规则，随心所欲，而且永无止境，而传统自传平铺直叙的书写手法犹如运河，缓慢、平静、四平八稳、了无生机，平庸得一无是处。吐温之所以数次作传失败，要么是因为灵感枯竭，要么是因为他对写作方法或结构不满，归根结底是因为传统自传的运河式叙事太文艺、太呆板、太一本正经，笔调风格并不适合吐温的自传叙事。口述叙事正好克服了传统自传从出生通向死亡的冰冷叙事模式，使自传最大程度地达到了一种自由状态[②]，这对酷爱自由的吐温是一种解放。

无论对自己的叙事方式还是叙述内容，吐温都信心满满，并希望自传能流芳百世：“我希望这本自传在我死后出版时，成为所有自传的范本。我还想让后人都来阅读、欣赏其形式和写法，这种形式与写法使过去与现在不断碰撞，相互对照，就像燧石与钢铁相交冒出的火花般不停地激起读者的兴趣。”幸运的是，吐温的预言正一步步变为现实。对自传中记述的内容吐温也同样自信：“这部自传不会选取我生活中值得炫耀的片段，而只涉及普通人生活中都会遇上的寻常经历，因此它必能吸引寻常百姓，因为人们在这里可以看到自己生活的影子。一般的自传作者似乎过于刻意搜寻他与名人交往的经历。事实上无论是他自己，还是他的读者，对他与一些无名小辈的交往同样感兴趣，而且这类事情比起他与名人们的邂逅要多得多。”[③]可见吐温对自己的读者非常了解，而读者中大部分是平民百姓，他们对名人生活中的琐碎小事更感兴趣，他们的兴趣与共鸣是对吐温的最大奖赏。

除《切利尼自传》对吐温的影响，以真实为生命线的《马克·吐温自传》也许还受到卢梭和佩尔斯的影响。吐温对卢梭的《忏悔录》、卡萨诺瓦的《我的一生》以及

---

① Churchwell, Sarah. “Mark Twain: Not an American but the American.” *The Guardian*. 30 Oct, 2010.

② [美]哈里特·埃莉诺·史密斯著，孟冰洁、申生译：《前言》，《马克·吐温自传》，第5页。

③ Twain, Mark. *Mark Twain's Autobiography*. 第398—399页。

佩尔斯的《日记》中的坦诚欣赏有加[①],也许正是这些经典作品的共同影响,成就了《马克·吐温自传》坦诚、真实及其日记与自传相结合的特点。

《马克·吐温自传》的管理人赫斯特认为吐温的"言谈笑骂皆成文学,而自传则是高潮,是那种创作力的顶峰"[②]。自传中所展示的吐温独一无二的天才性格,卓越的幽默,出色的智慧,罕见的哲理,不寻常的非线性口述叙事方式,丰富多彩的内容,都使其成为一部当之无愧的伟大自传。

第二节　菊池的多维阐释策略

作为传记写作的主矿源,日记的史料价值毋庸置疑。与自传和回忆录相比,日记文献的史料价值甚至更高。《菊池日记:美国集中营纪事》(*The Kikuchi Diary: Chronicle from an American Concentration Camp*, 1973)虽然并非严格意义上的私密写作,但由于一些特殊的背景与动机,它反而更具体、更可靠、更全面地记录了二战期间 8000 名日裔美国人在坦福兰集中营的生活状况,具有极高的史料价值。日记编纂者约翰·莫代尔充分肯定菊池日记的历史意义,认为它们具有巨大的价值。

正如《菊池日记》的副标题"美国集中营纪事"所明示的那样,日记中的历史事实只有一个,即珍珠港事件之后日裔美国人的集中营生活,但书中的自传事实与传记事实同样极其丰富。日记作者查尔斯·菊池(Charles Kikuchi)对不同的事实采用不同的阐释策略——历史事实的政治策略、传记事实的精神分析策略,以及自传事实的社会策略,使《菊池日记》迥异于其他日裔集中营叙事。集中营生活对日裔美国人而言无疑是一场飞来横祸,但对菊池父子而言,此次集体创伤却在一定程度上弥合了他们各自的童年创伤,可谓不幸中之万幸。

一、"民主"与"法西斯"

人类历史可谓应对灾难和创伤的历史,每个人一生中都或多或少会受到一些

---

① [美]哈里特·埃莉诺·史密斯著,孟冰洁、申生译:《前言》,《马克·吐温自传》,第 9 页。

② 百度百科:《马克·吐温自传》,http://baike.baidu.com/view/1740126.htm [2021-03-22]。

创伤性事件的影响,创伤会影响人们思考、感觉与行为的方式,美国的少数族裔群体尤其如此。印第安土著、非洲裔、亚洲裔等少数族裔在历史上饱受主流社会的歧视和迫害,每个族群都有一部血泪创伤史。1941 年 12 月 7 日,日本偷袭珍珠港,此举给他们远在美国的 11 万多名侨民及其子女带来一场飞来横祸,成为日裔美国人心中挥之不去的精神与历史创伤。

珍珠港事件之后,美国政府以“军事需要”为由,将生活在西海岸的 11 万余名日裔美国人当作“外来敌人”关入设在内陆沙漠地区的 10 个重置营(relocation center),直到战后的 1946 年才将他们全部释放。进入重置营之前,有些日裔被暂时关押在一些临时设置的集中营里,位于旧金山附近的坦福兰赛马场就是这样的临时集中营之一。包括菊池一家 9 口在内的大约 8000 名日裔美国人被关押在这里,马厩就是他们的临时住房。菊池一家进入吉拉重置营(Gila River Relocation Center)之前,在坦福兰集中营生活了整整 4 个月(1942 年 5 月 1 日—8 月 31 日),这 4 个月的集中营生活就是《菊池日记》唯一的历史事实。

“要说明我与时代的关系,自然少不了历史事实。”[①]对日记中唯一的历史事实,加州大学伯克利分校社会福利系研究生菊池采用了政治的阐释策略,日记中频繁出现的两个词是“法西斯”与“民主”。自从美国重要的开国文献《独立宣言》签署以来,“人人生而平等”,人人“拥有若干不可剥夺的权利,包括生命权、自由权和追求幸福的权利”等观念就开始深入人心,这些观念所体现的民主、自由、平等、法治等原则在全世界所传诵,成为美国政治文化中的核心内容。无论是有着种族优越感的白人,还是历史上遭受过形形色色种族歧视的少数族裔,所有美国人都坚定地崇尚自由、民主、个人主义等价值观,并以此为豪。但珍珠港事件使 11 万多名日裔美国人对美国政治文化的信念蒙上了一层阴影。

“法西斯”是菊池日记中的一个关键词,这一点从日记副标题中的“美国集中营”就可以间接地反映出来。“集中营”这个词很容易使人想起二战期间德国法西斯关押迫害犹太人的集中营,比如有“死亡工厂”之称的“希特勒种族灭绝政策的执行地”——纳粹奥斯维辛集中营导致约 110 万人惨死,其中约 90%是欧洲各国的犹太人。大多数受害者死于毒气室,其他死亡原因是苦役、疾病、个别处决以及所谓的“医学实验”。然而“美国集中营”其实与纳粹集中营有着天壤之别,首先名

① 赵白生:《传记文学理论》,第 35 页。

字不同(美国官方的称呼是日裔"重置营");其次在日裔重置营里,没有纳粹集中营那些令人发指的种族灭绝行为。尽管如此,两者之间还是有不少相似之处,比如同为拘押之地,且都未经过正常公正的法律判决、没有确定的拘留期限,生存环境恶劣等。在美国集中营被拘押的日裔中,62%是美国公民,他们美国生美国长,是地地道道的美国人,但美国政府不经过任何法律程序,以"军事需要"为幌子擅自剥夺日裔的民主、自由权利,难怪菊池要用"集中营"来命名自己的日记,"法西斯"一词也在日记中频频出现。

珍珠港事件之后,美国白人种族主义者的排日情绪高涨,法西斯行为日益增多,暴力升级,联邦调查局大量抓捕可疑的日本人;加州大学的日裔学生被打,日常活动受限;日裔房屋被砸;报纸甚至对日本移民的子女——日裔二世都恶语相加。菊池等人担心自己"很可能被当作日本人",认为"美国有滑向法西斯主义的危险"①,加州州府萨克拉门托愤怒的人群看起来极像法西斯主义者。受这些法西斯主义排日思潮的影响,有国会议员向政府建议把"所有日裔,无论他们是否美国公民,都关入集中营"②。

坦福兰集中营里的法西斯主义痕迹更是无处不在。营区管理者格林打着保护日裔的旗号,采取各种手段封锁营区消息。一是对营区报纸《坦福兰报》采取严格的四重审查制度;二是对来访者采取"探监制度",将每周来营区收集资料的托马斯教授等人列入黑名单;三是取缔日裔自治政府。看到他们采取如此法西斯的手段压制日裔的言论、出版等基本自由权利,菊池怒不可遏。他认为应该疏散的是那些老移民,"但为什么把所有无辜的二世——99½%——也和他们一起关进来?",他觉得"疏散所有日裔是个极大的错误"③。他有时"感到困惑、紧张不安、恐惧",担心美国"甚至会有社会动乱,或者会彻底法西斯化"④。

尽管法西斯的影子无处不在,但"民主"是《菊池日记》中针对集中营事件的又

---

① Modell, John, ed. *The Kikuchi Diary Chronicle form an American Concentration Camp, the Tanforan Journals of Charles Kikuchi*. Urbana: The Board Trustees of the University of Illinois, 1973, p. 43.

② Takaki, Ronald. *Strangers from a Different Shore*. p. 389.

③ Modell, John, ed. *The Kikuchi Diary Chronicle form an American Concentration Camp, the Tanforan Journals of Charles Kikuchi*. pp. 66-67.

④ Modell, John, ed. *The Kikuchi Diary Chronicle form an American Concentration Camp, the Tanforan Journals of Charles Kikuchi*. p. 75.

一个关键词。面对从天而降的灾难，菊池很"难过"，"害怕会有暴力发生"，进而思考："如果我们允许法西斯主义成为政府政策的一部分，那我们如何与它做斗争呢？""我应该对民主秩序有信心，但我担心我们会效仿希特勒，对一世采取过激行动。我不希望这种事发生。我一点儿都不在乎会有什么事落在我的头上，但如果我们的民主进程出现问题，我会觉得大失所望。"[1]因为菊池认为民主是唯一的希望，日裔应该为自己的民主权利而战。菊池是这么想的，也是这么做的。在坦福兰集中营里，菊池应自己的老师、加州大学伯克利分校教授、著名社会学家多萝西·托马斯(Dorothy Thomas)之约，为她的研究项目"日裔的疏散和重置研究"(Japanese Evacuation and Relocation Study)积累素材，详细记录坦福兰集中营的生活状况，《菊池日记》只是原记录的三分之一。菊池还利用《坦福兰报》记者的身份，把自己的所见所闻所感所想诉诸笔端，为外界了解集中营生活提供渠道。另外，在集中营里，菊池和伯克利的同学们一起，为日裔二世的民主权利而奋斗，向营区管理人员抗争，向顽固的老移民——日裔一世据理力争。总之，菊池认为他们应该为民主而奋斗，为平等、自由权利而战。尽管身处集中营，24 小时受到监控，过着与世隔绝的囚禁生活，尽管他与家人族群一起住着马厩，不得不忍受严寒酷暑、污秽、灰尘，以及敞开的下水道散发出的阵阵恶臭，但菊池对民主的信心从未动摇。

莫代尔注意到，菊池日记中有三个频繁出现的主题：一是二世复杂的爱国主义情怀，他们仅仅因为父母是日本移民就被自己的祖国——美国囚禁，因此其爱国主义精神变得复杂起来。二是集中营中的不公正性。三是二世身份的模糊性。他们因亲戚朋友、日裔族群、国家对他们的不同期望而不安，进而摇摆不定。这种身份的模糊性其实并非日裔二世的特有经验，而是所有少数族裔群体的共同体验，这是边缘化的结果，即处在两个族群之中却又不属于任何群体的尴尬感觉。

实际上，在遭受极端不公正待遇的情况下，菊池的爱国热情反而变得更坚定、更强烈。他认为此时此刻，正是日裔展示自己爱国情怀的时候，他们必须高举爱国旗帜，用实际行动证明自己是美国人。正是这种爱国情怀与对民主的坚定信念支撑菊池熬过难以想象的集中营生活。

---

① Modell, John, ed. *The Kikuchi Diary Chronicle form an American Concentration Camp, the Tanforan Journals of Charles Kikuchi*. p. 43.

二、老菊池的“受害情结”

与单一的历史事实相比,《菊池日记》中的传记事实异常丰富,菊池的父母与兄弟姐妹,日裔同胞、同学朋友、营区管理人员、白人警察及众多来访者,在菊池笔下都活灵活现,性格各异,充分展示了传主与他人的关系。其原因大致有三:一是菊池从小在孤儿院长大,与家人几乎形同陌路,并且他从未生活在日裔社区,是日裔同胞“熟悉的陌生人”,对周围的人和事自然多一份新奇,观察更仔细,记录更客观;二是作为营报《坦福兰报》最好的记者,菊池具有得天独厚的优势接触形形色色的人,包括日裔同胞、管理人员、白人警察及众多来访者;三是虽然菊池一直有记日记的习惯,但在集中营生活期间他还肩负着老师的重托,不敢有丝毫懈怠,详细具体地记录营区生活实际上是老师交给他的任务。在此仅以老菊池为例,分析菊池对涉及父亲的传记事实所采用的精神分析策略。

《菊池日记》的作者查尔斯·菊池出生于加州的华雷欧(Vallejo),父母都是日本移民。但老菊池夫妇及其 8 个子女其实均非典型的日裔美国人。追根溯源,老菊池的童年遭遇是菊池一家种种麻烦的源头。老菊池出身名门,因不堪忍受继母的持续虐待,13 岁时一气之下离家出走,当了海员。从此,童年的创伤记忆与老菊池相伴相随,像鬼魂一样缠绕他 50 多年,其间他对继母的仇恨转化为对日本人及其生活方式的憎恶。

老菊池大半生的生活经历,尤其是对定居地华雷欧的选择,都是他童年阴影的结果。1900 年,26 岁的老菊池加入美国海军,当厨师,退伍后移居美国,在美国尝试过各种工作,历尽艰难,最后在加州的华雷欧开了一家理发店。之所以选中华雷欧,一是因为它靠近美国海军基地,二是因为那里几乎没有日本人。老菊池对居住地的选择对菊池一家未来的生活影响巨大。

远离日裔族群的华雷欧是老菊池夫妇婚后矛盾一再升级的重要导火索。尽管不愿接触族人,但由于美国的种族主义政策,老菊池无法在美国娶妻生子,无奈之下,他还是回到日本(几十年来老菊池唯一一次回日本),娶了一位上层阶级出身的日本姑娘。性格外向的老菊池夫人从此身处异国他乡,语言不通,而且远离日裔族群,过了 30 年与世隔绝的家庭主妇生活。通过介绍与老菊池仓促成婚的老菊池夫人随丈夫抵美后,发现其生活远非媒人所描述的那样光鲜亮丽。由于缺乏感情基础,加上经济拮据,老菊池夫妇之间的紧张关系一再升级,结果是丈夫酗酒，妻子意欲离婚。一次妻子去旧金山跑离婚的事，老菊池在家想杀死 4 个孩子然后自杀。如果他们生活在美国的小东京、小日本等日裔社区，老菊池夫人起码有自己的同胞可以交流，也不至于出现突然被抛入孤岛般的孤独与无助感。老菊池夫妇的婚姻危机导致的另一个恶果，是他们最终把 8 岁的大儿子查尔斯·菊池送入孤儿院代养。尽管菊池在日记中似乎有意回避自己被父母抛弃的话题，但这件事本身给父子两代人带来的精神创伤不言而喻。

老菊池对同胞的排斥也导致他的集中营生活危机四伏。67 岁的老菊池半个多世纪以来从未在日裔社区生活，猛然被丢在日裔社群里，他自然闷闷不乐，适应过程更加漫长与艰难。对大多数日本人，老菊池仍旧怀着蔑视态度，不屑与之为伍。他想重操旧业开理发店，但集中营管理人员嫌他年龄太大，他因此只能独自窝在马厩改造的家里无所事事，时间更难打发。更糟糕的是，曾经说一不二、十分令人恐怖的老菊池很快发现自己被家庭忽视，几乎完全失去对妻、儿的控制，失落与焦躁使他更加焦虑不安。

老菊池之所以从未生活在日裔同胞之间，另一个原因是害怕他们拐走他的娇妻。如今看到妻子在坦福兰集中营如鱼得水般的快乐劲儿，他更是如坐针毡，抑郁发狂。沉默 2 个月后，老菊池终于爆发，因一点儿小事和妻子大吵大闹，之后进入冷战状态。他比妻子大 17 岁，工作了一辈子只有 100 美元存款，也许由于自卑，他想象了各式各样妻子不忠的故事：觉得妻子对他冷漠，看不起他的理发师职业，嫌他衰老，不愿和他一起出现在公共场合，想让他早死，她好重新获得自由，等等，他被自己的想象所折磨，反过来又折磨妻子与儿女。

伯克利的高才生菊池显然通晓弗洛伊德的精神分析理论，使用“受难英雄”“受害情结”“自卑感”等心理学术语来阐释父亲的反常行为。他发现父亲经常有一种“受难英雄”情结①，觉得自己“虎落平阳被犬欺”，周围的日裔同胞、妻子儿女无视他的存在，有意与他作对。一个典型事例是他在妻子生病时的反常反应。他痛恨邻居太太不征求他的意见就为妻子请大夫，抱怨自己的儿女不出面，而深层原因是“他觉得自己被人忽视，有时以一种受害情结来补偿。从根本上说，这是一

① Modell, John, ed. *The Kikuchi Diary Chronicle form an American Concentration Camp, the Tanforan Journals of Charles Kikuchi*. p. 163.

种深深的自卑感，却隐藏在表面的优越感之下”[①]。他和日裔同胞的关系从来都处不好，他觉得他们都是骗子，这种“受害情结”的源头无疑是童年时期继母留给他的心理阴影。在弗洛伊德看来，童年的创伤记忆往往会影响人的一生，老菊池就是一个典型案例，正如上文的鲍德温。

童年阴影还表现在老菊池对学习的排斥态度中。小时候，老菊池的市长父亲把他送到最好的学校读书，继母嫉妒，不断地虐待他。他最后忍无可忍，当着继母的面把所有课本撕得粉碎，说如果能让她高兴，他可以辍学，这年他仅 13 岁。之后不久他到海上谋生，后来加入美国海军，其间靠自学英语过了五级，但此后学习就与他对继母的憎恨缠绕在一起。只要一想到接受教育，他就会想起继母的恶行，无法全身心投入学习。

不幸中之万幸，集中营不但成了菊池母亲的社交乐园，还无意中治好了老菊池的学习恐惧症，修复了他们夫妇之间的紧张关系。集中营成了菊池母亲生活中的转折点。婚后，她一直在华雷欧的家中，大门不出二门不迈，养孩子做家务，没有社交生活可言，这对性格外向的母亲来说无疑是种煎熬。而集中营里有这么多日本人可以交流，新的社交圈给母亲带来极大的快乐，把她从原来单调乏味的日常生活中解放了出来。母亲想上英语班，父亲坚决反对，他不想让她走在自己的前边，不想让她有太多社交。但在母亲的坚持和孩子们的劝说下，父亲终于投降，并决定和母亲一起学英语。进入坦福兰一个半月后，父母第一次上英语班，每周两个下午，父亲在 250 个学生里年龄最大，并且 50 年没有读写。但一旦开始，父亲就有一种锲而不舍的劲头，全身心地投入到学习中去，每天练习 6 个小时英语，进步很快，从中获得极大乐趣。父母重归于好，家庭更为和谐。经过一段时间的调适，父母竟然喜欢上了营区生活。

精神创伤学研究认为，人际关系的受害者同时遭受其他人际创伤的可能性更大，童年遭受过虐待的人成年之后更容易再次受到伤害，但老菊池的案例却恰恰相反，集中营创伤不仅没有给他带来更大的伤痛，却无意中歪打正着，抚平了缠绕他大半辈子的童年创伤。老菊池是《菊池日记》中较为浓墨重彩的一个角色，菊池没有停留在书写父亲的传记事实上，而是用心阐释父亲的心理创伤。在此“表达

① Modell, John, ed. *The Kikuchi Diary Chronicle form an American Concentration Camp, the Tanforan Journals of Charles Kikuchi*. p. 165.

性写作"过程中，父子达成某种和解，父子两代都从集中营生活中受益匪浅。菊池的写作实践再次证明表达性写作对创伤治疗的效果比任何人想象的都要强大。

三、菊池的社会意识

书写历史事实与传记事实，呈现了"我与时代的关系"与"我与别人的关系"，在此过程中，自传作家不断揭示自我，自传事实更是必不可少。作为自传的一个亚文类，日记中自传事实的重要性也不言而喻。在《菊池日记》中，菊池花大量篇幅记录自己的生活、学习、工作、梦想、焦虑与不安。对这些自传事实，菊池念念不忘自己伯克利大学社会福利系研究生的身份，有意无意中采用了社会学的阐释策略。

首先，菊池的童年遭遇是美国当时社会问题的一个恶果。如上所述，老菊池夫妇之间战争不断，然而他们的婚姻问题绝非个案，而是20世纪前半期日裔美国人及美国少数族裔普遍存在的社会问题，其源头是美国的歧视性移民政策和其背后的种族歧视顽症。婚姻是家庭的基础，老菊池夫妇的婚姻问题使他们的长子菊池深受其害。10年孤儿院生活对菊池的影响巨大，给他心灵带来的创伤不言而喻。在孤儿院里，菊池既是孤儿又不是孤儿，这种身份的模糊性与其族群身份如出一辙。他是那里唯一的日裔孩子，由于家里只说日语，当时8岁的菊池还不会说英语。猛然远离父母，被抛入语言不通的陌生人中，幼小的菊池所面临的困境足以压垮一个孩子幼小的心灵。

其次，青年菊池在颠沛流离的谋生过程中第一次体验到社会的残酷，第一次意识到自己的种族身份，也第一次有了清醒的职业意识。高中毕业后，18岁的菊池离开孤儿院，前往旧金山寻求发展。在旧金山，一个白人理发师拒绝为他服务，因为他们是一家美国理发店，不为日本人理发，这次遭遇使菊池首次意识到自己的日裔身份。时值"大萧条"的1934年，雄心勃勃的菊池屡次碰壁后才明白日裔二世的双重身份给他带来的艰难处境。也就在这年，尽管不情愿，菊池还是拜访了父母，每个月回去看他们一次。这次经历象征性地说明菊池认祖归宗，回归家庭，回归日裔族群。与其他日裔同胞一样，菊池找了一份男仆的工作。就像以后的集中营生活一样，这些经验是菊池种族意识的转折点。

高中毕业的菊池在社会上屡屡碰壁，大学文凭也丝毫没有改变他的命运。1939年，菊池毕业于旧金山州立大学历史系，本打算做中学历史教师，但残酷的种族主义现实使他很快认识到作为日裔，他只有两个选择，要么在日裔的小商铺打工，要么做男仆。第二年夏天，梦想破灭的菊池在加州中部与日裔和菲律宾裔劳工一起做流动工人，深刻体会到下层农业工人的辛苦与无奈，了解他们所受的盘剥与欺诈。于是他第一次有了清醒的职业意识：做一名社会工作者，帮助少数族裔解决难题。

清醒的职业意识促使菊池重新进入高校深造，从而奠定了他一生的职业基础。进入集中营之前，菊池 26 岁，是加州大学伯克利分校社会福利系的在读研究生，对周围的社会问题具有浓厚的兴趣与职业敏感，勤于思考，试图找出解决问题的对策。在坦福兰集中营的 4 个月里，菊池有三次机会离开集中营，重新进入大学深造，但他觉得作为一名社会工作者，他在这里更能发挥作用，因此一次又一次放弃出去的机会。之后，菊池随一家老少迁入吉拉重置营，继续完成托马斯教授的调研工作，但菊池在那里只待了大半年，就于 1943 年 4 月中旬离开吉拉，前往芝加哥，目的仍然是为托马斯教授做调研。战后菊池定居纽约，获得硕士学位后，开始在一家老兵医院做临床社会工作者，一直到退休。

由此可见，20 世纪前半叶日本移民的生存窘境使菊池过早离开家庭，进入白人的世界，但离开孤儿院的菊池却不得不重新回归日裔的生存轨迹。幸运的是，敏感的菊池从恶劣的社会环境中找到了自己的位置，并两次选择知识作为自己的武器。他的日裔“熟悉的陌生人”身份，他与少数族裔群体一起摸爬滚打的经历，他对少数族裔社会困境的浓厚兴趣，尤其是他社会福利系研究生的身份，都是他有幸被托马斯教授选中担任调研助手的资本，也是他能跻身最早离开日裔集中营的少数日裔之一的原因。在坦福兰集中营和吉拉重置营的一年时间是菊池一生中唯一与家人及日裔社群朝夕相处的日子，也是他初试所学的专业知识的绝好时机。

正是菊池的专业敏感使他毫不犹豫地选择与陌生的家人和更为陌生的日裔社群一起进入集中营。在被美国政府草草监禁的 11 万多名日裔中，也许没有人比菊池对美国更忠诚的了。他觉得自己“被迫按照日本人的生活方式生活，他从内到外都在抗议”。听到周围那么多日语声，菊池感觉自己像个外国人，格格不入。但这一切都不妨碍菊池“忧国忧民”的责任意识，尽管他明白自己“听起来像个道德家"[①]。菊池时刻不忘自己的社会工作身份，利用自己的专业知识，帮助父母解决婚姻危机，帮助弟弟妹妹处理生活和学习中的诸多难题，帮助朋友一起创办营区报纸《坦福兰报》，当然还有每晚夜深人静时挑灯夜战，记录当日的所见所闻，为托马斯教授的研究提供真实可信的第一手材料。

"功夫不负有心人"，菊池的努力与勤奋，再加上他的良好心态，使他在帮助亲朋好友的过程中了解了父亲的一生，因而原谅父母早年对他的抛弃，弥合亲子间的多年隔膜，也治愈了自己的童年创伤。在《菊池日记》末尾，菊池认为自己在坦福兰集中营4个月最大的收获是强化了家庭关系。1947年，菊池从纽约社会工作学院获得社会工作硕士学位。在硕士论文中，菊池通过对移居芝加哥的日裔二世的调查分析，认为总的来说他们适应良好。多年后，在约翰·莫代尔编辑其日记时，菊池仍然认为集中营生活"总的来说，二世损失不大"。"总之，我们可能从中受益。"[②]从个人角度看，菊池家确实损失不大，全家人住在一起，关系更加紧密，每个人似乎都很愉快。这正是菊池日记不同于《二世女儿》(*Nisei Daughter*, 1953)、《别了，曼泽纳》(*Farewell to Mazanar*, 1973)等其他以控诉美国对日裔的不公正待遇为主题的日裔集中营叙事的根本原因。

菊池是个天才日记作家，他对集中营生活的记录真实客观、全面可信。他不只记录集中营生活中令人不快的一面，如恶劣的生活环境、随处可见的不公、私密无从谈起、自我被抹杀、家庭结构和社区团体组织被瓦解以及政府把所有日裔都当作不忠的日本佬的不公正做法对日裔心理所造成的巨大伤害，同时也没有回避集中营生活中令人愉快的一面，如美丽的日式花园和棒球场，无须为生计担心的一世家长、家庭团聚等。菊池深刻反思了坦福兰集中营对他的家庭、对他的种族意识及周围其他人所造成的正反两方面的影响。

《菊池日记》是一本具有非凡意义的人类文献，它选材广泛，保留各种问题的大量线索，为社会文化史研究提供了绝好的素材，补充了正史记载的不足。这本日记对精神创伤的研究也具有一定的借鉴意义。菊池父子的经历说明，双重或多重创伤并非都会加重精神创伤，只要积极投入当下的生活，以积极的心态应对创

① Modell, John, ed. *The Kikuchi Diary*. p. 60.

② Modell, John, ed. *The Kikuchi Diary*. p. 26.

伤，有时创伤也会“负负得正”，无意中具有一定的疗伤功能。因此，对创伤的治疗应该具体问题具体分析，不能一概而论。

第三节　奥斯特的悖论艺术

悖论指“与公认的信念或看法相反的命题，或自相矛盾的命题，或荒谬的理论等”[①]，被认为是个有一大堆好答案的谜语。人类哲学发展的过程就是一个个谜底被揭开的过程。悖论超越现存的概念与观点，看似自相矛盾，却往往揭示了事实与真理，具有较大的积极意义。悖论存在于文学创作、文学批评、文学理论等各个环节，是文学艺术的一个基本特质，是“无与伦比的高超艺术”[②]。

“悖论诗学的创始人”亚里士多德认为：首先，悖论是与常识相矛盾的观点；其次，悖论是一种方法。被称为“系统化、理论化的悖论诗学的奠基人”的新批评主将布鲁克斯认为悖论语言是诗歌语言的本质，诗人要表达的真理只有通过悖论语言才能表达。20 世纪七八十年代，小说悖论研究崛起，研究者认为悖论存在于小说的作者、叙述者、人物、语言、视点、结构、声音、文本、意义等方方面面。“作为一种文学解读方法，悖论引导读者从文学文本中深入挖掘矛盾的内在含义，是解开文学文本内外关系的密码。”[③]解构主义最明显的策略就是在现有观念中发现与揭示悖论，从而达到解构的目的。悖论在帮助人们解释文学现象及其规律方面具有非常重要的认知意义。解决悖论问题需要创造性的思考，悖论的解决又往往可能给人带来全新的观念。

当代美国著名作家保罗·奥斯特(Paul Auster, 1947—　)在其 30 多部文学作品中把悖论艺术发挥到了登峰造极的境界。《孤独及其所创造的》(*The Invention of Solitude*, 1982)中无处不在的悖论，《玻璃之城》(*City of Glass*, 1984)中的元小说迷宫、与作者同名的所谓私人侦探，《幽灵》(*Ghosts*, 1985)中的色彩游戏，《紧锁的房间》(*The Locked Room*, 1986)为活死人立传，《在地图结束

---

① 陈波：《悖论研究》，北京：北京大学出版社 2014 年版，第 1 页。

② 廖昌胤：《小说悖论：以十年来英美小说理论为起点》，合肥：安徽大学出版社 2009 版，第 2 页。

③ 廖昌胤：《悖论》，《外国文学》2010 年第 5 期，第 108—115 页。

的地方》(*Timbuktu*，1999)中的狗先生,《布鲁克林的荒唐事》(*The Brooklyn Follies*，2006)中并不荒唐的荒唐事,等等。悖论与奥斯特的思想与创作有着密不可分的关系,只有深入研究奥斯特创作中的悖谬艺术,才能揭开其作品的神秘面纱,从而真正理解作品的本真意蕴。

奥斯特的悖论艺术始自其处女作《孤独及其所创造的》,该作是他的回忆录,也是理解他的文学王国的一把钥匙,但国内外研究者(李琼、李金云、姜小卫、马克·布朗等)却多聚焦奥斯特的小说作品,对他的这部回忆录关注不多。尽管李琼等学者也注意到了奥斯特处女作中叙事悖论、主题悖论等的普遍性,但未作深入分析,因此无论其思想内涵还是艺术表现手法都还有待挖掘。悖论遍布《孤独及其所创造的》的字里行间,是其最突出的创作手法之一,涉及主题、语言、情节、结构、人物等方方面面,如真实悖论、身份悖论、书写悖论、生死悖论、情感悖论、伦理悖论等,是解读这部回忆录的最佳切入点之一。在此仅以书写悖论、生死悖论、伦理悖论为例,探讨作品及奥斯特的悖论艺术。

一、书写悖论

《孤独及其所创造的》诞生的直接诱因是父亲的突然死亡带给奥斯特的巨大情感冲击,然而作品并非感情迸发、一气呵成的结果,而是充满书写的痛苦、矛盾与悖论,尤其是作品的第一部分"隐形人画像"("Portrait of an Invisible Man")。

标题"隐形人画像"本身就满含悖论。首先,隐形人无影无形,不可能为其画像。其次,奥斯特是在用语言的方式勾勒父亲这个"隐形人画像",而非画笔。这部分实际上是奥斯特有关父亲的回忆录,或父亲的传记,语言描绘出来的父亲比画笔画出来的父亲要复杂丰满得多。再次,无论画像还是回忆录都需要素材,然而父亲对奥斯特来说是个隐形人,"没有留下任何痕迹"[①],奥斯特"巧妇难为无米之炊",书写的难度可想而知。然而奥斯特还是给父亲画出了长达 70 页的"画像",涉及父亲的衣食住行、工作、婚恋、人际关系、性格爱好等无数细节,悖论迭出,充分表达了奥斯特对父亲及其背后的家族与犹太文化的复杂情感。

"隐形人画像"关于书写的动机、目的、方式、过程等方面也处处可见悖论的影子。创作需要灵感,需要冲动,而奥斯特为父亲作传的想法尽管是得知父亲去世

① Auster, Paul. *The Invention of Solitude*. New York: The Penguin Group, 1982, p. 4.

后突然冒出的，却并非文思泉涌，灵感乍现，而是奥斯特强加给自己的"责任"，是"不得不写下父亲的事"，因为"父亲去了，如果我不快点行动，他的整个一生都将随之而去"。① 有创作冲动，却没有灵感，没有素材，奥斯特的写作过程举步维艰。

写作过程对奥斯特来说是莫大的煎熬。他本想用写作的方式疗伤，却没想到"写作行为使这伤口一直敞开着"②，有时甚至觉得所有的疼痛都集中在右手上，每次一拿起笔，手就仿佛被撕裂一样。而这创伤就是奥斯特一直追寻却得不到的父爱，是父亲一直以来对他的忽视。来自童年的创伤一直缠绕着奥斯特，也缠绕着他的文学王国。写作伊始，奥斯特以为故事会喷涌而出，却事与愿违。他觉得心智失常，注意力难以集中，许多同时涌现的往事使他窒息。他首次意识到思考与写作间的裂痕，意识到自己的故事无法用语言表达，意识到为父亲"画像"的任务有多荒谬。他感觉自己想去某个地方，知道想说什么，但走得越远，就越肯定通向目标的那条路并不存在。他必须一步步地创造这条路，这就意味着他永远不知自己身在何处：有种转圈的感觉，总在回头的感觉，同时朝许多方向去的感觉。作者仿佛痴人说梦，人格分裂，不知自己在说些什么，干些什么，给人一种撕心裂肺的迷茫与疼痛感。

尽管对父亲所知甚少，但奥斯特"不想假定任何事"，只想"尽可能直截了当地摆事实，然后让事实自己说话"。另一方面，他又一直在猜测父亲的感觉、心境与想法，况且"即使是事实，也并非总能说出真实的一面"③。真与假，黑与白，事实与虚构，并非总是一目了然。生活纷繁复杂，矛盾丛生，敏感多思的作家奥斯特尤其如此，就像真假难辨的马克·吐温。

尽管写作的过程痛苦不堪，但离"隐形人画像"结尾越近，奥斯特就越不愿写任何东西，他好几天不动一下笔，尽量拖延至结束的那一刻。他骗自己说写作才刚刚开始，好故事还在后头。写作完成后的沉默令他恐惧，他觉得走进这沉默，就意味着父亲将永远消失。好在父亲的故事永远不会结束，永远珍藏在儿子的心里："一旦这个故事结束，它会继续讲述它自己，甚至在词语都被用尽之后。"④奥斯特用书写的方式与逝去的父亲对话，寻找父亲，怀念父亲，弥补父子之间的隔

---

① Auster, Paul. *The Invention of Solitude*. p. 4.

② Auster, Paul. *The Invention of Solitude*. p. 30.

③ Auster, Paul. *The Invention of Solitude*. p. 18.

④ Auster, Paul. *The Invention of Solitude*. p. 68.

阂。他无疑达到了写作目的，父亲不仅在他笔下，而且在他心里现形、复活、永生。

奥斯特就这样在肯定、否定、再肯定、再否定的无限循环中跌跌撞撞地前行，读者也在他的悖论王国一边欣赏它的无限风景，一边思索它的隐含意味。充满悖论的书写说明奥斯特试图书写的是某种不可言传的故事，解释的是某种无法解释的东西，为此他采用一种独特的悖论言说方式来解说他所理解的悖论横生的人生图景。他的悖论语言具有强烈的艺术表现力与感染力，凝聚着独特的审美与表达方式，给读者带来巨大的思考空间与阅读张力。

二、生死悖论

奥斯特因父亲的突然死亡所进行的关于生死问题的思考同样悖论丛生，仿佛生已不再是生，死也不再是死，生死之间的界限变得模糊不清。

首先，突然降临的死亡使奥斯特觉得生就是死，死拥有生。作品开篇第一段，就是奥斯特对生死问题的深度思考。他被父亲的突然死亡震晕了，脑子里只有死亡，仿佛生就是死："生变成了死，仿佛死一直拥有此生。""除了死亡，除了人难免一死这个无可简化的事实，我们一无所有。"他甚至不知自己是生还是死，生死之间已无界限："死亡将我们带到一个离生与死的隐形边界如此接近的地方，以至于我们再不知道我们在哪边。"一向身体健壮、只有 67 岁的父亲毫无预兆地死亡，使奥斯特深感生命的脆弱与死亡的威胁，觉得"生命可能随时停止"[①]。生不再是生，死也不再是死，生与死仿佛合而为一，奥斯特将人们突然面对亲人死亡时的心理困惑与软弱再现得淋漓尽致。

其次，奥斯特认为对父亲来说死是生的最后出路与逃避。实际上他认为"父亲逃避的能力几乎是无限的"[②]，逃避自己，逃避他人，逃避婚姻，逃避生活。他对任何事都毫不在乎，无法严肃对待，随心所欲，因此他做的所有事都变得毫无意义。遇到棘手问题，他就以谎言脱身，谎言是他自我保护的灵丹妙药，他成了在幕后操纵另一个自我的"木偶线人"。当谎言与逃避都不再灵验时，死亡就成了父亲的唯一选择。在不得不清理父亲的遗物，准备迎接房子新主人的日子里，奥斯特很快意识到父亲没有为 10 天后的搬迁做任何准备，仿佛他无力面对搬迁的诸多

---

① Auster, Paul. *The Invention of Solitude*. p. 3.

② Auster, Paul. *The Invention of Solitude*. p. 13.

麻烦："比起清空这栋房子，他更愿意简单地去死。死是一条出路，死是唯一正当的逃避。"[①]但奥斯特无法逃避，他不得不忍受巨大的身心压力，每天翻拣父亲的遗物。那期间最糟糕的时刻是他在滂沱大雨中走过屋前草坪，将父亲的百十条领带丢掉。奥斯特从童年时期就记得其中的大部分："那些花样、颜色、形状早已深深植根于我最初的意识里，犹如父亲的脸一样清晰。"把它们像垃圾一样丢掉令他无法忍受，因为这比父亲的棺木降入墓穴更像葬礼，直到这一刻他才终于明白父亲死了。生与死，孰优孰劣，扑朔迷离，就像苏格拉底临终前慷慨激昂的演说一样，死亡似乎更为简单省事，那个世界似乎比这个世界更美好。

再次，在研究父亲留下来的几百张照片时，奥斯特对死亡有了新认识：死亡意味着重生，或者正如批评家论起他作品中"一系列令人难以置信的悖论"时所认为的那样，"死亡是复活的第一步"[②]。死亡只是身体的消亡，而死者作为一个想法，作为别人脑子里的一连串图像和记忆继续存在。看着从未见过的父亲年轻时的照片，他觉得仿佛第一次遇见父亲，好像父亲的某个部分刚刚开始存在："我失去了父亲，但与此同时，我也找到了他。"[③]这些照片及写作行为本身赋予父亲新的生命，使他对父亲有了新认识：爱开玩笑的父亲，纨绔子弟式的父亲，乐天派的父亲，结婚前和离婚后快乐单身汉时期的父亲，漫不经心的父亲，愤怒的父亲，疯狂、焦虑、古怪的父亲，浪漫的父亲等各种形象，栩栩如生地一一浮出水面。奥斯特直言写作行为没有为他"埋葬父亲，反而使他更好地活着。我不仅看到他的过去，而且看到他的现在和将来。每一天他都在那儿，侵入我的思想，毫无预警地偷袭我"[④]。为逝者作传使逝者复活，使逝者继续存活于世。

总之，父亲的突然死亡，整理父亲遗物、研究父亲照片，在"事实的世界，残忍的细节王国"[⑤]的漫长煎熬，以及书写父亲人生的艰难时刻，都使敏感的作家对生死问题有了更深入的理解与感悟。然而在回忆录末尾，奥斯特又解构了父亲遗物带给他的痛苦或安慰，意识到物件不过是物件而已。他戴父亲的手表，穿父亲的

---

① Auster, Paul. *The Invention of Solitude*. p. 9.

② Barone, Dennis, ed. *Beyond The Red Notebook*: *Essays on Paul Auster*. Pennsylvania: University of Pennsylvania Press, 1995, p. 28.

③ Auster, Paul. *The Invention of Solitude*. p. 12.

④ Auster, Paul. *The Invention of Solitude*. p. 30.

⑤ Auster, Paul. *The Invention of Solitude*. p. 66.

衬衫，开父亲的汽车四处转悠，习惯成自然，它们仿佛成了他的物件，父与子似乎合而为一，父亲在儿子身上重新复活。但这一切不过是个亲密的幻影，他把这些东西据为己有的同时，父亲已从它们背后消失，再次变为隐形人，而它们迟早会崩溃、瓦解、被丢弃，奥斯特甚至怀疑一切都将不再重要。建构、解构，再建构、再解构，循环往复，意义在被建构的同时，似乎也被解构着，这正印证了胡适的名言："人生本没有意义，你要能给它什么意义，它就有什么意义。"亲人已去，活着的人无论如何痛苦，这痛苦都会随着时间的流逝逐渐淡弱。逝者已去，活着的人只有更好地活者，才算不辜负生命的意义。正如《卡拉马佐夫兄弟》中长老给阿辽沙留下的遗言："要在痛苦中寻找幸福，要不眠不休地工作。"面对生死的严峻考验，奥斯特正是用不眠不休地写作这一方式战胜创伤，寻找迷失的自我，探索生命的意义。

然而死亡的阴影毕竟不易摆脱，更何况父亲去世不久，奥斯特又祸不单行，接二连三地出现婚姻破裂、骨肉分离、生老病死等惨剧，这使他痛苦不堪，心情郁闷到极点。这一年的生活饱经苦难，"生即是死，死亦是一种生"[①]。父亲去世 2 个月后，奥斯特的婚姻濒临破裂，夫妻分居，这意味着他还不得不吞下另一个难以忍受的苦果：与儿子分离。再 2 个月后，85 岁的外公虚弱不堪，不得不长期住院治疗，而照顾外公的重任竟全部落在奥斯特的肩上。刚经历父亲猝死的奥斯特，不得不面对另一种死亡：器官衰竭，慢慢老死。外公住院一个多月后，奥斯特 2 岁多的儿子突患肺炎和哮喘并发症，差点丧命。几乎崩溃的奥斯特恨不得用自己的性命去拯救儿子的生命，这件事使他真正认识到父亲的含义。与死神打交道的日子痛苦、孤独、恐惧、失落，奥斯特不得不一次次体会生不如死的感觉。

随着时间的流逝，在《孤独及其所创造的》第二部分"记忆之书"("The Book of Memory")中，奥斯特对死亡又有了新的感悟。他突然发现生与死仿佛远隔天涯，又好像近在咫尺，近到只有 67 英里，即父亲新车所使用的距离，碰巧也是父亲死亡时的年龄。过去、现在与将来在奥斯特的意识里合而为一，他仿佛在时间隧道里自由穿行。现在仿佛不复存在，代替它的是记忆中的过去或想象中的未来，他觉得父、子、孙三代人凝聚一身："当父亲去世时……儿子成了他自身的父亲和

---

① Auster, Paul. *The Invention of Solitude*. p. 99.

他自己的儿子”,“仿佛他正同时向前和向后,同时进入未来和过去”[1]。在父亲的身体里感受父亲的过去,在儿子的视野里回忆他自己的现在,奥斯特又悲又喜。他好像不再活在当下:看到孩子就不免想象他长大时的样子,看到老人就试图想象他孩童时的模样,看到年轻漂亮的女人就忍不住想象她的头盖骨,正像福楼拜所言:“我总是感觉到未来,所有东西的对立面总在我眼前同时出现。”[2]

奥斯特甚至觉得死亡会传染。在“记忆之书”里,他仔细梳理了他与巴黎老艺术家S 14 年来的交往史,深入挖掘自己疏远父亲般的S的终极缘由:恐惧。他害怕S已经死了,就像不久前去世的父亲一样。他忍不住想:如果我去看S,就会知道他死了,但如果我离得远远的,就意味着他还活着。[3] 他就这样自欺欺人地一天天煎熬,每天上百次想到S和他的小房间,却没有勇气去拜访他。他觉得通过自己的缺席,正帮助S活在这世上。这荒谬的想法恰恰说明父亲的死亡对奥斯特影响之深刻,奥斯特对S,或者说对S所代表的父亲的感情之深厚。

“记忆之书”多次提到《圣经》中约拿与鲸鱼的故事,是生与死相互关联、相互转化的又一例证。为拯救众人,约拿甘愿被抛入狂风巨浪,在漆黑的鲸鱼腹中三天三夜,最后被鲸鱼吐在陆地上,重获新生,就好像他在鱼腹中看到的死亡是新生活的一种准备,一种超越死亡的生活,是最终可以说话的生活。鲸鱼虽然吞了约拿,却并非他的毁灭者,而恰恰是他的拯救者,帮他摆脱被海水淹死的厄运。约拿在鲸鱼肚子里的黑暗、孤独、沉默、恐惧,以及他时刻所面临的死亡威胁,与奥斯特面对父亲、外公、儿子死亡威胁时所感到的孤独、恐惧与无助如出一辙。而机智勇敢的山鲁佐德用环环相扣的故事拯救自己与其他女孩、赢得幸福生活的故事再次证明“故事以终为始。要么讲故事,要么死。只要你继续讲故事,你就不会死。故事以死亡开始”[4]。正如约拿和山鲁佐德一样,死亡意味着新生,话语代表着力量,故事则意味着与别人分享,与社会取得联系。奥斯特用写作的方式,更好地理解生死问题,理解生活的含义,并最终走出孤独、恐惧与死亡的阴影,重获新生。

---

① Auster, Paul. *The Invention of Solitude*. p. 79.

② Auster, Paul. *The Invention of Solitude*. p. 85.

③ Auster, Paul. *The Invention of Solitude*. p. 92.

④ Auster, Paul. *The Invention of Solitude*. p. 149.

三、伦理悖论

奥斯特为“隐形人”父亲作传，无意中却扯出半个多世纪前的家族谜案，祖父母、父母与奥斯特兄妹三代人之间，充满“剪不断理还乱”的伦理悖论。

奥斯特的祖父本是一个家族谜团，在谜团被偶然解开之前，关于祖父之死有多个版本，疑窦丛生。奥斯特一面说没人谈论过祖父，一面又说童年时父亲给他讲过三个互不相同的祖父之死故事：打猎时被误杀；从梯子上摔死；一战中被枪杀。奥斯特的三个伯伯也对子女做过各不相同的解释。可见并非无人谈论过祖父，只是这些故事前后矛盾，真假难辨。奥斯特想当然地认为父亲也不清楚祖父的真正死因，因为当时父亲只有六七岁，不过奥斯特马上想到这也不合情理，因为他哥哥肯定告诉过他。直到一个十足的巧合，奥斯特的堂姐得知祖父的死因，奥斯特才将心中的谜团解开，并用文字的方式将之大白于天下。原来祖父的四个儿子之所以对其死因讳莫如深，是因为那是一桩不折不扣的家族丑闻，也是轰动一时的社会新闻：1919 年，祖父因外遇与金钱问题被祖母枪杀。

尽管在当地人眼里，祖母是个疯狂的红头发小妇人，但她与丈夫白手起家，历经磨难，起家后丈夫却在外边养了别的女人，置她与五个未成年的子女于不顾，祖母的疯狂合情合理。而她杀人后之所以被判无罪，一是得益于她有个能言善辩的律师，二是她的不幸遭遇博得陪审团的同情，使她最终以精神失常为由逃脱牢狱之灾。多年来奥斯特从未见过祖父的照片，作品中多次提到的“全家福”里没有祖父。后来他发现照片里不是没有祖父，而是祖父被抹掉了。若非恨之入骨，祖母也不至于杀死祖父后还不解恨，还要把他的影子彻底抹掉。夫妻之间本应以诚相待、同甘共苦，父子之间本该父慈子孝、亲密无间，但奥斯特的祖父母之间、祖父母与子女之间、奥斯特父子之间却充满背叛、暴力、谎言与忽视，从而引起诸多家庭与社会问题，也给他幼小的心灵带来无以名状的心理创伤。

祖父母的婚姻悲剧导致祖母对五个子女不正常的恋子情节及子女们不正常的婚恋观。祖母独自一人把五个未成年子女抚养成人，成为家里毋庸置疑的家长与暴君，残忍、执拗、歇斯底里，甚至用扫帚打孩子的头。母子五人每周五晚上聚会，雷打不动，即使四个儿子成家后也是如此。对祖母的无条件忠诚使四兄弟走得很近，从而直接影响他们的婚恋观与家庭生活，导致小儿子，即奥斯特的父亲山姆的婚姻悖论。父亲对母亲和哥哥们向来逆来顺受，极尽孝顺与恭敬。对三位哥哥，父亲有种“中世纪式的忠诚”，坚信“兄弟情谊是首要原则，是无可争辩的公理，是唯一的信条”[①]，从未说过他们一句坏话。他工作最卖力，对侄子侄女最慷慨大方，却并未得到兄长们的充分认可，更无人对他表示感激。无论如何，兄弟四人既是感情不错的兄弟，又是一辈子的生意伙伴，几乎每天都见面。也许正是对母亲与兄长的愚忠使山姆对妻子儿女关注不够，导致小家庭的解体悲剧与儿子的心理阴影。山姆 34 岁结婚，52 岁离婚。“从某种意义上说，婚姻持续数年，但实际上，它只不过持续短短数日。他从不是个已婚男人，而是一个终身单身汉，碰巧有段婚姻插曲而已。”[②]表面看来，他尽职尽责，养家糊口，对妻子忠诚，但他的心不在家里，他天生不胜任丈夫这个角色。

《隐形人画像》中关于父亲的悖论举不胜举。第一，父亲对任何人或事都缺乏热情，心不在焉，但他一生都在梦想成为百万富翁，成为世上最富有的人。他 9 岁开始做第一份工，一辈子都在努力工作，甚至在儿子出生时他也在彻夜工作。工作对他来说不是乐趣，而是挣钱的手段；他迷恋金钱，却并非因为金钱本身，而是金钱所代表的东西：保护与逃避，保护他不受周围世界的伤害，帮助他逃避伤害与苦难。他挣钱不为花钱，只为拥有它；他不想用钱购买快乐，只想远离不快乐。金钱对他来说是随身携带的解毒药，以防在丛林中被毒蛇咬到。富有的他大半辈子过着守财奴般的生活，喜欢讨价还价、买廉价商品，但离婚后却几乎每顿饭都在餐馆吃，仅此花费就比奥斯特的所有收入都多。可见父亲并非对所有事都缺乏热情，起码对工作和金钱都可谓斤斤计较。

另外，在回忆父亲的《隐形人画像》中，父亲几乎是噤声的，但很少出现的几句话，却说明父亲并非那么心不在焉。奥斯特出生时的情景始终让他与母亲耿耿于怀，认为是父亲漠视他们母子的明证，但两个小细节证明父亲其实并非不在乎他们，而是他把工作看得更重。听到母亲说孩子快生了，父亲随口说再过三周才是预产期，这似乎漫不经心的一句话，恰恰说明父亲对孩子的事心如明镜，否则不可能把日子记得那么清楚。奥斯特午夜过后出生，凌晨父亲就带着祖母来探望新生儿，说明父亲在第一时间向祖母报告了儿子的诞生，并非漠不关心。奥斯特最早

---

① Auster, Paul. *The Invention of Solitude*. pp. 49-50.

② Auster, Paul. *The Invention of Solitude*. p. 15.

的记忆是父亲的缺席，但父亲总是对母亲说："别那样瞎操心，你会宠坏他的。"[①]这说明父母的育儿理念不同，父亲只是不想太宠孩子而已。奥斯特也明确表示，虽然父亲天生不是为人夫为人父的料，但他从不回避自己对家庭的责任。只是他受儿时父母婚姻悲剧的影响，不知如何演好自己的丈夫与父亲角色。

第二，奥斯特认为父亲山姆缺少感情，没有欲望，对妻子、儿子、孙子漠不关心，对感官愉悦兴趣全无。但如上所述，山姆对母亲与兄长愚孝愚忠，对从小精神不正常的女儿也极尽呵护溺爱，却拒不面对女儿的精神疾病；对唯一的外甥，山姆有种特别的兴趣，比对自己的亲生儿子还要亲；就是对他的黑人租客们，山姆也极其宽容与仁爱。他离婚后有个固定女伴，但去世后他的其他女人开始一个个冒出来，每个都认为自己才是他的唯一女人，每个都认为自己完整地拥有他。在奥斯特看来，父亲冷漠无情、沉默寡言，在别人眼里却"最热心、最善良、最优秀"[②]，很难想象保罗笔下的父亲与父亲房客信中的山姆是同一个人。同样难以想象的是一个对大家庭，甚至对外人都如此友善热情的人，会对自己的妻儿那么漫不经心，以致刚结婚妻子就明白自己犯了严重错误，最终离婚，给儿子奥斯特心中留下永远无法弥补的伤痛。

奥斯特对父亲的素描与大量细节悖论迭出，矛盾重重。陪儿子玩耍、看球赛、给儿子讲故事、读儿子作品、陪儿子儿媳吃饭，甚至专程跑巴黎看儿子的诸多细节，让人不得不怀疑不是粗心的父亲给的太少，而是敏感的儿子要的太多，父子间有道不可逾越的鸿沟。父亲对儿子的关注在巴黎达到高潮。那是父亲唯一的欧洲行，主要去巴黎看儿子。父亲在巴黎的一间阁楼上看到发着高烧的儿子奥斯特时，既震惊又愤怒，马上给儿子穿上外套，拖他到附近诊所，为他买好药，带他到宾馆过夜，第二天又陪儿子去见电影制片人，帮他把稿费存到银行，叫出租车把儿子送到机场。在这一连串动作中，父亲呵护、照顾、心疼儿子的形象呼之欲出，与素描中父亲的心不在焉、漫不经心、缺席形象形成鲜明对比。父亲对成年后的儿子尚且呵护至此，又如何会在儿子童年时那么漫不经心？读者不觉心生疑窦，对奥斯特叙事的真实性产生怀疑。

奥斯特一方面说书本令父亲厌倦，另一方面又说他讲故事时语言华丽繁复，

---

① Auster, Paul. *The Invention of Solitude*. p. 18.

② Barone, Dennis, ed. *Beyond The Red Notebook: Essays on Paul Auster*. p. 13.

这种"文学风格"[①]令他着迷。可见父亲也读过不少书，否则根本谈不上什么文学风格可言。奥斯特每次有诗歌发表或诗集出版，都会寄给父亲，父亲有时还专门跑到公共图书馆读儿子的诗歌，这些细节都说明父亲的文学素养及对书本的兴趣远非奥斯特所描写的那么不堪，父子关系也远非他描述的那么疏远。回忆录与其他传记文学作品一样，事实是其生命线，但奥斯特是个公认的后现代作家，他的处女作也并非传统传记，尽管他自认为是现实主义作家。无论《隐形人画像》中的第一人称叙事，还是《记忆之书》的第三人称叙事，都有不可靠叙事的嫌疑，需要读者细心甄别。

第三，父亲爱整洁，总是把东西放回原位，但他从未注意过任何东西，也从未打扫过，家里肮脏、破烂不堪。父亲生命中的最后 15 年，一个人孤零零地住在一栋大房子里，很少做饭吃，对他来说家就像旅馆一样，只是个睡觉的地方而已，脏乱、破败也就在所难免。但清理父亲遗物的那些日子对奥斯特来说仿佛噩梦一般，因为没有什么比不得不面对死人的遗物更糟糕。奥斯特认为，只有在主人使用这些东西时它们才有意义，主人死后这些东西也随之变化："它们在那儿，但又不在那儿：它们是有形的鬼魂，苟活于不再属于它们的世界。"对自身而言，它们虽然已无意义，但另一方面，它们又是父亲"思想和意识的遗迹，孤独的象征"[②]，隐私的明证。父亲留下的照片"难以抗拒，非常珍贵，近乎圣迹"[③]。父亲的死亡已使奥斯特不知所措，还要马上面对留有父亲气息的衣物家具等诸多遗物，更使他心力交瘁，悖论成为奥斯特表达情感的最佳方式。

总之，对奥斯特而言，父亲是个隐形人，永远的局外人，一个他自身生命的过客，永远都找不到他的确切位置："他根本不可能在他所在之处，因为只要他活着，他就在别处，在这儿和那儿之间。"[④]与此同时，他还描述了大量关于父亲的点点滴滴，比如心不在焉、无动于衷的父亲，愤怒的父亲，疯狂、焦虑、古怪的父亲，浪漫的父亲，心灵手巧、喜欢修修补补的父亲，善良、仁慈、耐心的父亲，对女儿溺爱有加的父亲，从不抱怨的父亲，等等。对自己作品中的悖论，奥斯特毫不隐讳，他认为：

---

① Auster, Paul. *The Invention of Solitude*. p. 20.

② Auster, Paul. *The Invention of Solitude*. p. 8.

③ Auster, Paul. *The Invention of Solitude*. p. 12.

④ Auster, Paul. *The Invention of Solitude*. p. 17.

有种蔓延的、完全令人迷惑的矛盾的力量。我现在理解了每个事实都被下个事实所抵消，每种想法都引起一种对等而对立的想法。不可能毫无保留地说出任何东西：他很好，或者他不好；他这样，或者他那样。所有这些都对。有时候我有一种感觉，我正在同时书写三四个不同的人，每个都清晰，每个都是其他几个的对立面。碎片，或作为一种知识形式的逸事。[①]

奥斯特一反西方文学中源远流长的"俄狄浦斯情节"，在回忆录中浓墨重彩地描述自己一直以来的"恋父情结"：从小就在"疯狂地寻找任何一个与他相像的人"[②]，直到父亲去世后仍是如此。思维悖论、事实悖论、人物悖论、结构悖论、知识悖论，都在奥斯特的表述中得到印证，悖论的艺术在奥斯特笔下被发挥得淋漓尽致。

"悖论是思想走向成熟的基本起点"[③]，奥斯特用随处可见的文学悖论，揭示现实世界无所不在的矛盾关系，表达孤独、缺席、虚无、痛苦、恐惧、伦理、自我、写作等诸多主题，可谓恰如其分。奥斯特曾表示，悖论意味着创作的核心，表达矛盾的方法，每个悖论都面临一大堆的好答案，令人回味无穷。奥斯特作品中的人物，也充满着"奇怪的悖论"[④]：人物为了活，必须先死去；为认识自己、把握自己，必须先迷失自我；越是受限，好像越自由；而来去自由的时候，反而备感迷失与困惑。"悖论重在创造新的世界，并用具有同等重要性的新世界挑战现存世界，以弥补、改造、升华、建构或颠覆现存世界。在这个过程中，悖论旨在突破传统价值观的范式，实现价值观的创新，推动人的思维不断发展。"[⑤]这正是奥斯特通过悖论书写对文学王国所做出的卓越贡献。

第四节　吐温的互文策略

互文是《马克·吐温自传》的一个明显特征，也是作者惯用的创作技巧，引用、

① Auster, Paul. *The Invention of Solitude*. p. 62.

② Auster, Paul. *The Invention of Solitude*. p. 21.

③ [英]罗伊·索伦森著，贾红雨译：《悖论简史》，北京：北京大学出版社 2007 版，第 I 页。

④ Auster, Paul. *The Art of Hunger*. New York: The Penguin Group, 1997, p. 327.

⑤ 廖昌胤：《悖论》，第 114 页。

参考、暗示、模仿、重写等多种互文性手法都被吐温运用得出神入化，影响、关系与对话等互文性关键词，在吐温自传中也都显而易见。前文本对现文本的影响，文本之间错综复杂的关系，对话及对话的三个主要层面：文本的对话、主体的对话和文化的对话等，都是理解吐温自传中互文性的主要维度。

吐温大量引用书信、日记、传记等文学作品，与其口述自传形成多元对话，极大地扩展了自传的叙事空间与内涵。其中一个重要互文作品是他早逝的大女儿苏西13岁时为他所作的传记，即《苏西的传记》。吐温在自传中频频大段引用该传记，并对其进行增加、深化与改写，甚至不由自主地为女儿作传，与阴阳相隔的爱女隔空对话，令人或黯然神伤，或忍俊不禁，或陷入深思。苏西是吐温最重要的缪斯女神，无论生前还是死后，都带给父亲无限的创作灵感。

引用是最重要的互文性手法，《马克・吐温自传》的前两卷共在27天的口述自传中57次引用《苏西的传记》(比较集中地出现在1906年2月7—26日和10月—12月间)，最短的只有一句话，最长的达1000多词，总共长达14704词，几乎是苏西作品的全部内容。那么吐温为何在自传中用如此巨大的篇幅，大量使用这种被评论家认为“毫无益处”的“剪贴法”(scrapbook approach)①？除为女儿苏西作传的缘由外，《苏西的传记》其实是吐温的灵感源泉，它就像引子，源源不断地引出吐温对早逝女儿的痛苦回忆，对过去美好时光的留恋，对家庭逸闻趣事的回顾，对自身经历的补充与说明。《马克・吐温自传》的意义在与《苏西的传记》的对话与交流中不断增减、变形、改写，从而生成新的意义与文本，新文本对老文本起着强调、浓缩、转移和深化等作用。

一、增加

《苏西的传记》作为引子、线索或灵感的作用一开始就显而易见，吐温在引用女儿文本的基础上，“增加”了许多内容。苏西记载的一些事，使吐温想起与之相关的更多来龙去脉，这是吐温自传对《苏西的传记》最常见的增加形式。《苏西的传记》第二段结尾两句看似平淡无奇的话，却勾起吐温关于过去的许多美好往事，父女一起享受天伦之乐的那段幸福日子呼之欲出。苏西说父亲讲的故事总能逗

① DeEulis, Marilyn Davis. “Mark Twain's Experiments in Autobiography.” *American Literature*, Vol. 53, No. 2 (May, 1981), p. 212.

人开心，她和妹妹克拉拉常坐在父亲椅子两边的扶手上，听他讲述墙上画里的故事。这使吐温回忆起当时自己如何绞尽脑汁、费尽心机给孩子们编故事，远非苏西描述的那么简单轻松，因为小苏西和克拉拉要求十分苛刻，是“非常挑剔难缠的听众”[①]，父女隔空对话的意味浓烈。作为作家与演说家，编讲故事是吐温的长项，也是培养女儿们文学素养的良机。润物细无声，苏西的文学功底与父亲的文学熏陶密不可分。

吐温自传对《苏西的传记》的另一种“增加”方式，是补足苏西所不知的事实真相。苏西只知父亲经常心不在焉，无法对付生活中的简单事件，却不知他的心不在焉曾酿成大祸：导致他唯一的儿子兰登生病死亡，并因此导致伤心欲绝的莉薇差点丧命。心不在焉，情绪变化无常，生活能力低下，思想的巨人，行动的矮子，作家吐温也逃不出这个魔咒。他生活在想象的世界里，在现实世界中却经常处于半睡眠、半清醒状态，疏于观察，更不善于行动。吐温补充的一个有趣事例，是他50岁时突发奇想，与朋友一起学一种9英尺高的老式自行车。朋友很快掌握骑车艺术，而吐温在自行车厂派来的一个认真严肃的德国小伙子一天两次、连续三周的精心培训下，仍无法驯服那个怪兽，只要稍微分心，就会从高高的自行车上狠狠地摔下来。教练最后不得不“恭维”[②]吐温，说他从未见过任何人像吐温那样有那么多从自行车上摔下来的方式。这些事苏西无从得知，却都从一个侧面说明吐温心不在焉、拙于行动的特质。

新文本对老文本的另一种“增加”形式是《苏西的传记》记载的有些事使吐温浮想联翩，想起自己亲身经历的另一件事，两件事关联不大。在《苏西的传记》开头两小段的引文中间，吐温插入长长五段看似不相干的内容，痛斥评论家人云亦云，缺乏真知灼见，对他恶意中伤，多年来竟无人为他平反昭雪。吐温甚至认为“文学、音乐和戏剧评论，是所有行业中最丢脸的一项工作，毫无真正的价值可言——至少没有太大价值”[③]。他接着引用的《苏西的传记》第二段说很多人形容过爸爸的外表，但都相当荒谬，接着她不带偏见、不偏不倚地描述父亲，而不像那些评论家一样鹦鹉学舌。吐温的用意因此一目了然，一方面指责批评家缺乏新

---

① Twain, Mark. *Autobiography of Mark Twain* (Vol. 1). p. 281.

② Twain, Mark. *Autobiography of Mark Twain* (Vol. 2). p. 259.

③ Twain, Mark. *Autobiography of Mark Twain* (Vol. 1). p. 278.

意,一方面"强调"《苏西的传记》的真实性与史料价值。

"天呢,我不禁浮想联翩,尘封许久的记忆从坟墓中跳了出来,变得鲜活生动!"这是吐温在 1906 年 3 月 7 日的口述开始对《苏西的传记》的回应,老文本对新文本的启发作用显而易见。在短短三四行的引文中,苏西提到自己与母亲为妹妹克拉拉买了几本德语书作为生日礼物,这句话勾起吐温很久以前见到《纽约论坛报》编辑约翰·海的故事,两个故事之间唯一的共同点是外语书。吐温用近一页篇幅讲述约翰·海无意中借给一对母女一本黄色法国小说的尴尬故事,故事以约翰·海的劝告告终:"听我一句劝,自己没看过的书千万别借出去。"[①]令人啼笑皆非。吐温对语言与书籍最为敏感,这件事之所以给他留下深刻印象,是因为他对自己作家与演讲家身份一以贯之的认同。

二、改写

《苏西的传记》与吐温自传的另一种关联形式,是吐温纠正《苏西的传记》记载的不正确内容,扩展与之相关的故事信息,可谓对苏西写作的删减、变形、深化与改写。《苏西的传记》中的半页报警器故事,引发吐温讲述另一件三四页长的报警器故事,是吐温对女儿文本的有意深化与改写,淋漓尽致地揭示传主别具一格的性格特质。苏西讲述父亲所做的报警器实验,证明有着作家大脑的父亲,如何理解不了一些最简单的日常事务。在这段引文后,吐温详细论证女儿老早就发现的这些弱点如何困扰他一辈子。吐温讨厌复杂事物,像报警器这样连孩童都能理解的东西,却是他无论如何都理解不了的大难题,而这困惑很快会变为愤怒,成为他控制不了的坏脾气。苏西故事中的吐温无论如何也搞不清报警器到底怎样才算正常,而吐温讲述的是昂贵的报警器唯一真正发挥作用的故事。《苏西的传记》与吐温自传相互映衬,相互补充,同时塑造了一个个性独特、不食人间烟火的大作家形象。

诚实的小传记作家苏西毫不留情地揭露父亲的缺点,吐温自己更是如此。苏西在传记一开始就提到父亲脾气不好,说话难听,粗话不断,吐温于是对自己动辄发怒的坏脾气用形象的实例做了更多补充说明。刮胡子时的咆哮、吼叫、咒骂,连向窗外扔三件衬衣的滑稽场面,无意中被妻子抓个正着,于是他像做错事的孩子,沮丧、胆怯、焦虑,一切都展现得惟妙惟肖。酗酒、抽烟、骂人,吐温的一些坏习惯

---

① [美]马克·吐温著,孟冰洁、申生译:《马克·吐温自传》,第 406—407 页。

也让妻子为他操碎了心。

苏西写作时只是个孩子，很多听来的故事难免会有误差，纠错也就成了吐温自传的部分内容。吐温与妻子第二次见面是在第一次见面后的第五天，而不是苏西说的第二年8月；给孩子们带来无穷乐趣的小鸭子是吐温买来的，而不是上帝送给她们的；《有片幸福的土地》是吐温从黑人说唱秀买来逗大家开心的，而不是他自己创作的；等等。阅读与引用苏西的传记，让吐温面前仿佛放电影一般，往事历历在目，这是重温过去美好时光的最好媒介。在1906年情人节那天的口述自传中，吐温再次纠正《苏西的传记》给人的错误印象，详述自己并不轻松的婚恋经历。这天开头的引文只有一句话："不久爸爸回到东部，爸爸和妈妈结婚了。"紧接着是吐温对女儿的回应："听起来轻松顺利，毫无障碍，可根本不是这么回事。实际的情形远没有这么一帆风顺。"[①]苏西对父母婚恋故事的了解大多来自母亲莉薇的片言只语，不可能很完整，而求婚的艰辛历程，只有吐温自己心知肚明。在接下来的三四页自传中，吐温回顾那段甜蜜又揪心的岁月：经过三四次求婚的失败，吐温心灰意冷，后因一次意外的马车事故赢得莉薇的芳心，却又因担保人对他的差评，差点过不了老岳父那关。好在婚后几十年的幸福生活，是对吐温当时艰苦卓绝的求婚努力的最好回报。莉薇不只是吐温心心相印的爱人，也是他的编辑、校对，甚至他的监护人，处理他无法对付的所有生活琐事与麻烦，是典型的贤妻良母与贤内助。失去莉薇，晚年的吐温仿佛失去了左膀右臂，痛彻心扉。

《苏西的传记》也像记事本一样，记录吐温那段生活的点点滴滴，比如友人写给吐温50岁的庆生诗与贺词，若不是苏西的记载，也许早已遗失。白发苍苍的老父亲吐温21年后看到女儿记载的这些珍贵的陈年往事，感慨万千，老泪纵横。他不由得与早逝的爱女隔空对话，或同意女儿的观点，或纠正谬误，或补充不足，或借题发挥，满满的都是对爱女的思念与不舍。作为忠实的历史记录者，苏西对父亲的缺点直言不讳，有时甚至用词尖刻，会时不时刺痛吐温的自尊心，但他多么希望女儿把他的缺点都记下来，因为它们都成了吐温晚年的至宝。他感叹道："哦，苏西，你这个可爱的小传记家，你的温柔、仁慈与宽厚使你的老父亲为之心碎！"[②]白发人祭奠黑发人的场景令人唏嘘不已。

---

① Twain, Mark. *Autobiography of Mark Twain*(Vol. 1). p. 303.

② Twain, Mark. *Autobiography of Mark Twain*(Vol. 2). p. 329.

第五节 “田纳西地产”的叙事内核

“田纳西地产”(“The Tennessee Land”, 作于 1870 年,共 1198 词)是三卷本《马克·吐温自传》的开篇与高频词,也是现存的吐温 42 岁前唯一的自传片段。在自传第 10 章,吐温直言他会经常提到“田纳西地产”,因为它像幽灵一样缠绕他与家人几十年。吐温去世前一年在《北美评论》上发表过有关田纳西地产的文章,但在访谈中声称那只是他印象或记忆的产物,不能作为史实。这时距离其父约翰·克莱门斯购买地产已过去 79 年,可见这片地产对吐温影响之深远。田纳西地产可谓理解吐温漫长一生、解读《马克·吐温自传》叙事内核的重要密码,尤其是他强烈的暴富情结与花样翻新的暴富叙事。

一、田纳西地产的“沉重诅咒”

吐温的父亲约翰·克莱门斯在 1830 年购置田纳西地产时,吐温还未出生,但这片地产与之后“镀金时代”的大背景一起,成为引发吐温暴富情结的一大诱因,也是克莱门斯家几十年的噩梦。

田纳西地产可谓天下父母“好心办坏事”的经典案例。约翰几乎一辈子捉襟见肘,但他 31 岁在东田纳西州詹姆斯敦附近一个偏僻村庄当法官时曾有过短暂的富裕时光,除盖了一幢豪宅外,还以 400 美元的巨额现款购置了 75000 英亩包括矿山、森林、庄稼在内的土地。望着那大片田产,约翰心潮澎湃:“无论我怎么样,我的儿女们都是安全的。我此生无法看到这些土地变成金山银山,但孩子们能看到。”就这样约翰怀着对儿女的最善良的意图,至死都坚信为子孙保了险,他病逝前说的最后一句话还是要家人守住那片地上地下都蕴藏着无限财富的土地,等待时机,不要上当受骗。但在吐温看来,父亲无疑“将潜在财富的沉重诅咒”[1]压在了子女肩上。

1847 年约翰去世后,吐温兄弟接手田纳西地产,吐温自己也曾多次为其缴纳地产税。在拥有这块地产的半个多世纪中,克莱门斯一家对这块土地寄予厚望,

[1] Twain, Mark. *Autobiography of Mark Twain* (Vol. 1). p. 58.

仿佛随时可动用这座牢不可破的金山银山。他们也曾为这块土地伤透脑筋:卖与不卖,何时卖,一起卖还是分开卖,多少钱才能出手,新主人该为何人等困惑不时闯入他们的生活。吐温在旧金山时碰到一次好机会,有个叫坎普的朋友愿出价20000美元购买田纳西地产,但吐温的大哥奥瑞(Orion)拒绝了,因为他认为坎普不是理想的买主。40年后的1887年,奥瑞用最后的10000英亩地产换了滨州一套房产,7年后这套房产卖价250美元。这是吐温记忆中田纳西地产的唯一明确收益——之前的交易更不值一提。至此,克莱门斯家的庞大地产彻底脱手,连老本都未赚回。这块地产没有为吐温一家带去收益,反而沦为"沉重诅咒"与"可悲的错误"[①],成为家人心中永远的痛。痛定思痛的吐温认为,无论生来贫穷还是富贵,都有益无害,但生来贫穷却觉得自己总会大富大贵却是难以想象的诅咒。

富有戏剧性的是,未使吐温一家暴富的田纳西地产却为他与查尔斯·沃纳(Charles Dudley Warner)合著的小说《镀金时代》(1873)提供了绝佳背景,吐温因此赚到20000美元稿酬,还获得了75000美元戏剧版税。吐温因此自嘲是田纳西地产的唯一受益者,当时他心里一定五味杂陈,充满苦涩、无奈与欣慰。

吐温是"镀金时代"的亲历者、命名者与审视者,对当时的投机时代病、拜金主义与官僚腐败了然于心。《镀金时代》中郝金斯老爷在田纳西买地的故事,既是约翰故事的翻版,也是一种投机与暴富叙事。吐温亲历了南北战争,20世纪初美国工业化迅速发展、社会发生巨大变化的"镀金时代"全过程。随着财富的大量积累,美国史上最腐败的时期随之而来。各级政府中报假账、收回扣、权钱交易、官商勾结等现象比比皆是,就连宗教报纸都同时为上帝和金钱服务,道德沦丧,腐败成风。普通老百姓也做着一夜暴富的美梦。早在南北战争之前,铁路的发展就带动周边土地(特别是有矿藏的土地)大幅增值,使不少人一夜暴富,这大大刺激了人们投资土地发大财的欲望,拜金主义之风大肆蔓延。与吐温之父约翰一样,郝金斯老爷幻想自己购买的土地能给子女带来巨额财富,使他们"过得跟世间的王子一样"[②],受到世人的恭维与膜拜,名扬四海。不幸的是小说中的田纳西地产同样是小说人物的诅咒。它是参议员迪尔华绥一手导演的土地欺诈案的导火索,为

① Twain, Mark. *Autobiography of Mark Twain* (Vol. 1). p. 61.

② [美]马克·吐温、查尔斯·沃纳著,李宜燮、张秉礼译:《镀金时代》,上海:上海译文出版社1979年版,第13页。

此迪尔华绥贿赂议员，讨好选民，使用美人计，利用媒体攻势，诡计使尽，最后也只落得身败名裂的可悲下场。与《竞选州长》(1870)一样，曾在国会实习过的吐温借这起土地欺诈案尽情讽刺美国国会的虚伪、狡诈与腐败。郝金斯老爷的好友与西行发财梦的引路人塞勒斯上校(吐温母亲最喜欢的堂弟詹姆斯・兰普顿的真实书写)是小说中拜金潮的典型代表，他有着无数的发财梦，个个计划似乎都可赚个钵满盆满，却始终一贫如洗。毕格来与斯默尔等贪婪的投机商则利用人们对金钱的渴望骗取钱财，与吐温一样对投资颇感兴趣的露丝父亲就屡次成为骗子的牺牲品。土地欺诈案失败后，郝金斯老爷之子华盛顿与现实中的吐温一样幡然醒悟，意识到自己已三十出头却从未干过任何正经事，总把希望寄托在田纳西地产上。痛定思痛，他决心放弃那块土地，绝不给自己的后代留下祸患。他终于认识到要靠自己的双手用汗水和劳动致富，而不是歪门邪道，这也正是吐温借自传中的"田纳西地产"和《镀金时代》中的土地欺诈案给读者的启示。

田纳西地产幽灵般的影响，再加上当时流行的投机时代病，使生活贫困的吐温一次次卷入投机的浪潮中，做了大半辈子发财梦。父亲去世时吐温只有 12 岁，是家中七个孩子中的老六，却也不得不辍学挣钱，贴补家用。他当过印刷所学徒、报童、排字工、水手、领航员、记者等，参过军，淘过金，四处奔波，饱尝生活的艰辛。但吐温与父亲一样，也曾在年轻时有过短暂的幸运时光，可惜这好运恰如田纳西地产一样，也成了吐温一生的诅咒。27 岁时一度投机致富的难忘经历使吐温如赌徒一般，坚信好运会再来，从而恶性循环，不可避免地被裹挟到投机拜金的热潮之中。1862 年在内华达州弗吉尼亚城做记者期间，吐温深受盛产黄金、白银的当地"淘金热"的影响，将自己所有积蓄及全部稿酬都用来购买白银矿山的股票。股票快速上涨，吐温心满意足，很快辞掉记者工作，到旧金山过起奢华的花花公子生活。可惜好景不长，市场的狂热有天突然消失，股价飞流直下，吐温只剩下 50 美元。炒股不成，却换来吐温在《傻瓜威尔逊》(1894)第 13 章开头的名言："十月，这是炒股最危险的月份；其他危险的月份有七月、一月、九月，四月、十一月、五月、三月、六月、十二月、八月和二月，总之每个月都是炒股的危险月份。"吐温用幽默诙谐的虚构方式，诉说自己在股市惨败的真实切肤之痛，小说中看似虚构的投机暴富梦其实有着坚实的现实基础，虚构人物中有太多吐温自己的影子。

1862 年的确是吐温最幸运也是最不幸的一年，那年他和伙伴在内华达发现银矿时的情形令他终生难忘。在早期半自传旅行文学《艰苦岁月》(1872)中，吐温回忆自己几乎彻夜未眠的情形，感觉“就像用蓄电池给自己充了电一样”，栩栩如生的幻想令他心醉神迷：他在旧金山市中心建起一座巨大的庄园，悠闲自在地在欧洲玩上3年。“未来的幻景在体内不断升腾，让我不能自已。”在这10天灿烂辉煌的日子里，吐温幻想自己成了百万富翁，美梦破灭后他感到“痛苦，绝望，心如刀绞”[①]。

除了股市与矿山，吐温还热衷于对各种新产品、新发明进行风险投资，结果比股市更惨，损失高达50多万美元。从1881年起的近10年间，吐温先后为“天生的骗子和小偷”[②]詹姆斯·佩吉(James W. Paige)研制的自动排版机投资20万美元，最后都打了水漂。几年后吐温创办的韦伯斯特出版公司被他狂妄自大的亲戚韦伯斯特活生生捣散，给他留下96个债主共9.6万美元债务。为偿还巨额债务，60岁的吐温携妻带女，开始为期13个月的环球演讲，同时奋笔疾书，留下《百万英镑》(1893)、《傻瓜威尔逊》(1894)等多部反复描写暴富梦的伟大作品，直到《赤道环游记》(1897)出版才将债务全部还清。吐温最后发下毒誓，永远不在那些新奇玩意儿上浪费金钱，他在这方面的损失才算告终。

像吐温这样绝顶聪明，靠写作与演讲足可过上富裕生活的人，为何常被一夜暴富的美梦所羁绊？贾森·茨威格在《当大脑遇到金钱》中认为吐温根本就不能主宰这一切，“让马克·吐温如此疯狂的，肯定是1862年他在内华达弗吉尼亚城发现银矿时体验到的那种发自内心的兴奋和激动。因此，只要一想到钱，这个记忆就会让他大脑里的幻想回路高速运转。而最终这种无法割舍、难以自拔的疯狂欲望让马克·吐温始终生活在富翁和穷人的轮回之中”[③]。好在吐温晚年有好友罗杰斯相助，幡然醒悟，人生最后13年总算过上比较安定的日子。

在曾属于克莱门斯家的田纳西地产上后来确实发现了石油，不过那是1895年的事了，与吐温家早就毫无关系。吐温不无遗憾地希望自己当时还拥有几英亩那些土地，这样他就不用靠写自传谋生了，虽有点黑色幽默的味道，但60岁前的吐温确实从未忘记过自己的发财梦，热衷于风险投资，却不幸屡战屡败，充满无奈与辛酸。然而对世界文学及无数喜爱吐温的读者来说，吐温一次次暴富梦碎的最

---

① [美]贾森·茨威格著，刘寅龙译：《当大脑遇到金钱》，广州：广东经济出版社2009年版，第54页。

② Twain, Mark. *Autobiography of Mark Twain* (Vol. 2). p. 80.

③ [美]贾森·茨威格著，刘寅龙译：《当大脑遇到金钱》，第55页。

大价值是他一次次将各式各样的暴富故事作为叙事核心，不厌其烦地精心描摹暴富梦，并且每次都大获成功，名利双收。晚年的吐温总算明白文学创作才是他“取之不尽用之不竭”的金矿，他最成功的身份始终是作家与演讲家。

二、花样翻新的暴富叙事

也就是从1862年起，塞缪尔·克莱门斯(Samuel Clemens)开始用我们熟知的笔名“马克·吐温”在报纸上发表西部幽默小品，3年后发表成名作《加拉维拉县声名狼藉的跳蛙》(1865)，获得读者喜爱，从此一发而不可收，在文学创作之路上“无心插柳柳成荫”，顺风顺水达45年之久，直至去世。夹杂其间的一次次痛彻心扉的投机经历使吐温不厌其烦地叙述暴富故事，利用真真假假的金币、支票、遗产、地产、身份突变等精心设置的叙事策略，揭示人们对金钱的渴望与迷恋，彰显人性与道德的不堪一击，深刻批判“镀金时代”种族、政治、经济等方面的罪恶与拜金潮。

对形形色色的暴富故事，吐温采用截然不同的叙事策略：暴富的叙事内核不同，对人物的影响也不同。最直接、最具冲击力的暴富方式莫过于真金白银。面对黄灿灿的金子，莎士比亚《雅典的泰门》中已遁入荒原的泰门念出了黄金咒：“金子！黄黄的，发光的、宝贵的金子！……这东西，只这一点点儿，就可以使黑的变成白的，丑的变成美的，错的变成对的，卑贱变成尊贵，老人变成少年，懦夫变成勇士。”[①]巴尔扎克笔下的吝啬鬼葛朗台更是有过之而无不及，为金钱可以牺牲妻子女儿，甚至不惜谋财害命。巨额金币在吐温笔下同样极具冲击力。

《汤姆·索亚历险记》接近尾声，汤姆和哈克意外获得一堆黄灿灿的金币，人均6000多美元巨款均被人拿去投资，仅每人每天可获得的近1美元利息就比牧师的收入还要高，而当时一个孩子每周的衣食住行和上学花费仅需1.25美元。一夜暴富的哈克和汤姆生活照旧，周围的成人却大多患上了红眼病。人们谈论它、夸耀它、盯着它，直到激动得失去理智。他们拆掉附近村镇每一处“闹鬼”屋子的木板，掘地三尺寻宝。原本无足轻重、调皮捣蛋的两个孩子转瞬成了神话般的英雄，走到哪儿都有人向他们献殷勤。他们所说的话成了金科玉律，所做的事成

---

① [英]威廉·莎士比亚著，朱生豪译：《雅典的泰门》，北京：大众文艺出版社2008年版，第89页。

了人们模仿的样板，连汤姆以前为代蓓姬受过而撒的谎在她的法官父亲眼里也成了“高尚、大度、仁爱的谎言”[①]，堪与华盛顿的樱桃树故事同标青史。泰门的黄金咒果真屡试不爽。无独有偶，在《哈克贝利·费恩历险记》末尾，哈克分到的巨款以更加戏剧化的方式再次出现。仍一贫如洗的哈克以为自己的酒鬼父亲早将那笔意外之财花个精光，却意外得知父亲已死，那笔钱包括利息都归他所有。黑人吉姆因耐心扮演囚犯也意外获得汤姆奖励的40美元，笑得合不拢嘴，觉得自己时来运转。吉姆2个月前刚从主人那里获得自由身，最大的理想是攒钱把老婆孩子赎出来，过上自由生活。这笔钱虽然不多，却是他获得自由后拥有的第一笔钱财，使他离梦想更近一步，对未来更充满信心与希望。

同样是真金白银式的暴富故事，《他是否还在人间》(1893)中的四个天才画家为维持基本的温饱，《罗马万神殿维纳斯神像的故事》(1869)中的雕刻家为与自己心仪的姑娘终成眷属，都只能采取撒谎的方式，迎合不懂装懂、附庸风雅的俗人重死轻生、厚古薄今的俗念。被逼弄虚作假的艺术家们果真一夜暴富，名利双收，然而现实生活中功成名就的艺术家毕竟只是极少数，更多的艺术家默默奋斗一生，穷困潦倒无人识，或病逝后价值才被发现。这两个短篇不仅展现了艺术家的困境，也辛辣讽刺了世人的虚荣心与不懂作品只认名气的丑恶嘴脸。

与上述作品中的真金白银不同，中篇小说《百万英镑》中流落伦敦街头的美国水手亨利·亚当斯手里只有一张无法兑现的百万英镑支票，且只有一个月使用权，但它所产生的魔力超乎想象。这张代表巨额财富的小纸片不仅帮助穷困潦倒的亨利摆脱挨饿的厄运，而且使他立马成为所有人眼中名副其实的百万富翁：店家恨不得把所有商品都赊给他享用，社交界张开双臂欢迎这个从天而降的新贵，就连富家千金的美好爱情也归了亨利。更富有戏剧性的是，亨利还借自己的“富翁”身份帮朋友买到一座利润极高的矿山，使两人各得一百万英镑的高额利润，摇身变为货真价实的真百万富翁。“有钱能使鬼推磨”，哪怕你手里握的不是现钱，只是金钱的符号。伦敦人的拜金嘴脸被吐温展现得淋漓尽致，而他真正讽刺的当然还是他所生活的“镀金时代”美国人的拜金潮。

亨利手里毕竟是张代表真金白银的巨额支票，在《败坏了赫德莱堡的人》

---

① ［美］马克·吐温著，成时译：《汤姆·索亚历险记》，北京：人民文学出版社2008年版，第211页。

(1899)与《三万美元的遗产》(1904)中,位于叙事核心的却都只是个恶作剧。然而哪怕只是金钱的骗局与幻影,同样能将人搅得天翻地覆,原形毕露,这正是吐温暴富叙事中最独特的地方。中篇小说《败坏了赫德莱堡的人》中的潘多拉魔盒号称装有一袋"金币",实际上只是一些不值钱的镀金铅饼,但它们却成了以诚实正直著称的小镇赫德莱堡19位大人物的试金石。面对一夜暴富的可能性,这些并不怎么缺钱的大人物丑态毕露,谎言撒尽,挖空心思地想占有不属于自己的那袋"黄金",诚实与道德的假面具被瞬间揭开,贪婪自私、卑鄙伪善的拜金嘴脸暴露无遗,赫德莱堡精心维护多年的好名声丧尽殆尽,人性与道德在金钱的腐蚀下溃不成军。与《百万英镑》的轻松幽默、戏谑嘲讽相比,这部小说更全面深刻地讽刺人们在假金币面前上演的一幕幕丑剧,无情地揭示人性深处的共同弱点:出于对巨额财富的强烈渴望,即使没有真金白银,金钱的幻影也足以使人癫狂。

《败坏了赫德莱堡的人》中的恶作剧出自一个被赫德莱堡伤害过而一心想报复的人,如果说这样的恶作剧还情有可原的话,那么《三万美元的遗产》中的恶作剧则完全不可理喻。久未联系的远房伯父提尔伯里一生多半的烦恼和晦气都来自金钱,临终前不名一文的他却故意捉弄赛利·福斯特夫妇,精心编造了一个三万美元巨额遗产的故事,好让金钱"能继续干那邪恶的勾当"。可惜面对这莫名其妙的遗产书信,福斯特夫妇立马乱了心性,失去基本的判断力。他们从不怀疑它的真实性,对三条莫名其妙的继承遗产条件也同样置若罔闻:"赛利必须能向遗产执行人证明他从未口头或在书信中关心过这份馈赠;他从未探听有关这垂死之人病逝的过程;他不曾参加葬礼。"[①]老提尔伯里恶毒设置的阴谋限制了赛利夫妇对遗产真相的了解途径,而当地报纸编辑为点小恩小惠临时挤掉老提尔伯里讣告的偶然事件使福斯特夫妇长期被蒙在鼓里,金钱到处施展淫威。

偶然得知老提尔伯里5年前去世的消息之前,福斯特夫妇关于这笔遗产天马行空的丰富想象是这篇小说的主干。受遗产继承条件的制约,焦急如焚的福斯特夫妇什么都不能做,但他们原本宁静、祥和、幸福的生活已被彻底打破,开始着了魔似的疯狂想象如何处理这笔巨款,只是赛利想的是如何花钱,而善于理财的太太爱勒克想的是让"鸡生蛋蛋生鸡",投资赚取更大的利润。夫妇俩为此发生激烈

① Twain, Mark. *The Complete Short Stories of Mark Twain*. New York: Bantam Classic, 1957, pp. 600-601.

争执、争论，然后不得不互相妥协，继而再争论再妥协，周而复始。赛利幻想来幻想去，很快应验“男人有钱就变坏”，一再突破道德底线，诚实、正直、勤劳、虔诚等美好品质被弃之如敝屣。爱勒克幻想中的投资则顺风顺水，投资规模越来越大，最后居然膨胀到 24 亿美元。幻想中投机积累的财富越多，身份地位也就越高，房子越想越大越豪华；女儿的结婚对象也从能工巧匠到律师、牙医或富商，从议员或州长的儿子到男爵子爵伯爵侯爵公爵，从王室成员到王子，甚至还想到外孙登上王位。幻想就像他们对金钱的贪欲一样不断膨胀。5 年过去了，沉迷于金钱帝国的爱勒克不顾经纪人和赛利的竭力劝阻，固执地想让股票再升一点，等来的却是华尔街股市大崩盘，她的所有“资产”顷刻之间烟消云散。正当赛利抱怨责难，爱勒克追悔莫及的时候，赛利突然意识到这只是幻想中的投资，伯父的“巨额遗产”仍完好无损，夫妇俩欣喜若狂，希望重燃，可恰在此时，事实真相终于浮出水面，夫妇俩顿时目瞪口呆。他们在心神不宁与悔恨忧郁中度过 2 年，最后双双抑郁而终。对金钱的病态膜拜扭曲了他们的人格，改写了他们的人生，直至最终夺去他们年轻的生命。吐温借赛利之口告诫世人，意外之财不可取，切不可因小失大，得不偿失：“通过不正当手段、突然获得的巨大财富，只是一个陷阱。它对我们毫无益处，它所带来的疯狂欢乐只是暂时的；可我们为这意外横财，却抛弃了甜蜜、单纯、幸福的生活——让人以我们为戒吧。”[①]这个短篇的叙事复杂缜密，想象丰富，发人深省，金钱骗局的恶劣影响被吐温展示到了极致。

两部长篇小说《王子与贫儿》与《傻瓜威尔逊》讲述的都是离奇的身份互换故事，故事中的贫儿稀里糊涂被当作王子，奴隶的儿子被换作主人的孩子，都享尽荣华富贵，可谓更高形式的暴富叙事。贫儿汤姆心地善良，虽阴差阳错贵为王子，后来又成为国王，但他良心未泯，最后主动让位给真正的王子，受到新国王的保护与支持，还得了个“国王守卫”[②]的头衔，皆大欢喜。而《傻瓜威尔逊》中的离奇换婴故事却以多重悲剧告终，故事背景也更复杂。罗克西生活在 19 世纪前半期密苏里州道生码头镇，年轻貌美，有 1/16 黑人血统，虽肤色比白人还白，却无法摆脱为奴的厄运。为帮只有 1/32 黑人血统的儿子钱伯斯摆脱被卖掉的可能，她冒着生

---

① Twain, Mark. *The Complete Short Stories of Mark Twain*. New York: Bantam Classic, 1957, p. 628.

② Twain, Mark. *The Prince and the Pauper*. New York: Sigent Classis, 2002, p. 204.

命危险将儿子与主人帕西的孩子汤姆调包。然而金钱、地位与种族身份的转换没能帮假汤姆成才,反害他成为走向深渊的刽子手。一步登天的假汤姆在优越环境中长大,被父亲、奶妈(即生母罗克西)百般娇惯,不学无术,长大后酗酒、赌博、偷窃样样在行,最后竟残忍杀死抚养他的伯父。真汤姆的白人身份最后得以恢复,23 年前被剥夺的一切梦幻般重回身边,但汤姆体验到的不是暴富梦成真的惊喜,而是被抛入尴尬境地的苦恼。作为奴隶长大的他从未接受过任何教育,一口黑人土语,但他已不再属于黑人,而是白人圈里的异类,真正的上不着天下不着地。尽管勇敢、忠诚、心地善良的汤姆恢复白人身份后依然善待罗克西这个让他遭受无数痛苦的"母亲",但换婴的始作俑者罗克西的结局也极可悲。她原本善良、聪明、胆大机智,富于同情心和牺牲精神,换婴后担惊受怕不说,还被她的主人假汤姆(即她的亲生儿子)肆意奴役与蹂躏,眼看他在周围环境的影响下一步步变为十恶不赦的人渣,其痛苦不言而喻。其实假汤姆的堕落与罗克西的纵容密不可分,但这纵容不只是母亲对儿子的溺爱,更多的是奴隶对主人的无条件服从。假汤姆后来赌博行窃也与她的教唆分不开。被主人释放后罗克西拼命挣钱、攒钱防老,没想到辛苦积攒 8 年的存款随着银行的破产血本无归。为获取经济保障,她重返儿子假汤姆身边,但获知真相的儿子只想自己的身份安全,丝毫不为亲生母亲考虑,反而故意把她卖到更危险的大河下游。受尽折磨、拼命逃回来的罗克西与儿子沆瀣一气,教儿子讨好他的老法官伯父以获得遗产继承权,完全掉进了钱眼里。

罗克西的调包计及她与儿子后来的堕落,被人替了 23 年身份的白人孩子汤姆及其恢复身份后的尴尬地位,将假汤姆视如己出却被无情杀害的老法官,书中没有赢家,而追根溯源,奴隶制与"镀金时代"的拜金潮才是人物悲剧的主要起因。吐温创作这部作品时,南北战争虽早已结束,但黑人获得的只是象征性的自由,生存状况并未好转,小说沉痛反思与批判的正是这种不公正、不人道的社会现象,是金钱与种族主义对人身心与人际关系的摧残与戕害。

短篇小说《塞西尔·罗德与鲨鱼》(1897)以 1870 年的悉尼为背景,描述穷困潦倒的年轻主人公塞西尔如何凭借自己的智慧与勇气成功赚到第一桶金,是吐温暴富梦的另一个表现。靠着偶然从鲨鱼肚子里得到的英德开战信息,衣衫褴褛的塞西尔冒着被当作疯子的危险大胆求见悉尼最富有的羊毛经纪人,成功借到 10 万英镑,收购市场上的所有羊毛,2 个月内为自己和经纪人各赚到 10 万英镑。按照经纪人的说法，这世上有三种人，凡人、杰出的人与疯子[①]，塞西尔显然是一个杰出的商人。他对羊毛市场了如指掌，善于利用偶尔得到的最新消息，并且有胆有识，利用借鸡下蛋的方式，为双方赚取巨额利润，成功改变了自己的命运，是吐温作品中为数不多的成功暴富形象之一。

田纳西地产与投机时代病一起让吐温做了大半辈子的发财梦，然而财富却始终与他捉迷藏，使他对金钱既爱又恨，恰如他故事中无数被金钱折磨得死去活来的诸多人物。正如弗洛伊德所言，文学是作家的白日梦，现实生活中无法实现的理想被吐温巧妙地折射在文学作品中，形成一个个妙笔生花的暴富故事。对吐温来说，"梦想一夜暴富的感觉要比真正一夜暴富更美妙"[②]，他通过这些发人深省的暴富故事，揭露了像瘟疫般盛行于"镀金时代"的投机潮与拜金热，批判了残酷的社会现实与惨无人道的种族歧视。这些作品聚焦人类自私、贪婪、虚伪的人性弱点，至今仍有强烈的现实意义。

传记家不仅要再现事实，而且要对笔下的事实进行阐释，甚至要达到"语不惊人死不休"的效果，吐温、奥斯特与菊池都是阐释的高手。他们不仅要挖掘出自己生活中埋藏的"金子"，而且要对这些金子进行精心锻造，令人耳目一新。

---

① Twain, Mark. *The Complete Short Stories of Mark Twain*. p. 404.

② [美]贾森·茨威格著，刘寅龙译：《当大脑遇到金钱》，第 54 页。

结　语

创伤无处不在，而美国传记文学中无数传主的亲身经历证明，应对精神创伤的最有效办法是在积极心理的引领下，通过阅读、写作、工作、交往等积极手段，培养自己的幽默、乐观、正直等二十四种积极人格，不断锤炼智慧、仁爱、自制、卓越等六种美德，最大程度地实现自我与社会价值，为社会创造意义。富兰克林的广泛兴趣与创造热情，约翰·亚当斯的勇敢、正直与努力，林肯的幽默、宽恕与坚持，海伦·凯勒的兴趣、勇敢与感恩，保罗·卡拉尼什的安宁、乐观与刚毅，保罗·奥斯特的创造、宽恕与释然，以及他们对各自身份的自我认同，使他们不至于在心理创伤的泥潭中沉陷太久，也得以成就他们的乐观人格、幸福感与辉煌人生。

除传主的积极情绪与积极特质外，其人生也离不开学校、社会、家庭等有利于培养和发展积极力量与积极品质的社会组织系统，使他们最终在"我"与人、"我"与社会的交响中成功完成身份书写与身份寓言。完美妻子对约翰·亚当斯与马克·吐温的无私奉献，家庭与学校对海伦·凯勒的不离不弃、对保罗·卡拉尼什的默默支持与关注，家庭、族群与语言学校对布洛桑的影响等，都有助于培养他们战胜困难与创伤的积极力量与积极品质，完成各自身份寓言的精彩塑造。这些真实的人生故事给我们以启迪和力量，是照亮读者在无所不在的创伤性事件与荆棘丛生的人生中不懈前行的明亮灯塔。

然而与文学的三大体裁——小说、戏剧、诗歌相比，传记文学似乎总是被人遗忘，但传记的"文学价值、历史意义、心理效用和教育功能，是独一无二的"。"历史是无数传记的结晶”,“确切地说,没有历史,只有传记”。[①] 除上文提到的作品外,要想了解更多传主如何有效应对创伤,了解非凡复杂的美国世界,阅读美国传记文学中的精品——“普利策传记(或自传)奖”获奖作品无疑是捷径之一。百余部普利策传记奖获奖作品中有美国历史、政治、文学等各行各业的缩影,蕴藏着一个五彩斑斓的美国大观园。

“普利策奖”(The Pulitzer Prize)是美国最著名、最具权威性的年度大奖之一,是美国新闻界、文学界、戏剧界和音乐界等全力角逐的对象。1917 年“普利策奖”根据美国报业巨头约瑟夫·普利策(Joseph Pulitzer, 1847—1911)的遗愿设立,每年春季颁发。百余年来,普利策奖一直把作品的内在价值作为最重要的衡量标准,许多得奖作品并非畅销书。该奖分新闻奖和文化艺术奖两大类,奖励为美国的新闻、文学、历史和音乐事业做出杰出贡献的人。其文学奖包括小说奖、戏剧奖、传记(或自传)奖、诗歌奖与非小说奖,而传记(或自传)奖(The Pulitzer Prize for Biography or Autobiography)从一开始就是普利策奖中的一项,可见传记文学在美国读者心中的重要性。

从 1917 年到 2020 年的 104 年间,普利策传记奖共颁奖 103 次(1962 年无奖),获奖作品共 104 部(1938 年两部),其中自传 13 部,传记 91 部,共有传主 92 人(有 12 位是两部传记的传主),其中美国人占 78 位,来自 90 部作品,涉及政治、文学、哲学、社会、历史、科学、外交、军事、教育、神学、艺术、新闻、法律、经济、医学、飞行、体育等各行各业,是各个领域的佼佼者。他们的成功绝非偶然,他们应对困难,克服人生负面影响的诸多案例为我们提供了许多宝贵经验与教训。

两个世纪以来的美国政治在普利策获奖作品中呼之欲出。在作品所聚焦的 78 位美国人中,有 26 位是美国各个时期重要的政治家(33 部获奖作品的传主,其中 7 位是两部传记/自传的传主),包括美国总统 13 位(19 部传记的传主):开国总统乔治·华盛顿(George Washington, 1732—1799)(两部传记的传主)、第 2 任总统约翰·亚当斯(John Adams, 1735—1826)、第 6 任总统约翰·昆西·亚当斯(John Quincy Adams, 1767—1848)、第 7 任总统安德鲁·杰克逊(Andrew Jackson, 1767—1845)(两部传记的传主)、第 18 任总统尤利西斯·S. 格兰特(Ulysses Simpson Grant, 1822—1885)、第 22 和 24 任总统格罗佛·克利夫兰

① 赵白生:《传记文学理论》,第 1 页。

(Stephen Grover Cleveland, 1837—1908)、第 26 任总统西奥多·罗斯福(Theodore Roosevelt, 1858—1919)(两部传记的传主)、第 27 任总统威廉·霍华德·塔夫脱(William Howard Taft, 1857—1930)、第 28 任总统伍德罗·威尔逊(Thomas Woodrow Wilson, 1856—1924)(两部传记的传主)、第 32 任总统富兰克林·D. 罗斯福(Franklin D. Roosevelt, 1882—1945)(两部传记的传主)、第 33 任总统杜鲁门(Harry S. Truman, 1884—1972)、第 35 任总统约翰·肯尼迪(John Fitzgerald Kennedy, 1917—1963)(两部自传/传记的传主)及第 36 任总统林登·约翰逊(Lyndon Johnson, 1908—1973),其他 13 位政治家中有副总统 1 位、国务卿 4 位、州长 1 位,还有市政官员、外交官等。从美国独立战争时期的政治家、律师和法官埃德蒙·彭德尔顿,到开国总统华盛顿,再到 1963 年约翰·肯尼迪遇刺身亡后临危受命的第 36 任总统约翰逊,他们在美国政治史中都扮演过极其重要的角色,因此可以毫不夸张地说,普利策传记奖中有一部比较完整的美国历史、政治与政府史。

美国传记文学与普利策传记奖对总统与政治家的青睐是由美国的国情所决定的。美国是法治国家,其治国的主要特点是高度依靠制度,而"总统制"和定期选举制度是美国政治制度的两个基本制度和特征。虽然总统制的基础是三权分立与制衡原则,总统并非万能,但作为行政首脑兼具国家元首功能的总统仍然是全美关注的焦点。四年一度的总统大选及其他名目繁多、频繁进行的选举,是公民参加国家事务管理和监督政府的最重要手段。因而总统与政治家传记繁多、频获普利策传记奖的青睐也就不难理解。

有意思的是,在 26 位政治家中,18 世纪(独立战争时期到美国建国之初)3 位,19 世纪 16 位,20 世纪(70 年代前)7 位。除了最近 40 年,这些政治家传记涵盖美国 200 年的历史与政治,并且以美国历史、文化、经济等迅速发展的关键时期 19 世纪居多。"历史与传记互为背景",正像美国著名历史学家和传记作家威廉·曼彻斯特所认为的那样,历史和传记经常容易被混淆,因为两者的叙述对象都是过去。正因如此,阅读传记有助于我们更好地了解美国历史,阅读政治家的传记有助于我们理解美国政治与政府。

传记是文学的体裁之一,传记文学是文学不可分割的组成部分,而普利策传记(或自传)奖获奖作品是美国文学中的精华,获奖传记/自传作家都是美国作家的重要成员,因此从普利策传记奖审视美国文学也是一个很有意思的角度。在获得普利策传记奖的13部自传中有作家自传6部，总统、外交官、科学家、历史学家、出版人、飞行家、越战老兵自传各1部。当然，这些标签都是自传作者最主要的身份，他们与获奖传记中的传主一样，不少人在其他领域也相当出色，不过单凭他们对传记文学的贡献，他们都是当之无愧的文学家，传记文学海纳百川的包容性也由此可见一斑。

普利策传记(或自传)奖之文学性的另一个重要特征是在91部获奖传记中，20部作品的传主分别是美国19位著名作家(其中斯托是两部传记的传主)，另有1部作家夫人传，包括苏珊·桑塔格(Susan Sontag，1933—2004)、阿兰·洛克(Alain Locke，1885—1954)、劳拉·英格尔斯·怀德(Laura Ingalls Wilder，1867—1957)、威廉·芬尼根(William Fnnegan，1952—　)、路易莎·梅·奥尔科特(Louisa May Alcott，1832—1888)、哈丽特·比彻·斯托(Harriet Beecher Stowe，1811—1896)(两部传记的传主)、沃尔特·惠特曼(Walt Whitman 1819—1892)、马克·吐温(Mark Twain，1835—1910)、托马斯·沃尔夫(Thomas Wolfe，1900—1938)、露易丝·博根(Louise Bogan，1897—1970)、伊迪丝·华顿(Edith Wharton，1862—1937)、尤金·奥尼尔(Eugene O'Neill，1888—1953)、罗伯特·弗罗斯特(Robert Frost，1874—1963)、亨利·詹姆斯(Henry James，1843—1916)等，还有《洛丽塔》作者纳博科夫夫人的传记《维拉传》(*Vera*，1999)。维拉是丈夫生活及文学创作中不可或缺的助手、秘书与伴侣，因此这本传记与美国文学也有着千丝万缕的联系，可谓纳博科夫的一部亚传记。

普利策传记(或自传)奖获奖作品中的作家传记多达21部，数量仅次于政治家传记，传主是美国各个时期的20位重要作家。从19世纪到20世纪，从小说家到诗人再到戏剧家，从浪漫主义到现实主义再到现代主义，从男作家到女作家，从儿童文学作家到哈莱姆文艺复兴之父再到作家夫人，这些作品中不乏我们耳熟能详的美国作家，从中可见美国文学的一个大致轮廓。

综上所述，在90部以美国人为传主的获奖作品中，美国政治家和文学家传记/自传共60部，其他30部传记中的传主则来自美国社会与文化生活的许多领域，如哲学、教育、宗教、历史、新闻出版、科学、艺术、律师、环保、建筑、体育、军事等，涉及政治与文学之外美国文化生活的方方面面，是美国多元文化的一个缩影，也是我们了解万花筒般的美国社会文化的绝好窗口。

面对百余卷普利策传记(或自传)奖获奖作品，雅虎网络出版公司(Associated

Content)“2010 年度最佳书评作家”迈克·鲍尔斯为大家开出一份“10 部最佳普利策传记(或自传)奖”书单,可谓精品中的精品:

1. 1993 《杜鲁门》(*Truman*)

2. 1975 《权力掮客:罗伯特·摩西和纽约的衰败》(*The Power Broker: Robert Moses and the Fall of New York*)

3. 1980 《罗斯福的崛起》(*The Rise of Theodore Roosevelt*)

4. 2002 《约翰·亚当斯》(*John Adams*)

5. 1939 《本杰明·富兰克林》(*Benjamin Franklin*)

6. 1999 《林白》(*Lindbergh*)

7. 1981 《彼得大帝:生活和世界》(*Peter the Great: His Life and World*)

8. 2009 《美国雄师:安德鲁·杰克逊的白宫岁月》(*American Lion: Andrew Jackson in the White House*)

9. 1954 《林白征空记》(*The Spirit of St. Louis*)

10. 1972 《埃莉诺和富兰克林》(*Eleanor and Franklin*)

传记文学的历史性与文学性无可置疑,美国传记文学的重要性从具有百余年历史的普利策传记(或自传)奖中可窥斑见豹。这些获奖作品对我们了解美国社会文化历史有着不可或缺的作用,但遗憾的是我国学者对它们的关注还远远不够。要了解美国传记文学,不妨从普利策传记(或自传)奖获奖作品读起,而要了解普利策传记(或自传)奖,不妨从这些“最佳”作品读起。

参考文献

Adams, Timothy Dow. *Telling Lies in Modern American Autobiography*. Chapel Hill: University of North Carolina Press, 1990.

Allen, Jon G. *Coping with Trauma*. Arlington, VA: American Psychiatric Publishing, Inc., 2004.

Altick, Richard D. *Lives and Letters: A History of Literary Biography in England & Ame*rica. New York: Greenwood Press, 1969.

Anderson, Linda. *Autobiography*. London: Routledge, 2011.

Auster, Paul. *The Art of Hunger*. New York: The Penguin Group, 1997.

—. *The Invention of Solitude*. New York: The Penguin Group, 1982.

Barone, Dennis, ed. *Beyond The Red Notebook: Essays on Paul Auster*. Pennsylvania: University of Pennsylvania Press, 1995.

Barrington, Judith. *Writing the Memoir: From Truth to Art*. 2nd ed. Portland: Eighth Mountain Press, 2002.

Bensen, Clara. *No Baggage: A Minimalist Tale of Love and Wandering*. Philadelphia: Running Press, 2016.

Benton, Michael. *Literary Biography: An Introduction*. Malden: Wiley-Blackwell, 2009.

Bidinger, Elizabeth. *The Ethics of Working Class Autobiography*. Jefferson, N.C.: McFarland & Co., 2006.

Birkerts, Sven. *The Art of Time in Memoir: Then, Again*. Minneapolis: Graywolf Press, 2008.

Bloom, Harold, ed. *Sigmund Freud*. New York: Chelsea House Publishers, 1985.

Boniwell, Ilona. *Positive Psychology in a Nutshell: The Science of Happiness*. 3rd ed. London: Open University Press, 2012.

Bowman, John S., ed. *The Cambridge Dictionary of American Biography*. Cambridge: Cambridge University Press, 1995.

Brooks, Van Wyck. *The Ordeal of Mark Twain*. New York: E. P. Dutton & company, 1920.

Brumble, H. David. *American Indian Autobiography*. Lincoln, NE: University of Nebraska Press, 2008.

Bulosan, Carlos. *America is in the Heart*. Seattle: University of Washington Press, 1973.

Burroughs, John. *Wake-Robin*. Shenyang: Liaoning People's Publishing House, 2013.

Carr, Alan. *Positive Psychology: The Science of Happiness and Human Strengths*. New York: Brunner-Routledge, 2004.

Chernow, Ron. *Washington: A Life*. New York: Penguin Books, 2010.

Churchwell, Sarah. "Mark Twain: not an American but the American." *The Guardian*. 30 Oct, 2010.

Clemens, Susy. *Papa, an Intimate Biography of Mark Twain*. Garden City, N. Y.: Doubleday, 1985.

Clifford, James L. ed. *Biography as an Art: Selected Criticism* 1560—1960. London: Oxford University Press, 1962.

Couser, G. Thomas. *Altered Egos: Authority in American Autobiography*. New York: Oxford University Press, 1989.

—. *American Autobiography: The Prophetic Mode*. Amherst: University of Massachusetts Press, 1979.

—. *Memoir: An Introduction*. New York: Oxford University Press, 2012.

D'Amore, Jonathan. *American Authorship and Autobiographical Narrative*. New York: Palgrave Macmillan, 2012.

Darcy, Jane. *Melancholy and Literary Biography*, 1640—1816. Basingstoke: Palgrave Macmillan, 2013.

Dargan, Marion. *Guide to American Biography*. Albuquerque: University of New Mexico Press, 1949.

DeEulis, Marilyn Davis. "Mark Twain's Experiments in Autobiography." *American Literature*, Vol. 53, No. 2 (May, 1981).

Eakin, Paul John. *Fictions in Autobiography: Studies in the Art of Self-Invention*. Princeton: Princeton University Press, 1985.

—. *How Our Lives Become Stories: Making Selves*. Ithaca: Cornell University Press, 1999.

—. *Living Autobiography: How We Create Identity in Narrative*. Ithaca: Cornell University Press, 2008.

—. *Touching the World: Reference in Autobiography*. Princeton: Princeton University Press, 1992.

Eddy, Robert, ed. *Reflections on Multiculturalism*. Yarmouth: Intercultural Press, Inc., 1996.

Emanuel, James A. & Theodore L. Gross, eds. *Dark Symphony: Negro Literature in America*. New York: The Free Press, 1968.

Folkenflik, Robert, ed. *The Culture of Autobiography*. Stanford: Stanford University Press, 1993.

Franklin, Benjamin. *The Autobiography and Other Writings of Benjamin Franklin*. 上海：世界图书出版公司，2010.

Freud, Sigmund. *A General Introduction to Psychoanalysis*. Haikou: Hainan Press, 2001.

Garraty, John. A. *The Nature of Biography*. New York: Knopf, 1957.

—. *The Art of Biography*. New York: Knopf, 1960.

Gillman, Susan. *Dark Twins: Imposture and Identity in Mark Twain's America*. Chicago: University of Chicago Press, 1989.

Goldman, Alan H., ed. *Mark Twain and Philosophy*. Champaign, IL: University of Illinois Press, 2017.

Harris, Susan K. *Mark Twain's Escape from Time: A Study of Patterns and Images*. Columbia: University of Missouri Press, 1982.

Hendrick, Susan & Clyde. "Love." In C. R. Synder, & Shane J. Lopez, eds. *Handbook of Positive Psychology*. Oxford: Oxford University Press, 2002.

Hill, Hamlin. *Mark Twain: God's Fool*. New York: Harper & Row, 1973.

Hornung, Alfred, ed. *American Lives*. Heidelberg: Universitätsverlag Winter, 2013.

Howells, William Dean. *My Mark Twain*. 北京：飞天电子音像出版社，2004.

Hunsaker, Steven V. *Autobiography and National Identity in the Americas*. Charlottesville: University Press of Virginia, 1999.

Kalanithi, Paul. *When Breath Becomes Air*. London: Random House, 2016.

Kaplan, Justin. *Mr. Clemens and Mark Twain: A Biography*. New York: Simon and Schuster, 2006.

Keller, Helen. *The Story of My Life*. New York: Doubleday, Page & Company, 1905.

Kim, Elaine H. *Asian American Literature: An Introduction to the Writings and Their Social Context*. Beijing: Foreign Language Teaching and Research Press, 2006.

Lejeune, Philippe. *On Autobiography*. Minneapolis: University of Minnesota Press, 1989.

Loving, Jerome. "Mark Twain's Latest Autobiography." *Humanities*. March/April 2011: 16.

Macnaughton, William R. *Mark Twain's Last Years as a Writer*. Columbia: University of Missouri Press, 1979.

McCullough, David. *John Adams*. New York: Simon & Schuster, 2001.

McLennan, Rachael. *American Autobiography*. Edinburgh: Edinburgh University Press, 2013.

McQuade, Donald, et al, eds. *The Harper American Literature* (Vol. I). New York: Harper & Row Publishers, 1987.

Meehan, Sean Ross. *Mediating American Autobiography*. Columbia: University of Missouri Press, 2008.

Modell, John, ed. *The Kikuchi Diary: Chronicle from an American Concentration Camp, the Tanforan Journals of Charles Kikuchi*. Urbana: The Board Trustees of the University of Illinois, 1973.

Paine, Albert Bigelow. "Introduction." *Mark Twin's Autobiography*. 上海：世界图书出版公司，2010.

—. *Mark Twain: A Biography*. New York: Harper & Brothers Publishers, 1912.

Parini, Jay. *The Norton Book of American Autobiography*. New York: WW Norton & Co Inc, 1999.

—, ed. *The Oxford Encyclopedia of American Literature*. Oxford: Oxford University Press, 2004.

Pascal, Roy. *Design and Truth in Autobiography*. Cambridge: Harvard University Press, 1960.

Pennebaker, James W. *Writing to Heal*. Oakland, CA: New Harbinger, 2004.

Reiss, Benjamin. "Sleeping at Walden Pond: Thoreau, Abnormal Temporality, and the Modern Body." *American Literature*. 2013, Volume 85, Number 1: 5-31.

Robinson, Forrest G. *In Bad Faith: The Dynamics of Deception in Mark Twain's America*. Cambridge, Mass.: Harvard University Press, 1986.

Robinson, Forrest G., ed. *The Cambridge Companion to Mark Twain*. Cambridge: Cambridge University Press, 2013.

Rodriguez, Barbara. *Autobiographical Inscriptions*. Oxford: Oxford University Press, 1999.

Roosevelt, Theodore. *Theodore Roosevelt's Letters to His Children*. 上海：上海世界图书出版公司，2011.

Sacks, Sam. "He'd been There Before." *Culture & Civilization*. November 2010.

Salwak, Dale, ed. *The Literary Biography: Problems and Solutions*. Iowa

City: University of Iowa Press, 1996.

Schechtman, Marya. "*Constructing the Self.*" *Biography*, Volume 32, Number 4, Fall 2009.

Seligman, Martin. *Authentic Happiness*. London: Nicholas Brealey Publishing, 2002.

—. *Flourish: A Visionary New Understanding of Happiness and Well-being*. 7th ed. New York: Free Press, 2012.

—. *Learned Optimism: How to Change Your Mind and Your Life*. New York: Vintage Books, 2006.

—. *The Optimistic Child: How Learned Optimism Protects Children from Depression*, 1996.

Smith, Sidonie. *Reading Autobiography: A Guide for Interpreting Life Narratives*. Minneapolis: University of Minnesota Press, 2001.

Straight, Nathan. *Autobiography, Ecology, and the Well-placed Self*. New York: Peter Lang, 2011.

Takaki, Ronald. *Strangers from a Different Shore: A History of Asian Americans*. New York: Penguin Books, 1990.

Thoreau, Henry David. *Letters to a Spiritual Seeker*. 北京:外语教学与研究出版社,2010.

—. *Walden*. 上海:上海世界图书出版公司,2013.

Twain, Mark. *Autobiography of Mark Twain* (Vols. 1-3). Berkeley: University of California Press, 2010, 2013, 2015.

—. *Mark Twain's Autobiography*. New York: Harper & Brothers, 1924.

—. *Selected Letters of Mark Twain*. 上海: 世界图书出版公司, 2011.

—. *The Autobiography of Mark Twain*. New York: Harper & Row, 1959.

—. *The Complete Short Stories of Mark Twain*. New York: Bantam Classic, 1957.

—. *The Prince and the Pauper*. New York: Sigent Classis, 2002.

Varvogli, Aliki. *The World That Is the Book: Paul Auster's Fiction*. Liverpool: Liverpool University Press, 2001.

Webster, Samuel Charles, ed. *Mark Twain, Business Man*. Boston: Little, Brown, 1946.

Whitlow, Roger. *Black American Literature: A Critical History*. Chicago: Nelson-Hall, 1973.

Yothers, Brian. *The Romance of the Holy Land in American Travel Writing, 1790—1876*. Burlington, VT: Ashgate Publishing Limited, 2007.

J. 希利斯·米勒. 解读叙事[M]. 申丹，译. 北京:北京大学出版社，2002.

阿德顿·维吉. 说谎心理学[M]. 谷红丽，译. 北京：中国轻工业出版社，2005.

阿兰·德波顿. 旅行的艺术[M]. 南治国,等译.上海：上海译文出版社，2012.

埃伦·兰格. 专念：积极心理学的力量[M]. 王佳艺，译. 杭州：浙江人民出版社，2012.

艾伦·谢尔斯顿. 传记[M]. 李永辉，尚伟，译. 北京：昆仑出版社，1993.

保罗·H. 詹金斯. 积极心理学：处处有转机[M]. 微波珣子，译. 北京：九州出版社，2017。

保罗·奥斯特. 孤独及其所创造的[M]. btr，译. 杭州：浙江文艺出版社，2012.

保罗·卡拉尼什. 当呼吸化为空气[M]. 何雨珈，译. 杭州:浙江文艺出版社，2016.

本韦努托·切利尼. 切利尼自传[M]. 王宪生，译. 北京：北京时代华文书局，2014.

波布洛娃. 马克·吐温评传[M]. 张由今，译. 北京：作家出版社，1958.

陈波. 悖论研究[M]. 北京：北京大学出版社，2014.

陈乐民. 欧洲文明十五讲[M]. 北京：北京大学出版社，2004.

陈永国. 互文性[C]//赵一凡,张中载,李德恩. 西方文论关键词. 北京：外语教学与研究出版社，2006：211-221.

大卫·麦卡洛. 约翰·亚当斯[M]. 袁原，戴晓峥，译，北京：中国社会出版社，2003.

戴尔·卡耐基. 林肯传(英文原版)[M]. 北京：外语教学与研究出版社，2011.

董衡巽. 马克·吐温画像[M]. 上海：上海文艺出版社，1991.

菲力浦·勒热纳. 自传契约[M]. 杨国政，译. 北京：北京大学出版社，2013.

郭鸿. 英语文体分析[M]. 北京：军事谊文出版社，1998.

哈里特·埃莉诺·史密斯. 马克·吐温自传[M]. 孟冰洁，申生，译. 北京：法律出版社，2012.

海伦·凯勒. 假如给我三天光明[M]. 鹏鑫，译. 北京：外文出版社，2011.

韩振恒. 从《哈克贝里·芬历险记》看马克·吐温对欺骗题材的表现[J]. 解放军外国语学院学报，1994(5)：55-61.

何元智，朱兴榜. 中西传记文学研究[M]. 北京：中国文学出版社，2003.

霍妮. 婚姻心理学：婚姻是最好的修行[M]. 徐淑贞，编译. 北京：中国华侨出版社，2013.

贾森·茨威格. 当大脑遇到金钱[M]. 刘寅龙，译. 广州：广东经济出版社，2009.

焦小婷. 非裔美国作家自传研究[M]. 北京：科学出版社，2017.

金和. 幽默金口才[M]. 北京：中国纺织出版社，2006.

金鸿宾. 创伤学[M]. 天津：天津科学技术出版社，2003.

卡尔. 积极心理学[M]. 2 版. 丁丹，译. 北京：中国轻工业出版社，2013.

克拉拉·班森. 没有行李的旅行[M]. 谢佩妏，译. 北京：北京联合出版公司，2016.

李琼.《孤独及其所创造的》创造了什么？——论奥斯特小说的若干重要主题和基本叙述模式[J]. 外国文学，2013(2)：67-74.

李琼. 保罗·奥斯特的追寻：在黑暗中寻找自己的位置[M]. 厦门：厦门大学出版社，2012.

廖昌胤. 悖论[J]. 外国文学，2010(5)：108-115.

廖昌胤. 小说悖论：以十年来英美小说理论为起点[M]. 合肥：安徽大学出版社，2009.

刘翔平. 当代积极心理学[M]. 北京：中国轻工业出版社，2010.

罗伊·索伦森. 悖论简史[M]. 贾红雨，译. 北京：北京大学出版社，2007.

马丁·塞利格曼. 持续的幸福[M]. 赵昱鲲，译. 杭州：浙江人民出版社，2012.

马丁·塞利格曼. 活出最乐观的自己[M]. 洪兰，译. 沈阳：万卷出版公司，2010.

马丁·塞利格曼. 真实的幸福[M]. 洪兰，译. 沈阳：万卷出版公司，2017.

马克·吐温，查尔斯·沃纳. 镀金时代[M]. 李宜燮，张秉礼，译. 上海：上海译文出版社，1979.
马克·吐温. 百万英镑 马克·吐温中短篇小说集[Z]. 汪树东，龙红莲，译. 武汉：长江文艺出版社，2013.
马克·吐温. 哈克贝里·费恩历险记[M]. 武汉：长江文艺出版社，2013.
马克·吐温. 来自地球的信[M]. 肖聿，译. 北京：中国社会科学出版社，2004.
马克·吐温. 马克·吐温中短篇小说集[Z]. 汪树东，龙红莲，译. 武汉：长江文艺出版社，2013.
马克·吐温. 马克·吐温自传[M]. 孟冰洁，申生，译. 北京：法律出版社，2012.
马克·吐温. 马克·吐温自传[M]. 许汝祉，译. 南京：江苏人民出版社，1981.
马克·吐温. 说谎这门艺术[M]. 南京：江苏文艺出版社，2015.
马克·吐温. 汤姆·索亚历险记[M]. 成时，译. 北京：人民文学出版社，2008.
马克·吐温. 威尼斯的小艇[Z]. 张友松，等译. 北京：中信出版社，2016.
全展. 传记文学：阐释与批评[M]. 武汉：湖北人民出版社，2007.
任俊. 积极心理学[M]. 上海：上海教育出版社，2006.
施琪嘉. 创伤心理学[M]. 北京：中国医药科技出版社，2006.
隋肖左. 约翰·亚当斯传[M]. 北京：中国华侨出版社，2007.
唐岫敏，等. 英国传记发展史[M]. 上海：上海外语教育出版社，2012.
万伯翱. 传记文学新近学术文论选[C]. 北京：中国青年出版社，2011.
王成军. 传记诗学[M]. 北京：新华出版社，2016.
王恩铭. 美国文化与社会[M]. 上海：上海外语教育出版社，2003.
王建平. 19世纪美国圣地游记文学与东方叙事[J]. 外国文学评论，2008(1).
威廉·J.本内特. 美国通史(上，下)[M]. 刘军，等译. 南昌：江西人民出版社，2009.
威廉·莎士比亚. 雅典的泰门[M]. 朱生豪，译. 北京：大众文艺出版社，2008.
维克多·E.弗兰克尔. 活出生命的意义[M]. 吕娜，译. 北京：华夏出版社，2010.
乌特·艾尔哈特，威廉·尤能，等. 说谎心理学[M]. 高会真，廉德冰，等译. 北京：北京联合出版公司，2015.
吴松江. 美国报告文学评述[J]. 福建外语，1996(3)：60-64.

吴松江．美国传记文学评述[J]．福州大学学报，1996(4)：39-43.

吴松江．美国纪实文学评述[J]．外国文学研究，1996(4)：57-61.

夏洛特·斯戴尔．积极心理密码[M]．刘国兵，译．北京：中国社会科学出版社，2012.

许德金．成长小说与自传：成长叙事研究[M]．北京：高等教育出版社，2008.

杨国政，赵白生．欧美文学研究第四辑：传记文学研究[C]．北京：人民文学出版社，2005.

杨国政．卢梭的自传观[J]．国外文学，2001(3).

杨金才．19世纪美国自传文学研究概览[N]．文艺报，1999-08-07.

杨金才．19世纪美国自传文学与自我表现[J]．国外文学，1999(3):51-56.

杨金才．当代美国自传文学研究概览[J]．书与人，1999(5):121-125.

杨仁敬．独领风骚的美国传记文学[J]．译林，2002(1):208-212.

杨仁敬．美国自传文学的再定位与主题回归//郭继德．美国文学研究(第6辑)[C]．济南：山东大学出版社，2012.

伊恩·莱斯利．说谎心理学？[M]．杨语芸，译．长沙：湖南文艺出版社，2013.

袁雪生．《富兰克林自传》与美国精神[M]．北京：中国社会科学出版社，2008.

约翰·帕特里克·迪金斯．被遗忘的总统：约翰·亚当斯传[M]．闫翠玲，曲丽赢，译．合肥：安徽教育出版社，2006.

詹姆斯·鲍德温．向苍天呼吁[M]．霁虹，宏前，译．呼和浩特：内蒙古人民出版社，1984.

张德禄．功能文体学[M]．济南：山东教育出版社，1998.

张维．方成传[M]．南京：江苏人民出版社，2012.

赵白生．传记文学理论[M]．北京：北京大学出版社，2003.

赵山奎．精神分析与西方现代传记[M]．北京：中国社会科学出版社，2010.

后 记

2005 年 11 月，误打误撞跑去西南大学开中外传记文学第十届年会，方知有专门的传记文学理论，还有因迷恋传记文学而每年一聚的一帮可爱师长。从未专门关注过传记文学的我迅速被他们的学术热情所感染，竟也成了年会的常客，也慢慢开始从传记的角度看传记，并给研究生开过“美国传记文学”课。后来还参加过几次上海交大传记中心举办的国际研讨会。

受中外传记文学年会会长赵白生老师在西南大学的演讲“日记家的八卦图”启发，我后来出版过两本访学日记《洛杉矶访学记》(2008)与《剑桥日记》(2014)，较为详细地记录了我在加州大学洛杉矶分校与剑桥大学的两年访学生活。这本书是那次参会以来的另一个结果，是这些年在美国传记文学领域摸爬滚打的收获。

其实一直到 2014 年底，我的研究重心仍是小说，但“美国文学的精神创伤学研究”课题不知不觉以“传记与创伤复原”收尾，研究对象从小说转到了传记/自传，研究视角也从精神创伤学转为积极心理学。就像创伤与小说难分难解一样，积极心理学与传记文学也有着不解之缘。

十几年来在传记文学领域获得过太多师友的鼓励与帮助，此刻他们热情洋溢的笑脸一一在眼前闪现，尤其是 2005 年 11 月在西南大学结识的赵白生老师、全展老师、张维老师、罗益民老师、唐岫敏老师、辜也平老师、许德金老师等，感谢他们为我打开了一个全新的知识宝库。

七八年前，我在河南大学的老同事与好友关合凤教授带我进入积极心理学之门，助我成功“逃离”精神创伤学，顺利完成课题。上周在我为书稿的修改烦躁时，她又如神兵天降，千里迢迢来杭州下沙帮我讨论修改细节。有友如此，三生有幸。

感谢浙江省社科后期资助项目的资助。

出版计划因故推迟大半年，给浙大出版社的包灵灵老师带去许多麻烦，每每想起都惴惴不安。陆雅娟老师的耐心与细心，特别是她专业的建议与切实可行的修改方案都给我留下深刻印象。

尽管书中大部分章节都曾发表过，但在传记文学领域我始终是个新兵，还需要不断学习与磨炼，不当之处敬请批判指正。

2021 年 4 月 6 日于杭州下沙

图书在版编目(CIP)数据

美国传记文学中的积极心理与创伤复原 / 薛玉凤著. —杭州:浙江大学出版社,2021.10

ISBN 978-7-308-21612-8

Ⅰ.①美… Ⅱ.①薛… Ⅲ.①传记文学—文学研究—美国 Ⅳ.①I712.075

中国版本图书馆 CIP 数据核字(2021)第 151905 号

美国传记文学中的积极心理与创伤复原

薛玉凤 著

责任编辑 陆雅娟
责任校对 徐 旸
封面设计 周 灵
出版发行 浙江大学出版社
(杭州市天目山路 148 号 邮政编码 310007)
(网址:http://www.zjupress.com)
排　　版 浙江时代出版服务有限公司
印　　刷 广东虎彩云印刷有限公司绍兴分公司
开　　本 710mm×1000mm 1/16
印　　张 13
字　　数 220 千
版 印 次 2021 年 10 月第 1 版 2021 年 10 月第 1 次印刷
书　　号 ISBN 978-7-308-21612-8
定　　价 45.00 元